最後的海上獵人

廖鴻基——著

◉出版緣起

「長篇小說創作發表專案」作品出版（二〇二二年）

國家文化藝術基金會董事長 林曼麗

國藝會成立二十七年以來，致力國家全面性藝術專業補助，關注藝文生態發展、需求，營造有利文化藝術工作者的展演環境，並支持各藝術領域創作，推動具前瞻性、倡議性、符合時代發展的專案補助，在關鍵時刻注入關鍵活水。

二〇〇三年，從對生態趨勢觀察，我們理解長篇小說於創作及出版的困難。經過專業諮詢、充分討論、嚴謹把關、資源盤點之後，決定從創作、出版到推廣一條龍的概念進行補助，擴大作品影響力。近年也從申請者的角度出發，減輕繁瑣的申請程序，做到更便利性的線上申請服務。專案推動十九年來，已補助六十九部原創計畫，出版四十一部作品。其中十九部得到國內外獎項肯定，另有多部為作家個人的第一本長篇作品。

此外，也期待藝術發揮更大影響，與社會大眾產生連結，達到「Arts to Everyone」目標。藉由國藝會「藝企平台」鼓勵企業參與藝文，特別感謝「和碩聯合科技股份有限公司」，從二〇一三年持續支持臺灣原創作品，贊助本專案至今；我們也從「協作」的角度出發，結合高中教學現場、培育未來讀者及創作者，推動「小說青年培養皿」（二〇一七年）、建置「長篇小說專題資料庫」及「長篇小說跨領域論壇」（二〇一八、二〇一九年）、結合馬來西亞華校舉辦「線上文學課程」（二〇二〇年），並在二〇二一年新冠疫情（COVID-19）嚴峻之時，與台東、苗栗等校合作跨校「線上讀書會」。

本書作者廖鴻基，一九五七年生。他長期關注漁撈、鯨豚生態調查，三十五歲出海捕魚、正式成為討海人，大半生獻給海洋，是黑潮海洋基金會創會董事長，作品曾獲吳濁流文學獎小說正獎、巫永福文學獎、吳三連文學獎。本書《最後的海上獵人》，是他的第一本長篇小說，書寫臺灣鏢旗魚業沒落、轉型的崩毀過程，以及老、中、青三代鏢魚獵人徘徊於海洋與陸地的生存對決，值得期待未來跨領域發展的其他可能性。

二〇一九年接受《聯合文學》採訪時，我曾提到「文學與其他藝術表現一樣，體現人類存在的重要價值。經濟可以讓國家強大，藝術可以讓國家偉大。文學是藝術的其中一部分，影響層面可以非常廣泛。」以文字記錄時代斷片及人類價值的長篇小說故事，不管對當代或未來都將產生深遠的影響，謝謝長期耕耘的作家們，為這塊土地創造動人的故事。

最後，也要向本書的編輯團隊表達感謝，謝謝用心打磨的每個細節，成就了這部好作品！

目次

出版緣起……003

推薦序——
一個失敗屈辱的人還能怎樣活下來
導讀廖鴻基《最後的海上獵人》／蕭義玲……011

第一部：清水

臨海道路……026
鏢船……030
邊角漁港……032
丁挽……034
後山到山前……038
芬怡……042

飛翔夢……045
粗勇仔……046
切割和迷路……053
海湧伯……057
潛逃……063
鏢手……065
只能憑空想像……068
等待……074
鬆了戒心……077
勤快主動……085
阻撓……092
山或海……096
時機乍現……100
輸贏……102
線索……107
謀略……111
拍賣場……114

退出……116
提早結束……120
相遇……127
末路……132
上岸發展……140
碼頭到甲板的距離……149

第二部：濁水

清水到濁水……154
表達和接收……163
臭腥命……172
入秋……183
漁季結束了……193
合作計畫……203
天花板……216
欲言又止……229

六月火燒埔 234
季節症候群 251
漁季開鑼 265
落碇 276
搶時間 279
如浪起伏 286
意外 294
離開的時候 299
漁季還在 306
老人海 311
夢 319
漁季剩一半 325
潑水聲 334
後記 337

◉推薦序

一個失敗屈辱的人還能怎樣活下來

導讀廖鴻基《最後的海上獵人》

中正大學中文系教授　蕭義玲

自出版第一本著作《討海人》（一九九六）來，廖鴻基便以腳跡船痕的切身實踐展開海洋書寫。隨著海洋行旅一波一痕地擴延，從沿岸、近海、遠洋，再復返沿岸；像個海洋浪者，所搭載的船筏從鏢魚船、遠洋漁船、貨櫃船，又復返無動力舟筏的黑潮漂流，承擔臺灣海洋作家使命，廖鴻基波光水影般的書寫，以幾乎一年一本的定量出版，早為讀者的眼目擴延出一方浩瀚深海。

二〇二一年，蓄積了海潮浪湧的能量，廖鴻基再度回到寫作出發點的討海人沿岸，以靜謐之筆拍出一摺驚潮湧浪，近三十年前《討海人》的「少年家」竟再度走到我們面前，不同的是這次的主角有了確切名字：「清水」，而「清水」又將經歷一段從陸地逃亡到海洋的旅程，且被換名為「濁水」，他將在「海湧伯」

帶領下，經歷一場場風浪之戰，直至鏢魚臺上與秋風旗魚的正面遭遇，死亡凶險的最深寧靜中，才能以「清水」之名回返陸地。從一九九六到二〇二一年，從「少年家」到「清水」，乃至於「濁水」，廖鴻基在海洋經驗的擴延後又回返書寫原點，《最後的海上獵人》遂如一場直球對決，襯著整個臺灣漁業的興廢歷史，廖鴻基既寫出一則令讀者驚嘆的海洋傳奇，也寫入深藏心底的一處漩渦暗流，一曲在陸地與海洋間探問自我認同之深海詠嘆調。是的，這是臺灣文學期待日久的一本地地道道海洋小說、鏢魚小說，也是廖鴻基的第一部長篇小說：《最後的海上獵人》。

深海詠嘆調：海有多深

詠嘆音節的發出，始自盤纏在「清水」心裡的屋頂夢與飛翔夢：是否有能力建立一個家？可否開創出一片天地？似是一個男性立足社會與面向自我的驗證題，自成長初期便被種入心底了：十三歲那年，依循著小城出人頭地的慣例，清水被父親送往大城依親就讀，但金錢的困窘，清水始終飽嘗親友及師長譏嘲；不久小城家變，清水心疼母親被欺凌卻無能返回，兼諸父子衝突，清水讓自己變成了一隻縮回內心巢穴的刺蝟。而後少年清水長大了，有鑑於成長經驗，他迅速地掌握了大城市遊戲規則，與閒雜事務保持距離，只一逕埋頭耕耘自己，至覓得安穩工作、娶妻生子買房買車，一路過關斬將終於攀上屋脊；也未料一個錯誤判斷誤入投資圈套，緊接著破產、失去工作，被追債、離婚、喪失兒子撫養權，飛翔墜落一路逃亡，直至島嶼邊陲角落：邊角漁港。那是陸地盡頭了。

從屋頂夢與飛翔夢看清水生命願望的實現與破滅，作為一部長篇小說，我們會發現廖鴻基意圖在《最後的海上獵人》開啟的海洋視角，已是一個帶著特殊問題意識的視角：一個失敗屈辱的人還能怎樣活下來？如何面對世界與他人？可以獲得有尊嚴的自己嗎？當三十出頭的清水在「邊角漁港」蹲下身來，膽怯地向「海湧伯」詢問可否收留自己當學徒？眼前漫漫大海，如此心虛迷茫的探問，海洋才為清水，也為讀者開啟了大門。

「這條路怎麼忽然就走到底了」

事實上，「屋頂夢」與「飛翔夢」作為立足社會的關卡，不僅是清水一個人的考題，也是普遍性的現代人生存課題。小說中，清水的問題也及於另兩位男性：

粗勇仔與海湧伯。粗勇仔原是水泥工，因天性稟賦需求更大舞臺，在海湧伯調教下成為一位優異的海上獵人，其傲人的鏢魚成績也讓他獲得佳人愛情且共組家庭。卻在一次追獵大尾旗魚過程中，因為搞怪旗魚使詐糾纏，被海湧伯揮刀斷繩，命保住了，但一個踉蹌腳跛了生命也跛了，從此身體銘刻著失敗者印記，黯然回返陸地。

而海湧伯呢，這位從《討海人》時期便出現在廖鴻基筆下，對海洋有著深刻體悟，且能引領學徒討海技藝與開啟智慧的老討海人，即便曾有過多麼風光的漁獵往事，但一輩子於大海耕耘的結果，便是與親人漸漸疏離，更兼漁業蕭條收入不豐，早已成為陸地家人的陌生人了；而至砍傷親手調教的學徒粗勇仔的腳筋，深刻的內疚更引致自我懷疑，喪失了海腳，何止陸路，連海路都迷霧茫茫了：「這條路怎麼忽然就走到底了。」

從三位男性的現實遭遇來看，他們都曾經懷抱堅定的屋頂與飛翔夢，努力奮發以掙得立足之地；也未料竟有一天，會被原以為能牢牢掌握勝券的人生戰役出局。襯著時間驚濤拍岸不斷，廖鴻基以深入暗流漩渦之筆，寫出擱淺於海陸間的清水、粗勇仔、海湧伯三人的幽暗心事：

「人的世界裡，是否真的有個地方，是真正的邊陲角落？是否真的有個地方，允許潛藏、逃避和重新開始？」

「這場傷後，即使想要繼續討海，恐怕也站不住鏢臺了。」

「是否甘願承認被一條大尾旗魚給打敗了？」

飛翔墜落的眼前，如何面對他人評價？或更根本的問題是，如何看待失敗？可能重新站起來嗎？生存的危機啟動敘事視角的轉換，小說第二篇，清水踏入海湧伯鏢船，且被粗勇仔譏嘲換名為濁水，然那重新啟程的討海人行旅，可能終結陸地的逃亡？

「當我想起鏢旗魚，我會覺得榮耀」

從窮途末路再往前一躍，濁水的討海之路，是一條怎樣的路？討海人的生活場域是海洋，迥異於陸地生活的安穩與規律，當船舶航入大海，在風速與流向的時刻變化中，已蘊含了與陸地生活相對的戰鬥之意。如小說寫道濁水初入海上，一次次暈船、嘔吐，從苦澀膽汁再到和著腸胃黏液與鼻水淚水的乾嘔，更兼體力透支與晨昏顛倒，已至身體受苦的極限；此外，濁水必須有能力從巨浪、漩渦與險溝的不測海流中發現漁場、尋找魚隻；而當濁水站穩顛晃甲板，且能平衡隨浪而來的左右側翻與上下俯仰時，海湧伯更要他自己找到方法，從那僅有兩只腳套牽連人與船隻的鏢頭站立起來；不僅如此，大海航之不盡，濁水得磨練聽海與看海本事；最後，濁水得從眼前可見的大海，航入與自己生命相應的那一方心海，看到其中的恐懼亂流：可還有機會擁抱日思夜夢的兒子？

何止濁水，《最後的海上獵人》的其他人物也在面對著內心煎熬：粗勇仔雖跛腳了，但返回陸地的他重操水泥舊業，且因緣際會地搭上時代需求，以所累積的海洋經驗與人脈，做起了海洋造景工程，事業發展順利，甚至開了公司。看似圓滿的結局，卻是回應生命困局的開始：既是一位天生的海上獵人，當北風吹起，他身上的鏢手靈魂便甦醒了，輾轉反側坐立難安；更重要的是，他心上有一塊移不走的大石頭，粗勇仔一再一再地對妻子芬怡請求讓他踏上鏢船：

> 這樣說好了，我過去是鏢手，是鏢旗魚的海上獵人，我一直有這種感覺，簡單說，如果沒有下海去完成剩下的那百分之五，即使岸上發展有再大的成就，我的生命還是會有缺憾。

會有那麼一天，我不會半夜醒來因為鏢旗魚這件事而睡不著；將會有那麼一天，我不會眼睛閉起來，就看見那條害我被砍斷腳筋的大尾旗魚，有一天，我再也不會聽見海上淒涼的呼呼風聲；有一天，當我想起鏢旗魚，我會覺得榮耀，並且自然而然地就會抬頭挺胸。

除非直面那個被打敗且黯然而逃的片刻，且為它再戰一回，否則即使再有岸上成就，也不覺光榮。但問題是粗勇仔跛了，上不了鏢臺，妻子也不允許他再到海上去征戰冒險了，他能怎麼辦？

而海湧伯的煎熬更被烙上了時代印記。作為一位以海為家的老討海人，他眼下已是一個魚不來、船閒著、人走了的漁獵荒落時代，當身旁漁人紛紛轉去和漁業公司合作，利用先進技術輕鬆捕獲大量魚隻，甚至讓鏢手改鏢容易上手的翻車魚獲利時，他卻仍堅持每年組合鏢船獵人，與丁挽旗魚在秋風大海上正面遭遇，而被其他漁人譏為不知變通的「老孤獨」。時代變遷讓海湧伯處境難堪：如何面對漁獲的枯竭，乃至自己理想的終場？當人生的信念已成為他人笑資，還有堅持的必要嗎？他是一位船長，但是否還有能力聚攏海腳出航，在翻騰大海出鏢，為自己搏回生存的光榮感？

所有的問題，都等待解答，也只能在行動中解答。

逃亡的、跛的、孤獨的人啊

是以當北風吹起，旗魚季開鑼，三人各自從內心的擱淺暗路出發，來到海湧伯的老鏢船「展福號」，搭上第一波漁季的流水，往雜沓俯仰的浪濤航去，便如一場回應命運的大戲了。而決定這場命運大戲的便是三位獵人必須「遇到一條分量足以改變他們的命運，足以改變他們生命光榮感的旗魚」，若有機會遇見，他們便要迎上前去展開一場生死拉拔的賽局。只因不管三人此刻現實境遇為何，或黯淡或光彩，都有一些絕不能放棄、絕不可讓渡的尊嚴之物，而他們尚未獲得。

為了尋著那條高貴的白肉旗魚，漁季才開鑼，老中青三代組合的獵人比其他漁人更辛勤地出航，專注地往浮漾海面搜尋、安靜等候，但這卻是他們一起面對更嚴苛海洋考驗的開始：即使辛勤出航，但漁季頭一個月只鏢獲一尾雨傘旗魚，連油錢都不夠，引來漁人們訕笑紛紛，但他們得從譏嘲中再度出航；最致命的是漁季的第二個月中段，三人一整天搜尋後，好不容易天光西斜時看到一隻丁挽武士，卻在攻擊節奏響起的高峰崖邊，一個引擎咳嗽船隻顛躓，熄火了。兩年來的蟄伏與等待就這麼隨著船隻摔落浪丘谷底。更糟糕的是，展福號失去動力，海湧伯必須和漁人朋友開口求援；而向來不贊成粗勇仔出航的妻子正焦急地等在岸邊；致命錯誤的造成，又源於努力想要證明自己、重新爬起來的濁水前此的一個船隻保養疏忽。逃亡的、跛的、孤獨的人啊，被打回原形，一切回到挫敗與羞辱的原點，甚且是更破碎的原點。漁季時間點滴流逝，船壞了待修，三人再次面對了茫然的前路，努力是無望的：「何必苦苦堅持？」

正是在這破碎原點、生存的最虛無時刻，作為一本地地道道的臺灣鏢魚小說，我們看到了廖鴻基如何以「鏢魚」，這最原始的海上漁獵引領讀者的心思進行最後一搏。小說後段，當海湧伯看到自覺羞愧的濁水收拾行囊準備離開展福號，只一個警鐘般的提醒：

> 一走了之，就像是順風逃跑，告訴你一件事，知道嗎，幾乎每次鏢中的旗魚，都是在順風逃跑時露出破綻，而那種時常逆風正向游的旗魚，鏢船往往連接近都很困難。

海湧伯不僅看到濁水的羞愧，更直接看入他內心陰暗、性格中的逃亡本質，以鏢魚經驗，也同時是人生體驗告訴濁水：「這樣子離開，會帶一輩子內傷。」更在濁水開不了口的心虛上回應：「知道沒臉，就重新作一張臉啊。」「當退無可退，就勇敢面對吧。」—像師傅，也像父親，斥責之外，還是一種激勵，更是一種寬諒與再接受了；而落難返家後的粗勇仔也是一樣的，即使錯不在己，但若要重返鏢船，他也必須去獲得妻子更大的諒解與支持。

我想那正是《最後的海上獵人》最為生動的「鏢魚」現場：鏢魚所以是一種最原始漁獵，在於它是發生在海上的，一場人與魚之間的糾纏、競技與生死拉拔的賽局。除非船上每個獵人都能撐住自己，且調動全幅之力通過各種阻撓、獲得支持，才能讓這場鏢魚活動發生且延續下來——不正是一場生存戰鬥？是以即便眼下漁季只剩一半，領獎無望了，三人仍必須從所有的不可能處境出發，去赴一場鏢魚之約，因為生命的尊嚴就在那大海上。小說最末一幕，三人乘著展福號再度出航，終於在漁季結束前的五天，他們遇著了，竟是前年那隻讓粗勇仔與海湧伯摔落谷底的搞怪大魚。

北風凜凜、浪濤翻湧，狀況在瞬間變化著，一片肅殺氣氛裡，三人正無言地與那大魚，與自身的命運拉拔著。

才真正地終結逃亡了。

最後的海上獵人，一頁漁業興廢變遷史

從開卷到終篇，我們彷彿跟著廖鴻基的帶領，走了一趟從陸地到海洋的旅程，且在「邊角海港」，那窮途末路的命運現場，看到惶惶交錯的人影：有人一路逃亡至無路可走、有人從海上鏢臺踉蹌跌落陸地、有人將船舶孤獨停靠漁港去處茫然。海濤拍岸水霧撲揚，每個人都在恐懼且逃避著飛翔墜落的路上，也都在那不小心從屋脊跌落的瞬間，問著：是否有機會站起來？是否還能重獲生命的光榮？《最後的海上獵人》中，當三人從所有不可能的處境出發，一起往那北風獵獵的大海展開一場直面恐懼的鏢魚之戰，獵人與獵物的正面遭遇，生命意志的高舉昂揚，海洋，作為承載命運大戲的舞臺，早以其翻湧不息的本質，為所有走到逃亡之路的人們，做了「出路」的回答。

因為出路的答案就在那方翻湧大海中，是以當海湧伯對濁水追憶昔日邊角漁港的鏢魚盛況時，我們會與清水／濁水一同驚訝：何以不過四十年，那曾經興盛繁華的漁業光景，會淪落至今日的蕭條黯淡？從這裡看《最後的海上獵人》的書名，將發現廖鴻基寫作此書的另一重要意圖：為那即將消失、正在消失的鏢魚文化留下紀錄，寫出那一頁臺灣近代傳統漁業的興廢變遷史。因為現實生活中，

廖鴻基便是一位曾經在老船長帶領下，參與鏢魚之戰的「最後的海上獵人」。是以一如小說中的清水／濁水必須回返陸地重新開始，在臺灣社會快速朝向現代化的轉型發展中，立基於那魚不來、船閒著、人走了的黯淡漁場，二〇二一年的廖鴻基更要以《最後的海上獵人》再次引領讀者回到沿海，且站上了那北風獵獵的無人鏢魚臺，自那生命深沉的大海，人生的逃亡路上，進行了一場記憶回返的搏鬥——看哪，展福號折身衝下波谷，海湧伯一聲喝喊，出鏢，大尾旗魚一個驚顫扭擺，一坨巨大水花綻開海面……。

最後的
海上獵人

第一部

清水

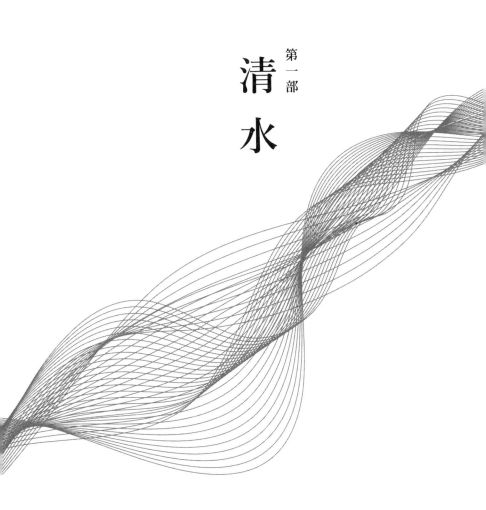

臨海道路

客運車彎彎繞繞，有時上坡，有時下坡，緩緩走在一邊是山壁、一邊是大海的臨海道路上。

仲夏酷暑，陽光亮麗，傾照海面的豔陽宛如水色光譜儀，以一道又一道彎曲的流界線為區隔，層次分明地將海面分別為十幾種不同深淺的藍。離岸越遠，水色越深，似乎在喻示著大海難以揣測、難以捉摸的神祕和深沉。

清水左掌撐著臉頰，斜倚在客運車靠海這一側的座椅上，他愣愣看著崖下這片蔚藍大海，鄰座座椅上，擺著他的一只軍綠色帆布旅行袋。

臨海公路上的客運車班算是偏遠路線，車上乘客不多，零零落落約十來個。

清水穿一件格子襯衫，衣襬外露，下身著牛仔褲，腳穿黑白布鞋，年紀看起來大約三十出頭。儘管窗外豔陽燦爛，清水在車廂裡是有點不必要的戴了一副寬邊太陽眼鏡，頭上戴著的一頂灰色漁夫帽，帽沿又刻意壓低在鏡框上，遮掩了他幾分斯文但沒什麼笑容的大半張臉孔。總是越刻意往往越藏不住，清水的模樣，無論衣著或氣息，車上十來個乘客中就屬他與眾不同，不難讓人一眼看出，他是個不常在這條臨海道路上來往的人。

小時候，清水的家是一棟屋頂雙斜的木造平房，結構簡單，屋子上頭覆蓋著黑色鐵皮浪板。那年代，整座小城大多數是這類型建築，周遭鄰居，牆牆相倚，彼此靠攏，小城街巷因而彎曲狹窄。好幾個夏天，清水被他父親帶上屋頂，為鐵皮浪板塗抹柏油。這是鐵皮屋頂一年一度的防鏽保養。這種踩在屋頂上的工作必須相當謹慎，踩錯位置的話鐵皮會塌陷，造成屋子漏水，若是不小心踩空滑跤，就會順著屋脊斜坡無阻無礙地滑落到地面上。

清水在家中排行老二，幾個兄弟中他算是行事穩當行動機伶的人，因此是被帶上屋頂當小幫手的唯一一個小孩。

清水記得，小學時候好幾次學校郊遊活動，當郊遊路隊登上小城邊郊的一座小山上，這是清水第一次站在山頭俯瞰自己的家園。居高臨下，清水看見的景觀讓他感到驚訝，沒想到換了個位置，換了個角度，他發現小城不遠一段距離外就是一片閃爍著點點光熾的大海。也讓清水感到好奇的是，從山頭往下看，由黑色鐵皮屋頂交錯聚合成的小城，陽光反射下，相較於不遠處的一大片藍色大海，這片屋頂看起來也像是閃耀著黑色光澤的另一片黑色海洋。

清水覺得奇怪，位於沖積平原上的小城，其實離海不遠，但不曉得為什麼，小城居民的生活幾乎與海無關，也不曉得為什麼，清水從小就被父母師長們嚴厲告誡，不准去海邊玩。

大概這緣故吧，清水經常出現的兩種夢境之一，就是屋頂夢。

每一次的屋頂夢，夢境都很相似。夢裡，天色老是昏暗，清水在斜面屋頂上掙扎攀爬，他心裡焦急，知道在天黑前必須爬上屋脊高點才不會被水淹到，才能獲救。當他好不容易終於掙上屋脊，每次都一樣，不曉得什麼緣故，他就會在這個高點、這個關鍵點上腳底忽然踩空，身子一滑，就這樣順著屋脊斜坡直直滑落到屋脊低點。

雖然如此，他心底那個聲音仍然不斷催促，天黑前無論如何必須爬上屋脊高點。慌亂中，清水換了另一個屋脊，重新攀爬。但無論如何焦急，如何辛苦，如何掙扎，結果一模一樣，像希臘神話中薛西弗斯受懲罰的命運，注定又是徒勞無功地再一次滑落谷底。

這是一場在屋頂上反覆攀爬和滑落的噩夢。綿延如浪的黑色鐵皮屋頂，在夢裡一波波向他湧來，清水被這一大片鐵皮屋頂給困住了，他陷溺在錯雜的黑色浪板上掙扎呼救，始終不得解脫。

清水的成長經驗中並不親水，奇怪的是，他老是作這種仿如陷溺在波浪間打滾、掙扎的噩夢。

客運車繞過一段山勢內迴的山坳，一陣彎曲山路後，車子再次繞回到面海的崖邊。清水恰好看見崖下一艘挺著船尖，與客運車同向航行的漁船轉入窗框裡。這艘漁船不大，但立即抓住了清水的所有注意。他坐挺了身子，額頭貼在窗玻璃上，看著崖下這艘漁船。

崖下這艘船，像是頂著一截搭在船尖上的「長鼻子」航行，居高臨下的車窗視角，清水雖不懂海，也不懂漁船，但不難看出這艘漁船「船相」特別。他念頭動得快，心中猜想，「這艘漁船長得很不一樣，會不會是因為跟其他漁船的作業方式不同。」

才想到「作業方式」幾個字，剎那間，清水腦子裡忽然叮咚一響，跳出「鏢旗魚」三個字。他想起，之前曾經看過一本雜誌介紹日本琉球漁人傳統鏢旗魚文化。那篇報導中，有一幅船舶插畫，畫的就是這種專門鏢旗魚的「鏢船」。

「底下這艘漁船，啊，就是鏢船。」清水心裡連續叮咚了好幾響，「船前那截長鼻子啊，有可能就是那篇報導中所介紹的鏢魚臺。」對於無意間從閱讀記憶中比對出崖下這艘漁船的種類，清水鮮少笑容的臉上，嘴線終於稍稍上揚，露出了一絲微笑。

精神一振，清水坐直了身體並伸長脖子，半轉身，整個身子幾乎是趴在車窗上往下看。想多看幾眼吧，但這艘鏢船航速不快，也有可能是逆風航行，船隻受浪糾纏，船身一次次被波峰扛起，又一次次滑落波谷，不進不退，像是陷在湧浪裡原地俯仰。

車行快速，客運車隨山勢幾個彎轉後，那艘讓清水露出難得笑容的鏢船，早已被客運車遠遠拋在崖下一段距離外。

鏢船

這條旗魚體型粗壯，老船長海湧伯目視判斷，體重應該接近五百公斤。

這麼大的白肉旗魚近年來已難得一見，今天算是幸運，也該牠倒楣，竟然被鏢魚經驗豐富的邊角漁港老鏢船「展福號」，在茫然大海中給遇上。

「卡注意咧！是一尾搞怪魚仔！」駕駛臺上擁有大半輩子鏢魚資歷的海湧伯沉沉吼了一聲，提醒匆匆奔往鏢臺的「鏢手」粗勇仔和「二手」輝龍提高警覺。

究竟是一艘鏢旗魚經驗豐富的鏢船，發現獵物後，展福號在老船長海湧伯沉穩的指揮和操作下，船速不疾不徐，悄悄尾隨跟上。被鏢船盯咬住的這條大尾旗魚，當然知道後頭有艘鏢船緊緊跟隨，牠刁鑽地左閃、右閃，讓船隻不容易跟緊，但又像是刻意要暴露自己的位置，一直淺淺游在水波裡。

因為海水折射加上海面光影變化，這條旗魚從甲板上往下看，牠透身棕紅，隨波光幻照，身上又時常流晃出閃雷般隱隱乍閃著的陣陣螢藍光斑，幾分像是來自深海的玄祕訊息被牠給帶上來海面炫耀。

這條大尾旗魚動作俐落，加上水面反光，牠流動的身影在水波裡隱隱晃晃，還不時將微向後彎像一把鐮刀樣的尾鰭鰭尖給切出海面，像一隻奔逃中的獵物特意留下讓獵者繼續尾隨的線索。儘管如此，強勢北風下的海面，風浪、波浪、湧浪，紛擾雜沓，別說混亂的浪勢，單單綻翻在海面上的白沫水花，都足以掩覆掉這條大尾旗魚有意或無意留在水面上下的所有線索。牠似乎相當自信，從容迂迴地游在鏢船前，與鏢船始終保持約二十五公尺距離。雖然有時候被追近了一點，但牠總會適時往前衝游一段，又及時拉開了鏢手出鏢的射程範圍以外。

展福號上，海湧伯站在中段甲板高高的駕駛臺上操作船隻，突出船尖的鏢臺前緣，鏢手粗勇仔持鏢鵠立在前，二手輝龍貼身在後。盯緊尾隨以外，展福號在等待機會，等待這條搞怪旗魚讓出破綻，哪怕只是一絲絲破綻，展福號上的這一群海上獵人，就會及時掌握這閃現的機會，讓船隻迫近，讓鏢手伺機射出手上的鏢槍。

邊角漁港

客運車轟一聲撞進一條長隧道裡，車窗螢幕關機似地黯淡了十餘分鐘後，像是切換頻道重新開機，鑽出隧道口後，車窗螢幕上原來的崖壁不見了，大海退到天邊，路邊開始出現田園和房舍。

客運車駛進一片開闊的海階臺地上。馬路不再循山依海不再彎繞，換成是一道筆直的長下坡路迎在客運車前。與臨海道路上的景觀相比，隧道兩隔，客運車仿若穿越了結界，來到了景觀截然不同的另一片新世界。

路邊房舍漸多。

客運車溜滑梯似地輕快滑下坡底，右側方向燈閃閃亮起。車廂裡好幾位乘客起身，伸手從行李架上取下行囊包袱。

一聲長嘆氣似的煞車聲後，車邊揚起一陣塵煙。

車子停在「邊角漁港站」的站牌邊。

車門晃一聲打開，乘客提著大小行李魚貫下車。

清水還留在座位上，直到司機先生抬頭看著後照鏡，對著鏡裡頭的他喊了一聲：「少年欸，終點站囉。」清水才提起擺在鄰座的帆布包，匆匆下了車。

不曉得是為了躲塵埃還是為了躲日晒，一大步跨越，兩三步跳進路邊的候車亭裡去。直到客運車揚塵離開了好一陣子後，清水才從候車亭裡探出頭來。

清水左肩揹帆布袋，右手掌插在牛仔褲前方口袋，左肩微聳，個子不高，背有點駝。他將頭顱探出候車亭外，打量什麼似地，左右張望了好一陣子。

往北看去，是剛才客運車從隧道口一路下來的一段長下坡路，清水掉過頭往南邊看，前方是兩排面對面的兩層樓透天厝，夾住市集似的一段小市街。清水從店招看出，其中有華洋百貨、南北雜貨、種子農藥店、漁具行和一家西點麵包店……街尾隱約有家郵局、銀行和加油站。他想，「看來，這條街就是邊角漁港站最熱鬧的市中心了。」

時間中午剛過，又大熱天的，小城街上沒幾輛車，也沒幾個人影走動。清水在候車亭裡孤立了好一陣子，似乎還在猶豫，下一步該怎麼走。

丁挽

烏雲低垂，風聲颯颯，展福號引擎鏗鏘，節奏明快。

鏢臺上的二手輝龍，以火燒樣的眼神緊盯著船前奔游的這條大尾旗魚，一邊忙著以千手觀音般多變化的手勢，將船前這條大尾旗魚變化多端的游蹤，向後頭操作鏢船的海湧伯傳達船隻下一步需要的方向和速度。

鏢船匆匆躁躁的追獵過程中，獵物並不是乖乖正正地游在船前，這條大尾旗魚知道獵者迫追在後，牠的奔竄行徑快慢不定、忽左忽右、翻來覆去。其實，以這條大尾旗魚的游速或潛游能耐，牠若有意要擺脫鏢船隨後的盯咬，鏢船是奈何不了牠的。而鏢船有機可趁的是，牠還願意留在船前逞威或戲耍。

輝龍寬肩圓腰，身形粗胖，如一般中年「作穡人（勞動者）」模樣，但此刻鏢臺上的他，俐落輕快地揮舞手勢，身形翩翩，動作流暢，比起一般中年人又顯得機伶一些。隨著鏢船追魚驅進的搖晃，他身子相當柔軟，隨時調整身體重心，也隨著船前這條大尾旗魚的位置讓自己身子機靈地左探右探。

心跳聲在胸膛裡打鼓的輝龍，他必須揣摩，站在他跟前、站在鏢臺最前端舉鏢準備隨時擲射的鏢手粗勇仔的意圖，船隻下一步究竟要偏左或偏右、要衝刺呢或是緩進、要急煞或急停，他自己也必須看緊並判斷魚蹤，這些複合訊息，他必要立即作出歸納和判讀，再轉化為靈巧的手勢和身體動作來傳達。

追獵旗魚的整個過程中，輝龍儘管不是指揮官，但他可是這艘鏢船不可缺少的鈕扣角色。他的工作就是緊緊扣合攻擊手（鏢手）和指揮官（舵手）間因位置不同而產生的視角落差。此時此刻，他們三人之間的溝通不是眼神也不是語言，而是動作與心意的結合。這多年同舟獵魚形成的合作默契，哪怕一丁點閃失，鏢船恐怕會隨時跟丟這條大尾旗魚。

粗勇仔也是年近四十的中年人，但身材鍛過、練過吧，明顯比輝龍精實許多。鏢船上三人的頭上都戴一頂棒球帽，並各自以一條花布巾，從頭頂包覆兩頰後繫緊在下巴。除了防晒作用，這條花布巾也繫緊了他們頭上的帽子避免被強勁的北風給吹落。

這條難得一見的大尾旗魚，讓船上三人腎上腺素激升，讓整艘鏢船眼睛冒火，心跳加速。與其他種旗魚不同，這條被俗稱為「丁挽」的白肉旗魚，嘴尖粗壯如釘，一身勁道力如挽山，即使受獵失去生命後，胸鰭依然挺挺昂翹，也有漁人以這一點特色稱牠們「翹翅仔」。每年中秋過後，東北季風吹起，白肉旗魚巡游來到邊角漁港外海。秋風為記，北風浪為戰帖，白肉旗魚與鏢船獵人海上相約，一年約過一年，雙方默契，不曾缺席，逐漸演變為邊角漁港一年一度的海上秋祭決鬥。

海湧伯是個六十五歲的老漁人，十三歲就出海當海腳（漁船船員），他的大半輩子超過半個世紀都在海上度過。若是一般岸上工作，差不多是到了退休的年紀。海上工作究竟不同，自己當老闆，什麼時候退休自己決定。海湧伯其實是退下來了，但他只是退下鏢臺，退一小步，並沒有退出鏢船，也沒有退出年輕時耕耘至今的這一片海。他只是從鏢臺退回駕駛臺掌舵，不再是鏢船鋒頭位置上的鏢手。

輝龍和粗勇仔都是海湧伯多年來有意牽成，如師傅牽教徒弟般歷經一波一浪痕帶出來的鏢船獵人，他們兩個都是海湧伯獵魚的好幫手。有一次展福號回港，卸魚賣魚繫妥船纜也清洗了甲板後，粗勇仔和輝龍提了加薦仔（個人提袋）跳上碼頭準備回家。粗勇仔回頭，跟還在甲板上閒坐的海湧伯說：「還不回家？」

海湧伯指了指甲板說了個字：「家」，意思是，這裡就是他的家。

輝龍摸摸後腦勺然後指著岸上的方向說：「粗勇仔說的是那——個家。」粗勇仔也笑著學輝龍的語調說：「我講的是田園某囝的那——個家。」

「少—年—郎，呵。」海湧伯低頭慢慢唸了幾個字，抬起手，對碼頭上兩人揮了揮掌指，趕他們「回家去」。

大半輩子海上討生活的海湧伯心裡明白，討海人擁有兩個家和兩種家人。一個家在穩固的陸地上，另個家，漂在海上。親情關係維持著的是岸上那個家的家人，討海夥伴關係維繫的是海上另一個家的另一種家人。想想也是，以岸上那個家來說，討海工作是踏出家門打拚，海上這個家，則是「家」和「家人」一起離岸離港，一起戰浪搏魚。

有次海上作業空檔，海湧伯像是想到什麼似的忽然跟粗勇仔說：「奇怪的是，明明是海上的家在養活岸上的家，但岸上的家卻不怎麼看重海上的這個家。」

「怎麼說呢？」粗勇仔問。

「那時我四十出頭，買了自己的漁船，當時漁獲好，每趟回家都嘛抬頭挺胸，沒想到十數年好光景後，漁獲一年不如一年，到如今，回家講話變細細聲，越來越像是到人家家裡作客。」

「哈！哈！」粗勇仔朗笑兩聲後說：「不會啦，我到現在進家門攏嘛還是抬頭挺胸。」

「唉，少年郎。」海湧伯低頭低聲說了句。

後山到山前

清水小學畢業後，不僅他父親，小城裡幾乎所有的父母都認為，小城交通不便，腹地窄狹，工商沒落，小孩發展機會不大，又城鄉差距，鄉下學校裡的教育資源、教育水平遠不如大城裡的學校，無論升學或就業，年輕人都該設法前往隔座山的大城市去發展。

小城裡有能力的家庭早早都搬走了，書念得好的年輕人接著也陸續離開。清水學業成績差強人意，小學畢業後，就被他父親安排到大城裡去念初中。小城居民一代代遵循著如此仿如命定的漂移動線，後山到山前，就學到就業。離鄉的年輕人，少小離家，大包小包盤山過嶺，放在口袋裡的車票幾乎都是有去無回的單程票。

清水進入大城裡的學校就讀，課業要求果然嚴格許多，究竟鄉下來的孩子，功課逐漸有了壓力。下課時，好幾次被教數學的導師叫去講桌前暗示：「要不要來參加補習。」老師意思很清楚，若不去他在校外開的家教班補習，學校成績恐怕會跟不上。清水寫信問父親，他父親簡單幾個字回應：「提供你去大城市念書，開銷已經很大，學費和生活費以外，其他的都不可能再擠出任何一塊錢。」

短短幾個字的回信，清水反覆讀了幾遍，但老師也幾遍找他講話，甚至明白說：「不來補習，功課恐怕過不了關，不來補習的話，全班平均成績排名若是退步，就是被你拖垮，不要當害群之馬。」清水知道，下課後全班同學都會去老師開的家教班繼續上課，只有他離群在外。每天上學，看著老師和同學們的臉色一天比一天冷淡；每次放學，他把父親的信拿出來再讀一遍；他並不是不明白，讀再多遍也改變不了他在班上如孤魂野鬼般飄來飄去的地位。

小城的那個家，那片黑色屋頂，感覺越來越縹緲虛無，遙遠到彷彿不曾存在。

小城裡原本過得好好的，學校成績也不算差，來到大城後，清水在適應上顯然出了狀況。十三歲的尷尬年紀，又離鄉背井寄人籬下，清水個性原本敏感，來到大城裡生活不過幾個月，像是初初離開巢穴的刺蝟，經常豎起全身棘刺，也時常聽見周邊眾親友的話中之話，無論有心或無意，語意只要不帶善意，他立即就能敏感分辨。

清水的父母，感情出了問題，常有爭執，當他們不合吵架的消息傳到大城裡來，時常被清水寄宿的父系親友們拿來談笑和批評，他們批評清水的父親就算了，但嘲笑清水的母親可是一點也不客氣，清水好幾次聽見講他母親是「連查埔人都抓不住的無路用查某人」。如果是親友長輩們的閒言閒語也就算了，有一次，清水聽見比他小五歲的表弟指名道姓學著大人語調講他母親，「倒在路邊給人幹好了。」

清水握緊拳頭想揍過去，但即時踩了煞車，他顧慮的是這一拳下去寄人籬下的現實就是無家可歸。清水覺得窩囊，母親都保護不了，他想回去小城，但就算有機會回去，小城家裡也已經完全不同。他唯一能做的事，就是退回自己齷齪、窩囊的內心洞穴裡去。

小城再也回不去了，沒多久，清水得知父親外遇父母離異的消息。清水心裡儘管著急，但他受困在大城裡動彈不得。沒幾天，清水收到小學學歷的母親這輩子寫給他唯一的一封信，信裡大概說明，離婚後清水的監護權不得已歸屬於父親，最後，信裡歪歪斜斜幾行字寫道：「無論天涯海角，你永遠是我的孩子。」

圓滿到破碎，遙遠那個家的所有衝突以及母親的悲傷，清水都不在場。即使他想要站在母親這一邊，想為她講幾句公道話或安慰她幾句，如此簡單的心意，也都因為大小城的現實距離和他窮學生身分而無法如願。從鄉下嫁來小城的母親個性溫弱，從小清水就聽過不少父系親族背對著她說東道西的。記得有次父親跟流行買了一臺洗衣機，結果是母親被罵得最慘，家族長輩們責怪母親「懶屍」，罵母親「討債」。這次他父母的糾紛，分明是父親風流又脾氣暴躁種下的禍，但受責怪的竟然是母親。這樣的不公平對待，他母親可以一忍再忍，清水好像也只能跟著忍受。

小城又傳來消息，母親被父親和外面那個女人聯手毆打。清水身上只有公車票和當天午餐的零用錢，他買不起一張回去小城的車票。他只能蹺課在外頭一邊走一邊掉眼淚，茫然走了一整天，他恨自己沒有用，恨自己完全出不了力也幫不上忙。所有的悲傷都隔著距離並逐漸轉化成內傷，從此一輩子與他糾纏。

後來，清水的父親帶那個女人開車到大城裡來，順便來看他或是想宣示什麼吧，他父親當面要他稱呼那女人「阿姨」。他對著他父親的車子吐了一口口水後轉身跑開。他父親從車裡抽出一根換輪胎用的扳手從後追來。知道追不上，他父親將扳手朝他扔了過來。板手從清水耳側掠過，鏗鏘一響落在他前方一步之外。

從此，父親寄來的生活費變得斷斷續續。無家可回的清水，像個被放棄的人。午餐若餓得慌，就去福利社看看櫥窗裡的麵包想像午餐，就這樣養成了不吃中餐的習慣。一年一度的生日，才捨得花錢給自己買顆紅豆麵包，躲在教室長廊角落，一口一口慢慢品嘗。學校儀容檢查，要理頭髮，清水伸手跟寄宿的親戚要，結果是：「你爸這個月又沒寄錢來，你憑什麼要錢？」

「憑什麼要錢？」清水記住了這句話。從此放學後，為了省下幾塊錢公車票費用，另外也是不想太早回去態度變化太明顯的親戚家，他每天沿著大城市河畔行走，或漫無目的在街上閒逛，直到天黑透了才走回寄宿的親戚家。

原本就內向敏感的清水，不再隨意顯露他的情緒，所有心事漸漸習慣放在心底。河邊漫步時，有次看見河面映著一輪明月，一路陪著他，清水想起那回不去的小城，回不去的家，想起母親，想起那一片如黑色浪濤的家園。

芬怡

駕駛臺上的海湧伯，因為距離和角度，追獵過程中的大多數時候，他不容易看清楚船前獵物的實際狀態，然而，他在鏢船上的職責又是展福號的操盤手，他當然不能盲目下達命令或操縱船隻，此時，他的判斷必要連結著他的感知，而他的感知又來自二手輝龍的肢體語言，以及鏢手粗勇仔的身體姿態和握在他手上隨獵物迴擺的鏢桿動向。海湧伯必要如收看實況轉播般，直接收取獵物的第一手動態資訊。

心裡打鼓，輝龍嘴裡不停喝喊著急躁短音，聽起來像是鐵工廠裡持續不斷的打鐵聲。追獵中的鏢船，引擎疾吼，風聲淒厲，輝龍嘴裡喝喊的，船上夥伴們沒人聽得懂他究竟在吼叫些什麼。

火急追獵的這一刻，聽懂、聽不懂其實並不重要，只要後方海湧伯看得懂他的手勢，只要前方粗勇仔的鏢尖仍然指住船前奔游的這條大尾旗魚，他連珠炮似的喝喊，就當作是他追獵旗魚時激昂情緒的發洩。船上夥伴們早已見怪不怪。這樣的喝喊聲，倒幾分像是戰鼓，多少激勵了全船追魚、獵魚的昂揚鬥志。

平日裡，鏢船上三人儘管酸言貶語，互相刻薄，但多年來如同家人的同船情誼以及合作獵魚養成的默契，在追獵這條大尾旗魚的這一刻一覽無遺。這時的展福號是軟的、是活的，像一隻已經跟上獵物在荒野裡奔馳追獵的獵豹；像一艘盯住敵艦並邁浪快速跟進的戰艦。而獵意烈燃的此刻，他們三人知道彼此協調溝通上的任何誤會，都可能會造成「魚走魚的，船走船的」後果。但他們默契相當，展福號靈活隨著獵物忽左忽右，忽快忽慢，步步進逼。

粗勇仔代替海湧伯站上展福號鏢臺，是兩年前的事。

可說是三喜臨門，那年邊角漁港的旗魚季競賽，鏢手粗勇仔站臺的展福號，榮獲大尾獎和多尾獎雙料冠軍，粗勇仔的妻子芬怡也在這一年為他們家生了個胖兒子。

海湧伯和輝龍其實早些年就見過芬怡，大約四、五年前吧，每次展福號傍晚獵魚返港時，都會見到芬怡等在檢查哨碼頭，想靠近船邊又刻意後退兩步躲在第一排人群後，她總是面帶微笑，看著展福號緩緩泊靠。

這時間點，站碼頭上等候漁船返航的大概只有漁販和漁人家屬。若是漁人家眷的話彼此都認識也習慣互相比評，誰家的鏢船今年的漁獲成績以及誰家運氣好壞如何如何。明顯只有芬怡獨自一人，混在人群裡。她化了淡妝，淡雅清秀的姑娘模樣，可一點也不像是講話聲和動作都豪邁的漁人家屬，當然更不可能是漁販。

好一陣子來，展福號靠碼頭時都能見到這位年輕女孩在碼頭邊等船。有一回，輝龍還跟海湧伯開玩笑說：「不會是你女兒吧。」他們都知道海湧伯有個漂亮的女兒，但他們從來不曾見過。

「別那麼憨鈍啊，只懂得看旗魚，全船都知道那女孩是誰，只有你不知啊？無彩同船當兄弟這麼久。」海湧伯笑吟吟地偏頭看了一眼粗勇仔。直到這時，輝龍才會過意來，隨海湧伯的眼光轉頭看了個仔細。那個站在前甲板舷邊，手持船纜抬頭看向碼頭準備跳上岸繫纜的粗勇仔，果然不是平常時候的粗勇仔。

「沒意思！好康的也沒說一聲！」繫妥船纜後，輝龍一巴掌拍在粗勇仔後肩上。粗勇仔才不理會輝龍，這時候，他只需要裝傻憨笑。

飛翔夢

除了屋頂夢，持續出現在清水夢裡的，還有飛翔夢。

每年中秋過後，帶著涼意的東北季風吹起，這時節，清水便會夢見飛翔。一開始的飛翔夢，清水必須賣力划手、踢腿，像是游泳的姿勢，隨後，覺得身子漸漸輕盈，像是將要從水底浮出海面般，他的身子緩緩飛離了地面。

清水也曾夢見兩手抓住一方手巾，並將手巾舉在頭頂，手巾受風吹動鼓脹如帆，風箏一樣，慢慢帶著清水隨風飛起。飛翔時的天色、場景，每個夢境差不了多少，夢中盡是一片昏黃，耳邊風聲絮絮，清水越飛越高。一邊因為飛上天空而感到輕快，但一陣子後，清水開始感到不安和害怕。他老是看見天空高處忽然出現了如蜘蛛網般交織的高壓電線，飛翔中的清水，害怕無法控制飛翔方向，就要觸碰到高壓電線而遭到電擊。

有些夢裡，他謹慎惶恐小心翼翼左閃右閃，終於順利穿越了蜘蛛網般的高壓電線，該鬆一口氣的，但他心底隨而轉為逐漸失去飛行動力並且即將墜落的惶恐。

每次的飛翔夢，他恐懼害怕的原因不同，有時是飛著飛著忽然感覺身心沉重，有時只是飛太高而害怕墜落，有時是發現拚命划手踩腳但已失去繼續往上飄動的能力，也有過帆一樣帶著他飛翔的手巾忽然間癟縮消氣喪失了浮力，或者，飛翔途中，發現地面上有一群人，拿著弓箭或長槍追著他跑，他們瞄準懸盪在空中無處閃躲像個活靶的清水。

清水的飛翔夢，從輕快開始，但結果通常並不怎麼愉快。

清水曾以為，若有前世的話，他的前世很可能是一隻冬候鳥，當秋風吹起時，他就要隨著季風長途飛翔遷徙。他也想過，會不會是因為喜歡看秋風從枝頭掃下飄零的落葉，而有這樣的夢境。不管如何，他始終無法解釋的是，他為何總是夢到電擊、墜落和被獵殺等等恐怖的情節，而且，屢屢被這些原本愉快但翻轉為不愉快的夢給驚醒。

他想，這會不會是早已刻寫在他生命底層而且無可更動的宿命。

粗勇仔

展福號船側的排氣口陣陣冒吐黑煙，為了跟住這條游蹤不定的大尾旗魚，鏢船時而疾衝時而蛇行，左右船舷輪流切水傾側，船尾掃出汩汩白沫艉浪。一段尾隨後，這條大尾旗魚，游速、游向仍然飄忽不定，惹海湧伯口裡罵了句：「果然是搞怪魚仔。」

鵠立於鏢臺前端的鏢手粗勇仔，四面裸空，並沒有任何護欄圍護，面對船隻不時變化的傾側或俯仰，加上難以逆料的側浪突襲，鏢臺上的每一下頓顛，都在考驗他腳力平衡的能耐，考驗他的歷練，考驗他的膽識。此刻的他，兩手握住鏢桿中段，讓鏢桿末段夾在他的右腋下，無論船隻如何迴轉，無論船隻如何傾斜，粗勇仔都必要讓鏢尖如指北針始終指住船前這條如磁極般的大尾旗魚。

粗勇仔手中的鏢桿仿如探照燈光束，在浪靄裊繞動盪不安的大片迷茫中，依然堅定且充滿希望地鎖住目標。

好幾次，展福號順浪欺近獵物一小段距離，粗勇仔終於候到與獵物間的射程距離，終於等到出鏢時機，他迅即將十七尺長的鏢桿，大把大把地往前送出，直到整支鏢桿離開他的腋下，這時，他瞬即將鏢桿末端拳握在右掌心，左掌上翻，撐住鏢桿。瞬間，將整支鏢桿挺舉在他的右肩頭側，三叉魚鏢的鏢尖，如銳利的三根獠牙瞄住獵物。

粗勇仔準備出鏢。

海湧伯適時喊了聲：「且慢……」在躁響急迫的追獵情況下，這一聲喊，只是喊給自己聽吧。

但船前這條大尾旗魚似乎聽見了，牠倏地如緊急煞車般突然減速，輝龍一時愣住，沒料到這條大尾旗魚臨時來這一招，海湧伯看懂輝龍反應及時退開離合器，但整艘鏢船仍慣性地往前衝了一小段。

獵物快速接近鏢臺這時，鏢臺上的粗勇仔聳肩昂鏢，準備出手。就在這弓弦緊繃的關鍵點上，這條大尾旗魚突然側翻下潛，適時將海洋生物在海水裡的三度空間優勢，發揮得淋漓盡致。

而展福號再如何經驗老道，還是只能浮在海面上。

家境需要，粗勇仔高中沒畢業寒暑假就跟著幾位叔父們學作泥水。

小規模工班，談不上家族事業，但也算是粗勇仔他們家族好幾代傳承下來的泥水工作。挑沙扛磚拌水泥西阿給（水泥塗抹）是做泥水的基本工，幾年下來，粗勇仔除了習得泥水技能，還練就一身精實魁梧。

人行累月總是不如風吹一夕，那些年，島嶼社會房地產景氣低迷，建案偏少，泥水工作斷斷續續，經常晒網。他叔父便介紹粗勇仔跟老鄰居海湧伯學討海。從此粗勇仔半工半漁。一開始還以泥水工作為主，直到粗勇仔高中畢業後，除非他叔父接到較大的工作臨時缺人手，一年中的大多數時候，粗勇仔幾乎都在海上。

泥水與討海，同樣是技術與勞力密集的工作，但粗勇仔顯然是選擇了海。這樣的選擇跟他的個性有關吧，粗勇仔身形高大，動作粗獷，講話大聲，個性幾分像他身材一樣直來直往。小時候他常被家人或厝邊隔壁戲稱為「青仔欉」，意思是像檳榔樹一樣不懂變竅直挺挺一根。有次，粗勇仔泥水工作下工後騎車經過廟埕，該日恰逢土地公生，廟埕口正在上演歌仔戲，經過時，粗勇仔恰好聽見戲臺上唱了一句：「我好比，龍困淺灘啊……」

粗勇仔沒有回頭看是哪一齣戲，但這一句龍困淺灘一直跟在他腦子裡好幾天，特別是當他攀爬在工地鷹架上，或是蹲在工地地下室拿抹刀給牆壁西阿給時，他停了一下手頭工作，心想，也許他需要的是比鷹架更高，比地下室更寬敞的舞臺。而除了硝煙瀰漫真槍實彈的戰場，大概再也找不到比海上鏢獵旗魚更適合他這般性格和志趣的人了。

粗勇仔上船工作沒幾天，海湧伯就看好他，將來會是一個出色的鏢手。海湧伯觀察發現，粗勇仔擁有先天獵人的特質，那就是發現目標，悄悄跟緊目標的移動軌跡，安靜等待，然後眼明手快地伺機出手。

海湧伯沒看錯人。

不久，獵人發現了陸地上的目標，觀察芬怡一陣子後，粗勇仔喜歡上這位女孩。挑了個日子，粗勇仔選在她下班路上，藉機攔下她，開口就說：「妳知道邊角漁港有鏢旗魚嗎？」這青仔欉式的行為和問話，讓芬怡愣了一下，還沒來得及作出任何回應時，粗勇仔接著說：「我是鏢．漁．船．展．福．號．的．鏢．手，明天特地為妳鏢一條大尾旗魚。」清楚說完便逕自離開，並在一段距離外遠遠回頭大聲拋下一句：「明天傍晚四點，邊角漁港見。」

這場他們的第一次遭遇，芬怡還愣在原地，根本不知道發生了什麼事情的時候，就已結束。

這種關於答應漁獲的事，就是海湧泊這種鏢魚鏢了一輩子的老獵人也不敢貿然做出的承諾，粗勇仔竟然為了追求芬怡，將這幾乎不可能完成的承諾，大膽說了出來。隔天，粗勇仔果然鏢到一條兩百六十公斤的大旗魚，並將鏢手的漁獵榮耀獻給第一次因為好奇而來到漁會碼頭看旗魚的芬怡。

粗勇仔確實是個獵人，而且是個出色的獵人。碼頭卸魚時，粗勇仔右手扶著旗魚劍一樣的嘴尖，海湧伯抬魚身中段，輝龍抬魚尾，他們抬頭挺胸扛抬獵物，走向群眾圍觀、道賀的漁會拍賣場。這尾旗魚是這天拍賣場中最大尾的漁獲。有所期待加上眼尖，粗勇仔一眼看見隱身在圍觀人群中的芬怡。他抽空稍微偏個身，朝向芬怡所在的方位，空出他另一隻手，掌心朝上，微欠身，嘴角露出一抹得意的神祕微笑。這個小動作，其實並不顯眼，但被背後的海湧伯悉數看在眼裡。

海湧伯在粗勇仔的背後低聲唸了句：「從小就聽過『一箭雙鵰』，今天終於親眼看見。」

還有什麼比得上鏢獲偌大一條大尾旗魚的粗獷、神祕，而且還將這漁獲成績如願獻給心儀的愛人更有魅力的事情呢。還有什麼比得上有濃密愛情支持下更勇猛的獵人呢。

從此以後，鏢船返航時分，邊角漁港碼頭邊便經常看見芬怡的身影。

海湧伯長喊一聲「且慢」後，船前這條大尾旗魚倏地煞停並側翻下潛。

鏢臺上的粗勇仔，眼睜睜看著原本一段距離外的獵物，快速拉近到他腳底下來，而且快速下潛。他鏢尖原本鎖定的目標，忽而變成一團越潛越深且閃爍不定的身影，就像一只來不及聚焦也來不及按下快門的鏡頭。

粗勇仔一時反應不過來，嘴裡「啊——」了一聲喊。

湧湧滾滾已經推頂到火山口的岩漿，那即將噴爆開來的騰騰獵意，竟就這樣停頓在「到底該不該出鏢」的萬分之一秒的意念之間。就這樣僵在粗勇仔狂嘯地「啊……」一聲喊後。

粗勇仔忽然縮手，沒有出鏢。

清晰到模糊，將要獲得到確定失落，這些變化，都在瞬間發生。

不過是萬分之一秒間的猶豫，這條大尾旗魚的身影，只剩下仿如沉在深海底漂盪不定的一條弱白色絲巾。

鏢桿仍高舉在粗勇仔頭側，鏢尖仍挺挺指住獵物離去的身影，燒紅的獵意仍然滾燙，但整個形勢就停頓在這關鍵點上。想要噴發，想要出鏢，想要收回那一聲狂喊，但都已經來不及了。

粗勇仔知道大勢已去。

一只巨大的、冰冷的鍋蓋，豪不遲疑，一下就完全蓋住了將要噴發的火山口。悶住的那口氣，在粗勇仔臉上和頭頂冒出縷縷煝煙。

不得已，粗勇仔從肩頂盪下鏢桿，鏢桿「啪」一聲極不服氣地撞擊他的大腿，鏢尖因而震了一下，吟吟發出如名劍出鞘後不見血不干休的一陣空吟。

粗勇仔嘴裡終於噓嘆出長長一大口氣，心中憤憤噴出半句：「早一秒出鏢也許……」

再怎麼懊惱椎心，究竟是錯過了。

自從發現這條大尾旗魚後，展福號接續的這一連串追獵過程，拍韻節奏不疾不徐，可說是老謀深算，經驗豐富，彷如在海面這一塊藍布帛上俐落地穿針引線。

沒料到，一湧湧浪褶慢工細活堆疊出來的出鏢高潮，竟然就這樣憑空消失。

沒想到一曲萬鈞節奏猛敲猛打繃緊到最後的割喉關鍵，琴弦突然繃斷。

一路承風受浪扛著的堅持，就在粗勇仔縮手後，展福號像是一下子被抽掉了神經，旋即鬆軟頹疲，黯然漂蕩在這片茫然海上。

北風淒厲，浪聲幾分蒼涼。

切割和迷路

沒有家，如同沒有退路。

清水曾經動過念頭，不如就隨遇而安四處漂泊吧。但他又隱隱明白，自我放逐將如同自我放棄，他的敏感讓他清楚看見，新鮮到腐敗不過是短短過程，放蕩的生活很快就會把生存意志給瓦解掉，他也看到了，放手後失速墜落的後果。

無論如何他必須先撐住自己。

儘管清水有這樣的認知，但年紀輕，歷練不足，自理自療能力畢竟有限。他只能暫且在他心中築起一道厚重的銅牆鐵壁，將這些難以逃避的紛擾瑣碎阻擋在牆後，暫時阻斷這些累積且糾纏在他心底的傷痛。

隔離掉回不了家的悲傷，關閉對家的認知與眷戀，切除曾經信賴的親情。為了在大城市裡繼續生存，他必要將這些傷痛埋藏到更深更深的內裡。體質原本敏感的清水變得極其敏銳，但他曉得，必要假裝，必要讓自己遲鈍一點。他心思靈活，但這一刻起，他必須讓人以為他只是「年輕不懂事」。這樣的自我處置，使得清水習慣與人保持距離，他幾乎無法敞開心胸與人談心，或是與人交往，他幾乎完全失去對人的熱情，有的話也只是禮貌性的表面應對。

他習慣獨來獨往，幾乎沒有朋友。

清水變成是個很能承受但話不多的年輕人，清水成長的每個階段都有人說他：「為什麼都不講話？」「恬恬三碗公呢？」「你少年老成啊。」「這種人心機重、城府深。」「為什麼都不解釋？」同樣體質敏感的人則會說他：「其實很冷。」

面對這些質疑或玩笑話，清水始終保持微笑，這也是他對外的標準回應。他待人依舊謙和誠懇，他寧願被當作呆、當成傻、當成個性彆扭如何也大方不起來的朽木或糞土之牆，也不願意與人因為更進一步關係而給自己帶來需要不停解釋的麻煩。他知道，要解釋的話三天三夜也講不乾淨。事實上，不只是清水，誰也沒有能力將造成自己眼前這副模樣的來龍去脈給講清楚吧。

所以乾脆不講。

好像也只能暫時這樣子平衡自己，暫時這樣子面對冷暖不定的人世。也算是幸運，清水避重就輕不與人爭的處世態度，讓他在擁擠競爭的城市環境中，善於閃躲無關緊要的閒雜事務，而成為那種抓住事情重點然後埋頭耕耘直到踩穩自己的人。

無論如何，清水終於抓住了一道在複雜人世中自處的幸運浮木，並且一步步摸索大城市裡的生存模式。以為力爭上游是離鄉背井的鄉下人進城發展的必要態度，至於寄人籬下的人情冷暖就當成是隨季節流轉氣溫上上下下的自然變化吧，童年生長的小城記憶就把它留根線頭浮在回憶大海的邊緣角落，破碎的家不過是不小心敲碎了一地的玻璃碎片，黑色海灣不過是因為夢、因為想像而存在，屋頂夢和飛翔夢根本是留在生命底層殘存的一點點浪漫。

清水切割得很好，學會了將這些盤纏在生命根底的悲傷記憶，以及後來隨著歲月攀附上來的煩惱瑣碎，挖個坑，甚至挖個豎井，將所有這些，一層又一層仿如整理過的資料，埋藏在暫且不傷身的安全距離以外。

學會了變竅變通的道理後，也因為認真，清水很快踩穩了第一步；然後邁向第二步。

不管升學或就業，算是符合了鄉下人進城力爭上游後的基本標準。

離開學校後，清水很快找到一份倉儲管理的工作。這是一份穩定的工作，更重要的是，這是一份只要安分守己，只要不在乎升遷，只要不出意外狀況，只要埋頭苦幹，不需要講太多話，也不需要太顯露自己的工作。

風水輪流轉，清水就業那些年，恰逢全球生產板塊位移，島嶼經濟起飛，產業一片大好。公司賺了錢，除了年終加發三個半月獎金外，還辦了一趟員工國外旅遊。

第一次出國旅行，那天他們來到德國紐倫堡，晚餐後，清水獨自外出散步。興致好，清水隨興多走了幾條街。他感到意外，相較於自己生活一輩子的城市，這裡的建築物、街道、店家以及在街道上行走的人完全不同，原來同個時間裡有個這樣的平行世界存在。一路貪看街景忘了時間，偶然回頭時，忽而一陣恍然，街景竟然完全陌生。

清水一時心慌，回頭找不到自己曾經走過的、記得的任何蛛絲馬跡。直到一輛雙節公車與他交錯而過，他才想起，住的飯店門口有這班公車。當下他直覺判斷，只要回頭跟上這班公車，應該就能回到住宿的飯店。他即刻在陌生的街道上尾隨這輛公車，跑了起來。

公車打出右轉方向燈，清水隨後跟著右轉。轉過街口，清水看見前方是個丁字路口，這時，公車剛好靠邊停站。清水慌張的心終於放下，他放慢腳步，心裡估算以他剛才散步的距離，等這班公車離站後，只要確認前方丁字路口，公車是右轉或左轉，應該就能指引他找到回去的路。

不久後，公車閃燈離站，往前駛到丁字路口，這時，雙節公車竟然像是折成兩半，變成兩節車廂，一左一右，各自往街道兩側駛離。清水心頭唯一憑藉的浮木指標忽然落空，他愣在街頭，如何也想不到的狀況，竟然活生生在他眼前上演。

這次，他完全迷路了。

海湧伯

海湧伯出生在邊角村，當時的邊角村算是窮鄉僻壤，一般居民在海階臺地上以簡單農作為生。

臺地在原始年代因板塊推擠從海床被推上來而形成，為岩礁底質，土壤層薄又貧瘠，地力有限，農作不成規模維生而已，生活一般貧窮。但老天似乎為了彌補陸地的有限，給了這個村子一口面對大洋的漁港。早在日本人占領這座島嶼的年代，當時的政府就看中村子面對大洋的特性，以人工內挖方式開闢了這座簡易的海港，全力發展大洋漁業。戰後，經過了兩次拓港工程，而有了今日邊角漁港的規模。

小時候的海湧伯，對他父親完全沒有印象，偶爾問起時，他母親總是嘆口氣跟他說：「骨頭倘打鼓，死萬代囉。」他母親靠著手耕農作，辛苦養育他到小學畢業後就跟他說：「接下來，就要靠自己了。」

海湧伯還記得，十三歲那年，他母親抓了一隻養在後院的閹雞，帶他去村子裡從事漁撈而家境小康的船長萬來仙仔家裡拜會。他母親拜託船長，給她從小失去父親的兒子有機會在他的鏢船「漁津六號」上學討海。

一隻閹雞已經是當時海湧伯家裡僅剩的資產，當時，隨便一個漁船「海腳」（船員）的收入，都會比務農或岸上其他工作優渥一些。

那時，一艘鏢船上的海腳至少七、八個人，少年海湧伯初初踏進這艘擁擠的海上小家庭時，他的身分連海腳都不是，他不過是這艘船上階級最低，而且是上船來學習當海腳的學徒而已。學徒在鏢船上的工作就是打雜，他得挑水、擔柴、煮飯、洗鍋盤、刷甲板，聽命於每一個海腳的使喚。可說是集所有瑣碎勞務於一身，而且得看人臉色的船上「小弟」。

十三歲，不過是個大孩子，海上勞力工作先不說，當船隻作業結束返港後，海腳們都上岸休息去了，那時的年少的海湧伯還得為下一趟出航作準備，他得上岸打水、挑水，將船上的淡水艙給餵滿，有時還要將船長買來的薪柴，一擔擔挑上甲板，擺放整齊，以備船上生火煮食用，最後，還得將沾了魚腥味的甲板整個刷洗一遍後，才得上岸休息。

那時候的漁船沿用「日本精神」來管理，船上階級分明，工作沒做好，受罵挨打是常有的事。還在適應期的學徒少年海湧伯，暈船已經難過到需要被照顧、被安慰，病懨懨的少年郎，還得勉強打起精神聽命行事，即使不合理的要求也得卑微地迎合船上每位海腳各自不同的需求。

有次海上作業，他一時分心，薪柴火候沒控制好，少年海湧伯煮出來的一鍋飯，帶著鍋底的焦巴味。船上那位經常對他橫眼怒眉脾氣暴躁的大副，才扒一口飯，從甲板站起來抬腳一踢，將整鍋飯踢翻在甲板上，隨即又橫過腿來，朝少年海湧伯的大腿肚上狠狠踹了一腳，狠聲罵道：「重新煮過！試看嘜，再煮這種飯，看我會不會把你踢落海。」

暈船暈到翻胃，少年海湧伯一臉青筍筍，幾天下來，胃裡裝得下去的不過是那幾口解渴的水，但終究還是一滴也留不住，不堪幾次嘔吐，胃裡的每一滴水還加了膽汁，全部吐回最原始的海水裡去。讓少年海湧伯更難過的是，無論他在工作上如何努力，態度如何卑下，還是時常被刁難、受責備。好幾次船隻返港，所有船員早已離去，只剩下少年海湧伯留在船上，當他終於病懨懨地作完後續工作，天色已經昏暗。他拖著沉重腳步，蹣跚走回家裡。到了家門口時，少年海湧伯一手扶著門框，虛弱地跟站在屋內廳堂等著他回來的母親說：「明天不去好嗎？岸上再找其他任何工作，我都會拚命做。」

個性溫和的母親，總是一再安慰他、鼓勵他：「再試一次就好，明天再試一次，如果還是暈成這樣的話，下次就不去了。」少年海湧伯接受他母親溫柔的勸撫，如此一趟又一趟去回，而最後，他總會接受勸撫答應母親再試一次。就這樣，一次試過一次，少年海湧伯終於走了過來。

漁船上辛苦過渡的日子，如舷邊滾滾波濤一點一滴慢慢流過。少年海湧伯終於度過適應階段，終於踩穩了鏢船甲板的第一步。

凌晨兩點半，年輕的海湧伯早已起床，準備搭鏢船出海作業，他母親在廚房為他煮了一鍋飯，煎兩片鹹魚，讓他吃了才出門。

少年海湧伯提起裝了一件「油衫褲」（連身雨衣）的加薦仔邁出家門，他母親跟上前一步，追在他背後說：「船上工作，要記得，越有本事就越不會被欺侮。」

這句話，十三歲的海湧伯自那天出門後就一直帶在心裡。

克服了暈船後，少年海湧伯認真努力做好自己份內的事。每當海上漁撈作業緊繃的關鍵時刻，他還會適時主動地「湊腳手」，到處幫頭幫尾，特別是粗重又沒人樂意做的瑣碎工作，他都勤快地接手完成。一年下來，少年海湧伯在漁津六號這艘鏢船上，從暈船嘔吐，匍匐受苦，直到站起來的過程，受日本精神影響一向表情嚴肅行事嚴謹的船長萬來仙仔，全看在眼裡。

失去獵物，展福號迷航似地在海面上放風放流（船隻隨海風飄動隨海流漂動狀態）。

船隻很快被強勢北風吹橫了身子，鏢臺指向外海，穩固的海岸山脈橫在船尾一段距離外，船腹受海流牽引逆擋風勢，迎風傾斜的這一側，放大了風向與流向的衝突，全化作碎浪緊貼在左舷受風昂起的舷邊啪啪作響。

一波猛浪自北邊襲來，船隻受浪被橫著扛起，左斜右傾，湧浪快速通過船下，船身右斜左傾側著身重重撞落波谷，跌出左舷海面又是一片破浪白沫。這一刻，所有的風聲、浪聲、船隻與海面的衝突聲，怎麼聽都像是一次又一次無奈地呻吟和嘆息。

追獵中斷，鏢船失去魂魄般受風浪擺布。

忽然間，強壓過風聲、浪聲，氣勢昂揚地一聲高喊：「注意！」自駕駛臺重重喊出。是海湧伯，是海湧伯用力高喊提醒鏢臺上的粗勇仔和輝龍：一時失手，失意難免，但不可以失志。

海湧伯適時一聲吶喊，打破了消沉氛圍，鼓勵了鏢臺上的兩位夥伴：我們還在戰場，戰爭尚未結束。這一聲喊，將整艘鏢船從失意的波谷強強拉住；這一聲喊，喊出海上獵人不容易被吹熄的鬥志。

風聲颯颯，船隻高低俯仰，船上三人各自守住不同方位，不時迴擺他們的頸脖，像船上三具自動旋轉的探照燈，來回掃瞄四周海域。他們沒有交談，他們沒有放棄，他們睜亮被北風刮紅的眼，繼續搜尋海上突出於風痕浪痕以外的任何線索。海湧伯沒打算讓全船已經著火的眼睛，中斷在失手的這一刻。

不只一次，海湧伯在閒聊時跟粗勇仔和輝龍兩個徒弟說：「獵人最怕的是掉頭離開，最怕的是心裡已經放棄，一時失手並不代表永遠失去。」海面一片茫然，但是在海湧伯鼓勵下的這艘鏢船的心，可一點也不茫然。他們被鼓勵起的獵魚態度是：「在眼裡失去的，就用自己的眼睛給找回來。」他們知道，這一首由他們主編主導的壯闊樂曲，只是暫停，尚未曲終人散。

風聲、浪聲、引擎聲交錯出海上一片空曠和孤寂，但是，聽見了嗎？

那枯瑟風底悄悄尾隨上來的氣息，聽見了嗎？那蒼茫水色中沉潛的隱隱騷動，感覺到了嗎？

他們明白，沒有起伏，不足以成就汪洋；沒有波折，哪來值得流傳的海上故事。

潛逃

回過神來，清水才注意到，邊角漁港候車亭前越過馬路的不遠前方，有一道斜下臺地而且並不顯眼的小徑路口。小徑邊，留意才看得見，有根半沉於路面半掩蔽在一棵刺桐枝葉裡的道路標示牌，指向坡下，標示牌上頭草草「邊角漁港」四個字。一邊是來時路，另一頭是小鎮熱鬧的街市，這時的清水，彷彿來到了命運的三岔路口。

在候車亭裡東張西望不知該如何走下一步的清水，眼睛一亮，意外發現了對街這條不顯眼的斜坡小徑。從牛仔褲口袋裡抽出右掌，指尖抵了抵臉上的太陽眼鏡，怕光似地順手拉低了帽沿，清水終於踏出了候車亭。

清水個性容易緊張，一緊張講話就結巴，開口講話時常被取笑，加上年輕時在大城市裡帶傷的生存掙扎，讓清水的個性更是背離了熱鬧繁華，盡量往人少的邊緣角落或荒僻的野徑裡去。經驗告訴他，與人相處最適宜的態度就是少講話，最安全的位置就是不容易被看見、不容易被注意的角落，最安心的姿態就是低調。

現實缺陷加上傷痛經歷造成的人際障礙，清水只能卑微地盡量不與人連結進一步關係，盡量不形成對人的依賴，他不會主動找朋友，時間卻主動為他劃下人情上的隔閡，他幾乎沒有朋友。清水早就認為，像他這樣的人活在這樣的世上，無論親情、友情或愛情，恐怕都與他無緣。清水曾在一本書中讀到：「人性的特質之一就是『機會主義』，當外在條件改變情況下，還能維持『忠誠』關係不變的『任何』人，一輩子中只要找到少數一、兩個，就算是幸運的人生。」而少年老成的清水，一輩子都在尋找，不是找人，他試著在找尋一個地方，他認為擁擠的人世以外，一定有個理想中的「遠方」。

「那裡不需要戴面具，不用扮笑容，不需要看人臉色，不會被取笑，不會被質疑，不需要一直解釋。」清水想像的遠方：「那裡圍著一堵厚實的牆，那裡會有個躲得進去而且圍著堅硬外殼的容器，那個容器啊，即使滾下懸崖也不用害怕會破裂或粉碎，那是個與外界絕對絕緣，而且是即使高速通過大氣層也不會被摩擦高溫融化的艙體。或者，遠方那裡，輕易可以找到一件讓自己隱形的斗篷，或是找到喝下去就能在人的世界裡消失一陣子的藥水。」

這些想法都不切實際，清水也知道，最實際的遠方其實就是：「背對熱鬧，走出群體。」

然而，促成清水這趟走到邊角漁港的原因，不是浪漫，不是流浪，也不是自我放逐，更不是為了尋找遠方，他這趟出走的實際處境是潛逃。這一次，他是逃亡的獵物。

六個多鐘頭前，清水迫不得已匆匆跳上這輛客運車，所以在邊角漁港站下車，是因為這一站是這條客運路線的終點站，所以選擇這條下去漁港的斜坡路走，是因為他已經無路可走。

鏢手

船隻貼著海面航行如在犁浪，海面湧盪不定的起伏如實反映在船上的每一寸甲板上。

特別是鎖定獵物處於追獵狀態下的鏢船，顧不了海面坎坷，整艘鏢船的意志完全心無旁鶩地繫放在奔游於船前的獵物身上。就像離開槍膛的子彈或離弦射出的箭，目標明確。

即使橫在船前的是高山般的湧浪或深淵般的波谷，掌舵的海湧伯絕不會因為船前出現任何浪況的阻撓而停下追逐。無論風勢、浪勢，無論風向、浪向，無論外在的海況是順的是逆的，是正向的或側向，除了「跟上獵物、跟緊獵物」的唯一使命，追獵狀態下的鏢船，不會有其他任何「雜念」。

鏢船在追獵時，橫在船前的絕不會是平坦好行的順境，這是一場越野賽而不是田徑場般的平地賽事，鏢船的狀況必然是衝、上、撞、下、迴、旋、傾、側、顛、簸、崎、嶇，船隻因為追魚而產生的所有「不平」，全都焦聚在鏢手粗勇仔的兩個腳踝上。

為了關鍵時機能靈活出鏢，鏢手四周並沒有任何可以扶持的依據或保護他防止跌落的任何安全索具。鏢臺上的粗勇仔，他整個身體和鏢船唯一的連結，就是鏢臺前端大約三十度斜角往前斜下海面的這方約兩尺四方的斜板。這方斜板，就是鏢手獵魚的舞臺，也是獵魚行動中如舞臺投光燈定焦投射光圈的位置。

斜板上釘了兩片以帆布圈成如拖鞋口的兩只「腳籠仔」，鏢手登上鏢臺就像是穿上了這艘鏢船前端的兩只腳籠仔拖鞋，再以他保持敏銳彈性而且必要相當有力的兩條腿，來感知鏢船追獵過程中船隻的所有顛晃和不安。

追魚時，整艘鏢船處於繃緊神經的戰鬥狀態，此刻全船所有的注意力，完全貫注在船前奔游的獵物身上。這時，鏢手若不慎從鏢臺上跌落，第一時間船上恐怕不會有人注意到這件落水意外。而且，追獵旗魚的鏢船必要急衝急旋，落海的鏢手若無法及時游泳避開隨後切來的艄尖，有可能遭船尖撞擊，或者，被隨後跟上來的艉後槳葉給掃到。無論哪一樣，都有嚴重受傷甚或致命的危險。

粗勇仔結婚成家後，妻子芬怡曾經問他：「為什麼不綁個類似安全索或什麼防止跌落的安全設施？」

「哦，那怎麼鏢魚？」粗勇仔瞪大眼睛看著芬怡，回答的口氣像是在懷疑她為什麼會這樣問。

「說給我聽看看？」

「綁手綁腳的，不自由。」

「安全重要還是自由重要？」

「不自由，就出不了鏢，卡卡的，怎麼獵得到旗魚。」粗勇仔的意思是，站穩鏢臺並保持最大的靈活度是鏢手的首要考量，跌落海這件事完全不在他的考量範圍內，甚至想都不曾想過。讓自己屹立不搖地站穩鏢臺，是鏢手不會動搖的信心，也是鏢手不容懷疑的基本能耐。

船隻浮於海，海面顛簸，船艄撞浪，追魚、獵魚的甲板如此湧晃不定，鏢臺因為懸空並架高在船艄外，更是放大了鏢船追獵時或衝刺或煞車或迴旋產生的不規則顛簸和突如其來的快速位移。

粗勇仔的兩條腿，必要隨時如長短腳般，分力左右踩踏，來平衡船隻的左右傾側。他的兩個腳背必要隨時鉤拉或抵緊帆布帶，來有效抵銷船隻撞浪或陷入浪谷時的劇烈俯仰。他的膝關節必要保持最佳彈性，隨著船隻衝上撞下的顛簸時而彎曲、時而頂力挺直。他腳下踩著的斜板，讓他的腰身必須時時向前挺出。他的身體重心和意念，在追魚過程中，幾乎是前傾而整個懸在船尖外。

只能憑空想像

「好好人，為什麼要嫁給討海的？」當芬怡跟家人談到交往對象是粗勇仔時，她父親以幾分瞧不起人的語氣質問她。

當粗勇仔和芬怡兩人的關係進展到論及婚嫁時，這一次不僅芬怡的父母，幾乎是所有芬怡的親朋好友像是串通好了一樣，一致表示反對。

芬怡當然曉得，討海是重勞力、高風險，而且收入不穩定的工作。只能說討海確實是一種相對特別的行業，頂多就當作是比較不正常的工作，但完全不是不正當的職業。芬怡因此認為，家人或親朋好友沒什麼道理如此強烈反對。她十分堅定而且勇敢地回應這些反對意見：「到底是我要嫁，還是你們誰啊？」

芬怡清楚得很，她要嫁的是粗勇仔這個人，她要嫁的是這個出色又有膽識的鏢手，她要嫁的是個如同武士般的海上獵人，她要嫁的是這個待她細心而且溫柔的人。「儘管他的工作比較特殊，但是，」芬怡語調和緩但字字清晰地跟她父母說：「請你們仔細看這個人的個性和人品，而不是對他的職業嫌東嫌西。」

「是怕你受苦。」芬怡的母親低下頭來細細聲說。

「到時欲哭都無眼淚。」芬怡的父親以不聽老人言的語調依然強硬地警告她。

這起芬怡家裡的風波，如果是好好溝通也許還有些轉圜餘地，但個性直又攪拌了情緒在裡頭，硬碰硬結局可想而知。當芬怡的父親說出：「嫁什麼人都好，就是不准嫁討海人！」這句話時，芬怡的相對回應自然就會帶著意氣用事，像斧頭一下下砍在船板上的聲音，為了顯示斬釘截鐵，她一個字一個字慢慢說：「非．粗．勇．仔．不．嫁。」從說明狀況到解釋，從解釋到抗爭，從抗爭到不顧一切，最後，芬怡表達了不惜與父母、與眾親友決裂的堅決態度。

究竟單一個女兒，從小疼在掌心裡，芬怡的堅持奏效，她父母只好暗地裡說了句：「愛到卡慘死。」一方面安慰自己，一方面找臺階下，慢慢轉變了強勢強度。其實也沒其他辦法了，只好默許。

芬怡終於如願嫁給了粗勇仔。

婚禮辦在春末，而整個夏季都算是沿海漁撈小月，芬怡和粗勇仔確實度過了一段甜蜜的日子。可是中秋過後，當秋風吹起，天氣轉涼，小倆口儘管還在蜜月熱度中，問題恐怕就在於兩人還在熱頭上，來不及降溫。

旗魚漁季開始後，芬怡很快發現，「討海」這件事，不再是隔著距離，而是直接來到了同個屋簷下的切身關係。每次半夜電話響起，當粗勇仔接到海湧伯的出海通知，芬怡看到粗勇仔總是喘兩口大氣後，才翻身離開他們的床窩。

每一次，芬怡都得揹著再如何捨不得、再如何也抱不夠的情緒，但還是得狠下心來用力推開粗勇仔。

每一次，芬怡看著粗勇仔拎著討海加薦仔，毅然轉身離開家門，但又屢屢回頭想跟她說什麼的兩步遲疑。

每一次芬怡眼睜睜看著她的愛人、她的尪婿，踩著遲疑步伐但最終還是得背離亮著燈的家門，一步步踩進寒涼的黑暗裡。

每一次，當芬怡目送粗勇的背影消失在黑暗的街燈中，她知道，幾分鐘後，她心愛的人就要搭上鏢船，遠離安穩的陸地。

好幾次芬怡心裡懷疑，這離去的寒涼感就是她不顧一切選擇的後果嗎？那消失在黑暗裡的背影，確定就是她無論如何也要將他緊緊抱在懷裡的海上獵人嗎？

「此刻，我寧願粗勇仔當個平庸的弱者，依賴在我懷裡，也不想要看他勇武地站在鏢臺上冒險。」芬怡送粗勇仔出門後，好幾次倚在門邊想著。而且，鏢旗魚常在冷鋒下來海風呼呼的惡劣海況下出海作業，她難免更加掛心。芬怡因而問過粗勇仔：「你們海湧伯老是挑這種日子出海，是跟自己過不去呢，還是為了考驗你站鏢臺的能力？」

「妳誤會了，作業時間不是海湧伯挑的，出海鏢魚的時機是聽獵物、聽旗魚來做決定的。」

「掌舵的不是你們自己嗎，還聽旗魚做決定咧，沒什麼道理吧？」

「這種白肉旗魚啊，搞怪，牠一年當中最肥的時候就是在這中秋過後風浪變大的東北季風期，也好像是故意的，牠們特地選在這風大浪大的季節巡游來到我們邊角外海。」

「如果真是這樣，不得不花開逢時，你們也可以多等幾天啊，等鋒面的鋒頭過去，甚至等鋒面與鋒面間風力稍微減弱，天氣回穩的情況下再出海作業，沒差那幾天吧，這樣不就可以避開不利於作業的惡劣海況嗎？」

「妳有所不知啊，白肉旗魚搞怪也在這裡，風浪若是平靜下來，牠就深深躲著，就是不浮出海面，牠們就是專挑這種北風呼呼、專挑浪高在兩、三公尺上下時，才要浮出海面，我們也才有機會看見牠或鏢獵牠。」

看芬怡低頭似在沉思，粗勇仔補一句說：「鏢魚是這樣的，總是眼睛得先看見，發現旗魚後，才有後續的追逐和出鏢機會。」粗勇仔兩手一攤，聳了一下肩。

這陣問答讓芬怡感到意外的是，在她心中無比英勇的海上獵魚行動，竟然受到旗魚如此牽制。而且，鏢旗魚這種海上獵事跟一般獵人不一樣的地方，恐怕是因為獵者、獵物間隔著一層海面。這始終閃著天光的薄薄海面，讓獵物掌控了整場獵事的主導優勢，而海上獵人再大的本事也只能屈服於這層眼光或行動都無法輕易跨越或突破的薄薄一層海面。

進一步了解鏢獵旗魚的狀況後，芬怡慢慢發現，雖然她跟粗勇仔的關係如此緊密，但她在這場漁季獵事中的位置，只是被動後的被動，或者說，根本不過是外圍漣漪而已。這個漁季，旗魚才是中心點，鏢船在海上追著繞著旗魚跑，而她只能讓自己的心思隨著窗口呼呼風聲，隨著想像中的惡劣海況，隨著她腦海裡站鏢臺的粗勇仔的身影，如此遙遠且如此不踏實地掛心和掛念。

好幾次，當粗勇仔因為連續漁獲不佳而自責時，芬怡即使想安慰他，但她實際上了解的鏢船作業只是船隻返港後卸魚賣魚的風光場面，海上的獵魚經過，也只能透過粗勇仔的局部敘述來作想像上的連結。缺乏在場經驗的芬怡，不過是想以獵人妻子的身分給粗勇仔一些安慰或鼓勵，但就連這麼簡單的事，她竟然不曉得該如何開口，也不曉得能夠為粗勇仔多做些什麼。

直到此時，芬怡才徹底明白，出嫁前她母親悄悄跟她說的一句話：「討海是一家子的事。」

隨著漁季深入，芬怡越來越覺得，這漁季裡，她對粗勇仔鏢魚這件事的認知不僅是隔了層紗而已，而根本是兩個世界的差異。芬怡似乎只能憑空想像鏢手粗勇仔在海上獵魚的模樣，而過去讓她著迷、讓她仰望的獵人英雄氣概，竟然變得如此朦朧，而且遙不可及。她根本無從了解鏢手失手後為什麼會有這麼大的自責情緒。

他們戀愛時，芬怡無數次在碼頭邊等待粗勇仔的漁船回來，好幾次看到粗勇仔掌舵操船泊靠卸魚碼頭，那種男兒遨遊四海後返航的神祕感的確十分迷人。好幾次，她看著碼頭邊搬魚卸魚的粗勇仔，發出豪邁的幾聲喝喊，那是英勇征戰後武士上岸並粗獷卸下獵物的原始野性魅力。這些，都讓當時的芬怡覺得浪漫，覺得粗勇仔是為她而戰，並且將戰果從神祕海上帶回來獻給她的勇士。

有距離的美感，往往是建構在生活現實外的浪漫想像。兩人不過才共同經歷了第一個旗魚漁季，芬怡對於粗勇仔的鏢手工作，從原初的浪漫想像，很快轉變成擱在心頭的擔子。比起一般新婚人家蜜月期之後需要承擔的柴米油鹽醬醋茶的現實生活，還要多出許多許多。

等待

展福號追丟了獵物後並未放棄，船上三名獵人仍守著責任方位，勤快轉動他們的頸脖，燃燒他們的眼睛。鏢船上除了風聲，除了引擎聲，全船獵人都屏住氣息、瞪大眼珠子，全神貫注地在海面上搜尋獵物的線索。

他們臉上的每一道皺紋都因專注而彎曲，他們眼珠子因用力瞪視而充滿血絲，他們的眼眶裡現在只容得下獵物，其他都是多餘，他們銳利的眼神似乎都長了牙齒，想要再次咬住失去蹤影的這條大尾旗魚。

時間乘著北風的翅膀快速飛越船邊海面，一段守候後，粗勇仔率先打破沉寂揚聲高喊：「那！那！」

粗勇仔手中鏢桿，迅即帶住鏢尖隨他旋身半轉，鏢尖昂然指向七十五度方位。其他四顆著火的眼珠子隨即跟著鏢尖一起轉向，聚合成像是發現敵機的探照燈，一起聚焦光源，一起射向船隻左前八十米外如鐮刀樣藏在褶褶波峰斜坡上的這根尖突尾鰭。

海湧伯左舵十五，提了些油門，展福號輕巧切浪左旋，排氣管洶洶傾吐鬱鬱悶氣，猛然吐出幾口濃稠烏煙。

展福號重新活了過來。

第二波攻擊發起。

展福號再次盯上下潛一陣子後又浮出海面的這條搞怪旗魚，船上獵意再次如火索恣燃，奔竄了起來。憑這條大尾旗魚的游泳能耐、潛水能力再加上水下三度空間優勢，若要擺脫一路糾纏跟隨的展福號，其實不難。這場追逐，牠完全掌握了離開或繼續陪鏢船遊戲的主導權。沒錯，牠在戲弄鏢船。

展福號重新追緊獵物。

第二波追獵過程中，粗勇仔好幾次舉鏢，但一樣都慢在幾分之幾秒間的剎那猶豫。這條大尾旗魚似乎摸熟了粗勇仔出鏢情緒的最低熔點，並以其靈巧及瞬動能耐，屢次有效地消蝕掉粗勇仔出鏢的最佳時機。全船火燒的獵意，一次次都被大尾旗魚洞悉，而以瞬間的或左右、或深淺來破解。

粗勇仔只好再次放下鏢桿，並將鏢桿重新夾回腋下，等待下一次機會。

鏢手面對如此孔武有力的大尾旗魚，特別是對這種善於搞怪的獵物，講究的不再只是鏢中與否，考驗的寬度已經窄化成必須考量這一鏢下去的著鏢點。而且，一百個出鏢時機中，可能其中只有一個算是最佳時機，其他九十九個都是在考驗鏢手的耐心和判斷。

因為這著鏢點，直接關係到能不能獲得這條獵物。

這麼大一條旗魚，性情火爆，衝勁十足，牠擁有的退路，擁有的迴旋空間，別說海洋、陸地十分之七與十分之三的差別，對比之下，鏢船不過是一艘浮於寬廣海面上的小小甲板，憑這樣單薄的條件，就要來索取恐怕連天神也不敢想要就一定要得到的這麼一條大尾旗魚。

這條大尾旗魚與展福號之間立足點並不對等的這場追獵中，鏢手必要十分耐心，讓充滿自信的獵物因為一時貪玩、一時疏忽、一時輕敵，而不小心洩漏了乍現的破綻。

粗勇仔在等待這樣的機會。

三年前的漁季，有次追獵過程中因出鏢落空而失去了獵物，那一次，海湧伯曾經這樣說過粗勇仔：「鏢旗魚不是征討，不是爭戰，姿勢蹲低一點，我們是乞討，乞討大海、乞討這條旗魚給我們機會，我們不是要贏過牠，而是耐心地等待牠給我們機會。」

「這樣說……」年輕氣盛的粗勇仔相當不以為然，他回嘴唸了一句：「這樣子，沒什麼獵人氣魄，也沒什麼獵人尊嚴啊。」

「得到獵物的獵人，才有資格談氣魄、談尊嚴。」海湧伯輕聲但字字清楚地回應粗勇仔。

鬆了戒心

匆匆逃離城市，逃離住家，告別過去，這天，清水轉了好幾趟車後，選擇了走下斜坡、走向位於臺地下方的邊角漁港。

這是一趟沒有目的地的潛逃，除了順利逃離城市時暫時鬆下的一口氣，過程中只覺得傷心不覺得輕快。整個逃亡過程中，似乎只有走下斜坡的這一步，是清水自己的選擇。

一路上，清水腦子裡出現的畫面，盡是黑色浪濤以及陷在黑色鐵皮屋頂上掙扎的夢境，他心裡難過，「難道這陪著我一輩子的夢，是老天向我預示，注定陷落的前景嗎？」清水一邊走下斜坡一邊想：「再怎麼謹慎和努力，面對的若是早已注定好的結局，過去的，不就是白忙了一場嗎？」

也真的好像是這樣，清水多年來可說是戰戰兢兢一刻不敢鬆懈地在大城市裡站穩了自己，年紀輕輕，就娶了妻子有了兒子買了房子和車子，好不容易攀上屋脊，也算是成家立業有了不錯的基礎。沒料到一個錯誤判斷，腳一滑，晴天霹靂，清水再次滑落谷底。

小羅是公司新進的臨時工，分配在清水的部門打工，中午休息時間，小羅常跑來找清水閒聊。清水話不多，表面應對的成分遠大於人際關係上的需要，他並不是聊天的好對象。但小羅看來積極熱心，不然就是別有所圖，還是常來找清水聊天。有一次小羅來，發現清水用很長時間認真盯著那天的報紙看。

「有什麼好消息嗎？」小羅探頭看了一眼清水手上的報紙隨口問。清水放下報紙，小羅很快瞄了一眼新聞標題。那天的主要新聞是政府宣布「產業下鄉」政策。因為大城市人口快速成長，汙染問題加上城市土地寸土寸金，不再適合原來設廠於大城市裡的重工業，因此透過獎勵政策，讓這些高汙染工廠遷往偏鄉。小城因為地緣關係，成為工廠搬遷的熱門首選。

「你跟這座小城有關係嗎，看你很關心這件事。」小羅指著出現在報紙副標上的小城名稱。

「是我家鄉，我在那裡出生。」

「難怪，看你憂心忡忡，真是好山好水好空氣的地方啊，若工廠都遷往那裡去，可惜就毀了這個好地方。」

「上面決定的政策，我們平民百姓還能怎樣？」

「不，不，時代已經不同了，不合理的政策當然要起來抗爭，越是姑息，他們越是得寸進尺。」

大概是掙扎求生階段帶來的陰影吧，清水因為小羅這幾句話而睜大了眼睛。他心裡想著的是，「注定的事，還有被改變的機會嗎？」

「只要有人願意下鄉，遊說在地居民，組織成反對團體，進行有計畫的抗議衝突，再加上媒體渲染，當然有可能阻擋這明白欺侮鄉下人的錯誤政策。」

說到重點了，清水挺了挺身問：「問題是誰啊，誰有那種美國時間到鄉下去進行這種環境運動。」

「我就是最恰當也是現成的人選啊。」小羅立刻將自己曾經參與社會運動的經歷跟清水作了簡單的陳述，不僅如此，小羅還趁勢進一步跟清水談政局趨勢、談人生規畫、談人性局限、談勞資矛盾、談階級剝奪、談不公不義的各種社會現象。

是有點嚇到，沒想到一個臨時工，一席話便深深觸碰到清水過去深埋於心底帶傷的憤世情緒。於是對小羅鬆了戒心，甚至還覺得小羅這樣的人留在公司打工，根本就是浪費人才。

接著好幾天的中午休息時間，小羅更加勤快跑來跟清水分析接下來「產業下鄉」政策可能引發的連續效應，以及分析平民百姓可能可以有所作為的切入點和因應對策。清水聽了小羅的這番分析後心想，「要是我錢夠多，還真想花一點錢，支持像小羅這樣有理想性的人，到自己回不去的家鄉，到小城去耕耘一段時間試試，或許真的有機會來擋下這些冒黑煙的工廠進來破壞小城的優質環境。」

「我來這裡打工，真的只是『臨・時・工』，吃這種死頭路沒出脫，若信得過我，人生有限，我們一起來幹一場有意義的事。」看時機成熟，小羅跟清水提出他如何又如何有理想性的創業構想：「你只要出資二十萬，算是支持我的眼光和創意，我們在小城成立一家電腦公司，這方面我是專業，也做過市場調查，在小城發展算是搶到先機，公司你掛名就好，你繼續上你的班，公司由我來操作，雖然我們主要目的不是為了賺錢，而是讓我有機會長住小城蹲點，並從事保護鄉土的草根運動，來阻擋工業惡魔的入侵，一方面你也會獲得除了死薪水外的投資收入，請相信我的眼光和能力，三年之內，我保證新公司的營利所得，分紅後，至少還可以提撥百萬元以上來成立一個支持社會運動的基金會，來培訓更多的社會運動種子。然後每年……然後……」小羅十分有耐心地畫了一塊有利潤又是做好事的大餅來說服清水。

「二十萬真的不是大金額，就算投資一個有理想有專業又肯做事的年輕人吧，而且，除了有機會保護鄉土外，也許公司賺了錢，以後或許可以提早退休，回小城過長久以來憧憬的田園農耕隱居生活。」清水這樣認為。於是，也沒跟家裡商量，想說就這一點錢，當作私下的小投資，萬一有閃失，就認賠作結，萬一成功，也算驚喜，可以提早滿足清水的妻子屢次提到的想搬到鄉下，想過清淡田園生活的願望。

小羅拿了清水的錢，辭了工作，在小城租了店面，電腦公司順利開辦，「反對汙染，保護鄉土」的環境運動也如計畫期程，一步步展開。小羅大城、小城兩頭跑，來大城市跟清水說明環境運動進行的情況，以及公司業務發展狀態。兩個方向看起來都上了軌道，清水有點飄飄然的感覺，覺得自己的一點點投資，竟然可以為家鄉作出貢獻，同時又當了老闆，定期聽取小羅的業務和工作報告。

「現在我自己一個兼頭顧尾，難免流失一些機會，如果公司能再請個人手，對公司業務和環境運動發展都會有很大的幫助。」

「多僱一個人手要多少預算？」

「公司已經有基本營收，可提撥一部分人事預算給新進人員，但畢竟是草創期，若是你這邊允許，再拿個十萬元出來，不管公司或運動，就能多個左右手，多個生力軍。」

一個月後，小羅又開口要求：「若能用公司名義貸款，買一輛車來跑業務，可省下來來往往許多交通時間和花費。」

一切都如小羅規畫，新人進來，兩項工作順利進展，小羅現在都是開車來跟清水作報告，清水也在媒體看到，地方民眾反對工業汙染鄉里的活動報導。小羅精準掌握時機，三個月後，跟清水提出要求：「公司發展穩定，已經符合中小企業融資貸款的條件，我們可以申請看看。」

大約半年後，政府在地方民意群起抗爭下，答應通盤檢討「產業下鄉政策」。清水看到報導，心中歡喜，「真是找對人了，除了環境運動有成績，公司方面根據小羅上個月的財務報表，也是大有可為。」

沒多久，清水接到銀行通告，公司發生跳票事件。他急著聯繫小羅，但小羅和那位公司員工，開著公司的車，人間蒸發似地如何也找不到人。當債權人一擁而上找到清水上班的地方，清水總算是確定了，兩名員工捲款潛逃，公司惡性倒閉的現實。所有小羅一手搞出來的債務，全落在公司負責人清水的肩上。簡單說，就是小羅摸透了清水個性，放長線釣大魚，為清水精心設計了一組超完美圈套。

清水上班的公司怕受到債務牽連，暗示他主動提出辭呈。清水沒幾個朋友，唯一可能就是跟他妻子坦白這件事，請求諒解，並告訴她可能不得不變賣家裡的所有資產來還債。他也大膽開口問了妻子：「娘家這邊，是否可能提供一些救援？」

清水在妻兒面前哭了好幾回，唯一寄望的就是娘家這邊出面協助。妻子回娘家商量，幾天後，得到的回覆是：「離婚先辦一辦，做好停損切割，看接著的發展狀況以後再說。」

「那兒子的監護權呢？」最後能爭取的好像只剩下兒子的監護權了。

「請問，你養得起嗎？」

辦妥離婚手續那天，清水的妻子牽起兒子的手轉身就走，從小跟他感情融洽的兒子還頻頻回頭，看著淚流滿面向前走兩步伸長了手臂想要挽回些什麼的清水。關係無論如何親密，此一時彼一時，每個生命都得獨自面對。清水深刻體會了「夫妻本是同林鳥，大限來時各自飛」這句話，更何況，當一個人因欠債而一無所有的時候，就真的是再如何親密的關係也都將跟著一無所有了。

好幾次，清水有跳樓、燒炭或直接跑去給卡車撞的衝動，「痛一下，一了百了，結束掉這些苦難吧。」拉住他沒這麼做的原因，都是腦子裡兒子的影像。他可以捨棄自己的生命，但捨不得兒子。

清水變賣了這些年來的所有積蓄來還債，算是清償了大部分的債務，剩下的，有許多是小羅花天酒地留下的小額積欠，清水是忽略了這些帶粉味的卡拉ＯＫ店或酒家跟黑道的關係，開始有些看起來是討債公司模樣的債主前來逼債。他已經沒有能力面對，他必須設法離開原來的世界。

離開前，放不下兒子，清水提著一只帆布袋行李去了妻子家一趟，他躲在隔了個街口的小公園張望，希望離開前能再看兒子一眼。才躲了一下，他立即警覺到，有人在跟蹤他，他也意識到，看一眼兒子的想望可能會連累到兒子的安危，他趕緊逃離公園，往反方向急走，並刻意繞路進入商店、進入地下道，企圖甩開跟蹤者。

如此迂迴繞了幾條街，剛好來到了城市邊郊的客運站，並且匆匆跳上一輛將離站的這班客運車。

勤快主動

「勤快」是做好份內的事，「主動」則是除了做好自己份內的事還主動去幫助船上其他人。克服暈船後的少年海湧伯，既勤快又主動，他將他母親「表現出色就不會被欺侮」這句話聽進去了。

少年海湧伯十三歲那年上船當學徒，十五歲就在鏢船上領先所有船員發現這個漁季的頭一尾旗魚。

好眼力是鏢船漁人的重要能力之一。

發現獵物是鏢獵旗魚的鳴槍起跑點，搶先發現獵物，這艘鏢船就有接下來的追獵和漁獲機會。

旗魚漁季，北風呼嘯，海上白浪翻騰碎沫紛飛一片蒼茫，而旗魚往往只讓彎鉤一樣的尾鰭鰭端稍稍切出湧盪海面。

那根切出海面兩寸不到的尾鰭鰭尖，是融在整片動盪背景中的一根相對渺小的動象。這根旗魚的「尾鉤」（討海人稱露出海面的旗魚尾鰭鰭尖），雖然與背景浪象都是持續的動態，但仔細觀察，就會發現這根尾鉤有別於海面上的風浪或湧浪，有別於浮於海面隨浪湧蕩的漂流木或各種其他漂流物。能夠這樣子在「動中找動」的分辨能力，恐怕不是一天、兩天就能養成這樣的能力，而是至少得看過一個漁季的旗魚尾鉤後，才有機會看懂這根尾鉤在海上的「動中之動」。

當少年海湧伯逐漸看懂，逐漸能夠分辨這各種動態間的微小差異，仿若開了天眼，少年海湧伯不僅是搶先看見，而且一個漁季下來，他比船上所有人看見更多的旗魚。

每回發現旗魚，少年海湧伯總會讓全船都嚇一跳的好幾次用力跺足，整個甲板像鼓面一樣被他踩踏出戰鼓急擂般的砰砰聲，同時，他意氣風發地伸直手臂指住發現旗魚的方位，並以十分自信的聲調尖聲連續高喊：「丁挽、丁挽、丁挽……」

船上海腳們都笑他：「少年欸，一定是偷吃幼齒顧眼睛，眼色才會這呢晶熾。」

那年，全船海腳們這一季所看見的旗魚，加起來還沒有少年海湧伯一個人看得多。那年漁季結束時，船長萬來仙仔特地包給他一個厚厚的紅包，還告訴少年海湧伯，明年起升為正式海腳。

隔年，海湧伯十六歲那年，有事沒事就被船長萬來仙仔叫上去站鏢頭，練腳力，練平衡，練膽識。

十八歲時，青年海湧伯受命持副鏢站鏢臺成為漁津六號副鏢手，少年晉階為青年，跟主鏢手船長萬來仙仔並肩站鏢臺。

當時的鏢船都是雙鏢臺，正鏢手站在鏢臺右側持右鏢，副鏢手站左側為輔。副鏢手職責是適時且恰當地彌補正鏢手出鏢後的不足。鏢船獵人稱副鏢手這樣的出鏢補助動作為：「補鏢」。

幾年歷練下來，他們師徒兩人的攻擊搭配，青年海湧伯謹守副鏢手不搶鏢的備位分際。

若是不需要補鏢而貿然出手補鏢，不但造成魚體多出一個傷口多少傷了賣價，而且往往補鏢的鏢繩跟主鏢繩糾纏在一起，造成收魚、拉魚時不必要的困擾。

青年海湧伯年紀輕輕但個性沉穩，出鏢極為謹慎。一旦出手，時機搭配準度，時常恰恰好補上正鏢手失手或著鏢點不佳的缺失。他將副鏢手的機動性和判斷力搭配得恰到好處。也就是不該出鏢時他忍住、守住，不會因為見獵心喜一時衝動而造成後續的困擾。該出鏢補強時，青年海湧伯又快又準，常能即時挽回並逆轉正鏢手失手的遺憾。

雙鏢臺一般由老經驗的正鏢手做判斷，抓住機會先出鏢，若是鏢偏了或失手，才由副鏢手補上一鏢。

青年海湧伯越來越能掌握伺機出鏢的要領，儘管追獵過程中，好幾次，青年海湧伯覺得獵物游到他這一側，機會站在他這邊，他忖度情勢，這時他如果搶先出鏢，他有把握，命中率高達九成九九九。但他還是必須耐住這一刻內心萌起的輕躁獵性，他必要耐得住等候。這是鏢船上的分工默契。他必須耐得住這零點零零一的失手風險。

有次漁津六號跟上一條「左撇子旗魚」，追獵過程中這條旗魚老是大角度快速轉向左側，萬來仙仔舉了幾次鏢，都被這條左撇子旗魚的左偏行為給化解掉。這情形連續三次後，第四次當牠再度左偏時，當時有利的射程、射角都偏在青年海湧伯這一側。

青年海湧伯已經忍過三次，這一次，他斗膽搶先出鏢。因為他從這條丁挽的游蹤判斷，這一次，牠將翻身深潛離開，這是牠最後一次讓鏢船欺近到射程範圍內。

一鏢中的，青年海湧伯完美牢靠地鏢中這條丁挽的尾柄部。這一次，正、副鏢出鏢順位顛倒，這次，萬來仙仔的正鏢並未出手。

當青年海湧伯在舷邊收拉鏢繩，終於將這條旗魚給拉浮出水面時，他對走上前來準備協助的萬來仙仔說：「仙仔，歹勢，搶了你的鏢。」青年海湧伯以為越了規矩，副鏢變正鏢，少不了要被師父唸兩句。

沒想到萬來仙仔回答說：「歹勢啥，沒鏢到時，再來說歹勢。」

隨後，萬來仙仔副手補鏢似的又補了一句：「規則是死的，好獵人是活的。」

那年代的鏢船引擎跟現代鏢船用的很不一樣，那時的引擎一般稱為YAKIDAMA（燒頭式柴油機），使用的燃料是重油（燃料油），啟動時必須先將引擎頭頂部位噴火烤熱才能啟動。船隻前進跟倒車也必須有個輪機手留在機艙裡手動操作。

這種引擎，對鏢船作業來說，除了增加人手，更重要的是，每回獵魚關鍵時刻，引擎操作多了個轉折過程。那個年代的鏢船，二手負責將鏢手需要的速度和方向轉達給舵手，舵手需要的引擎動力再透過信號鐘聲傳給機艙的輪機手來操作。

那時的鏢船，獵人之間的默契因為多了道手續必要更加緊密。

當完兵的青年海湧伯，踏出營門後，直奔邊角漁港，直接上船。萬來仙仔一直留著副鏢手的位置等他。

沒想到年輕氣盛才退伍不久的青年海湧伯，重新登上副鏢手位置不久，剛好就遇上了一條壯碩的旗魚。這條壯碩的旗魚，好像就在等他退伍。

萬來仙仔在遇到這條壯碩旗魚的這關鍵時刻，不斷提醒年輕氣盛的青年海湧伯，「不要魯莽、不要急躁，這是條難得一見的大尾丁挽，是一條旗魚王。」

保持角度、保持不緊迫逼魚的安全距離，當時的主動權仍掌握在這條旗魚王身上。牠可衝、可潛，隨時都可能從海面消失不見，若是這樣，難得相遇的機運將泡沫般立即化為烏有，這狀況下，若直接發動攻擊，海湧伯曉得，恐怕連出鏢的機會都沒有。

這是一場不對等的戰爭。

萬來仙仔心裡打算的是，先掌握能掌握的，因此，採用的戰略是「保持距離，耐心等候，伺機攻擊」。他先讓船隻保持安全距離跟安全角度尾隨這條旗魚王，耐心跟一陣子後，看看是否有機會讓牠對鏢船的尾隨稍稍鬆弛了戒心。

這樣的戰略是否正確，其實不難驗證，只要跟隨這條旗魚王十分鐘，若獵物還在，他們的出鏢機會就升高到五成。持續這樣的戰略，若是有耐心等到這條旗魚王的游向和游速都漸趨穩定，他們出鏢的機會就會提升到八成以上。

漁津六號沉住氣，耐著性子，悄悄跟隨。跟蹤過程中，其實萬來仙仔的腦子轉得並不平靜。

獵物大尾的好處是牠尾鰭狂妄高舉，有利於鏢船保持一定距離跟住牠。像這種旗魚王，攻擊發起時，必須一鏢中的而且一下就傷及牠的臟器，一下就造成牠的重創，不然，就得開始準備嘗受牠蠻勁十足的狂暴回擊。

之前不久，曾有鏢手出鏢後因著鏢點不好，未重創獵物，牠暴怒回頭躍出海面，抽擺身子，一路抽擺牠堅硬如劍的嘴喙，將鏢頭上的鏢手一棒擊落。也發生過好幾次旗魚中鏢後，回頭撞裂船板的事情。

所有鏢船獵人都知道，旗魚脾氣暴躁。

有一年漁季結束後，漁津六號上架歲修，當船隻拖上修船廠斜坡後，萬來仙仔帶著青年海湧伯下船沿著船舷繞一圈，檢查一般時候看不到的船體水線下的部位。萬來仙仔指著船尖左右斜向後方的兩側船板，要少年海湧伯看仔細，這裡、那裡，萬來仙仔一一指出，船板上許多凹陷的坑洞。其中幾個坑洞似乎還塞著一截灰黑色的什麼東西。

「這是……」青年海湧伯問。

「是旗魚撞擊船板後折斷在船板的嘴尖。」

青年海湧伯這樣子懂得分寸且精準補鏢的能力，常贏得船長萬來仙仔的讚許，也贏得全船海腳們尊敬的眼光。他們師徒左右持鏢，戰果輝煌，將兩根鏢槍操作得像鏢船往前伸向大海、伸向獵物的兩根生猛張揚的銳利獠牙，一次又一次凶猛精準地撲擊竄游在他們船前的旗魚。

天生這塊料，加上認真肯學，青年海湧伯，在他師父萬來仙仔看好並有意栽培下，年紀輕輕就已經是邊角漁港十分出色的鏢手。

青年海湧伯當副鏢手的那年漁季，他們漁津六號的漁獲排名，勇奪全港之冠。

阻撓

捉迷藏一樣，這條大尾旗魚在這無比寬敞的遊戲場上似乎玩出了興致，與展福號在浪峰波谷間不住地盤繞周旋。

大尾旗魚帶著展福號迴轉，剛好逆上了強勢北風，只能「駛正頭」（逆風航行），往船前這條大尾旗魚逆風逆浪積極斜切過去。

這一波展福號的攻擊，角度抓得並不好。

船隻轉身不久，展福號就撞上了一波規模宛如一座小山丘的高突湧浪。這波湧浪瞬間擊向展福號船尖，浪丘因撞擊而破碎，船尖也因而受浪昂起約四十五度角。粗勇仔本能反應，即刻挺直膝蓋挺直全身，來穩住倏地昂起的鏢臺。船尖撞破的紛紛浪花，受遒勁北風搧掃，如擊發後的千萬顆大小霰彈，往整艘鏢船船身飛撲襲來。

鏢船宛如中彈，船身嗒哩嗒啦嗒哩嗒啦發出一陣陣綿續脆響。未擊中船身的霰彈群，順著強勁北風，張揚成船隻兩側的撲白水霧，整艘鏢船挺首昂揚，如在騰雲穿霧。

船隻與風浪正面衝突，船身順勢騎上這波湧浪的最高點，浪勢很快通過船下，船身緊隨著浪勢，折身衝下波谷，鏢臺剎那間從昂舉瞬間折落為低俯直衝。

一舉一俯，鏢臺倏忽之間將近九十度折轉。

鏢臺上的粗勇仔迅即彎曲膝蓋，以兩腿最大彈力來平衡猛然下墜的船尖，並準備好鏢臺高速撞擊波谷後反彈回來的巨大反作用力。鏢臺帕嗒一響撞下波谷，粗勇仔是挺住了。

鏢船兩側海水，被船身猛然下壓，瞬間炸起肥厚透明的兩片水翼往外潑灑。水翼頂端白花水沫攘攘紛飛。三面水牆包圍，展福號像是長了水翼翅膀，就要騰騰起飛突圍。

新一波藍中帶綠的湧浪向展福號湧來，牆一樣，就在粗勇仔面前仿若伸手可及。

就差那麼一點點，眼看著這座迎面而來的水牆，就要覆蓋掉整座鏢臺包括粗勇仔和二手輝龍。

所幸，船尖及時騎上新一波湧浪的斜坡，整艘鏢船，再次昂發勃起。

經歷了綿延而來的一波波巨浪的一連串劇烈震撼，鏢船上不同位置的三個人，都要各自面對，各自承受，各自化解，誰也顧不了誰，誰也幫不了誰。

對鏢船獵人來說，追獵旗魚的這一刻，再如何激烈的風浪顛簸，都不是當下的重點。這一刻，任何巨浪的阻撓，也無法讓他們的專注力稍稍從被粗勇仔鏢尖指住的這條大尾旗魚身上稍稍挪開。

落在展福號船尾那幾波才震撼過他們的巨浪，並不影響他們的追擊節奏，輝龍仍然連珠炮似地昂聲喝喊，海湧伯仍然眼明手快地操作船隻，粗勇仔仍然鏢尖指住旗魚穩穩站立在鏢臺上。

整艘鏢船，依然追咬著船前這條大尾旗魚。

展福號面對的動盪，全是不規則的接續連動變化，前一秒和後一秒的變化，可能就是浪峰波谷間的劇烈俯仰。船上每個獵人，唯有撐住自己並通過各種阻撓，整場追獵才有機會繼續下去。

山或海

潛逃前，清水作了個夢。

夢裡，清水開一部白色箱型車，他從後照鏡發現，他的車子後頭緊緊跟著好幾部黑頭轎車。清水被尾隨跟蹤、被追債者盯上了。

清水心裡著急，他知道非逃不可，這些人都是凶煞惡棍，只要被他們超車、被他們堵住，恐怕死路一條。清水心想，這幾輛黑頭轎車的馬力比他的箱型車優越，絕不能繼續走寬敞的馬路，唯有轉進小徑讓他們無法超車才有機會脫逃。

心想事成，機會來了，清水方向盤一斜，讓車子轉進一條只容許一輛車行進的山路小徑。果然如他所料，清水從後照鏡中看見後面追上來的轎車，一輛輛只能魚貫跟隨。

轉進這條小路當時沒料到的是，這道山徑一路盤旋上坡，清水開始擔心，這條山路的終點，會不會就是這座小山的山頂。會不會聰明反被聰明誤，自己挖坑自己跳，竟讓自己逃進一條沒有退路仿如自尋死路的死巷子裡。

清水的白色廂型車領著一串黑頭車沿著山徑繼續盤旋而上。清水一面開車，一面祈禱。他期望山頂夠高，他期望這是一條沒有盡頭的上坡路。

然而，山勢越走越尖，看來山頂就在不遠前方。那裡四下無人，那裡將是這場追逐的終點，也是清水這輩子的終點。

車隊盤旋到一定高度後，視野逐漸開朗，清水發現，這座小山不遠處就是一片閃爍著陽光的汪洋大海。他開始懊惱，當時不該走窄路，不該轉入沒有出口而且漸入窘境的山路，他應該是逃向開闊無邊的海洋，才有機會。

「也不對，」清水在夢裡一邊開車一邊自言自語：「即使順利逃到海邊，不是一樣也陷入逃無可逃，退無可退的絕路嗎？」

「除非逃到海上去……」

清水醒來後，覺得這個夢像是在暗示他未來的出路。

清水走下斜坡小徑，發現小徑前方朝內轉了個小彎，一棵鬚根垂髫枝葉茂密的老榕樹，剛好挺立在小路轉彎處。清水隨著小路轉彎來到樹蔭下，這裡的角度恰好看見小路底下，由一長一短兩道防波堤抱住的整座邊角漁港。

居高臨下的視角，清水腳下的小徑恰好銜接底下邊角漁港兩道防波堤夾住的出港航道。樹蔭下，清水想起之前白色廂型車逃亡夢的最後，沒想到榕樹下這一刻的景觀，與夢境似乎有了交集。

「是嗎？」清水在老榕樹底下徘徊了起來，「這會不會就是老天給我百般限制後，因為憐憫而給我網開一面的一絲線索？」清水想，「邊角漁港，『邊角』這個名字，會不會就是『天邊海角』的意思？」

海港，這角度看去，幾分像是從陸地伸出像是手臂樣的防波堤，大把抱住了大海的一方海藍；換個角度看，又幾分像是陸地受海浪侵蝕，凹陷於大海的藍色缺口。邊角漁港，既是島嶼陸地的邊緣，也是大海的角落。

漁港裡泊靠著的一排排漁船，當它們出港作業時；清水想像，當漁船群體出港的畫面；「會不會就像是從陸地撒向大海的一把豆子。」

眼前這些繫纜綁在碼頭邊的漁船，一旦鬆綁就能跨界；跨出繫綁著的陸地，解脫似地航行到開闊自在的海域。海港，多麼像是陸地與海洋的轉運站，多麼像是鬆綁侷限奔向開闊自由的一扇門戶。

清水的想像早已奔馳出海，「多麼希望自己也能是這座漁港中的一艘船。」但他念頭一轉，又不覺幽幽嘆了口氣說：「逃得了嗎？」

漁港究竟還是每一艘漁船的家，儘管沒有絲線牽連，但這個港散出去的漁船，無論航行多久，航行多遠，終究還是得回家一樣返回港裡頭不是嗎？「人的世界裡，是否真的有個地方，是真正的邊陲角落？是否真的有個地方，允許潛藏、逃避和重新開始？」

過去點滴累積直到眼前這一刻的所有一切，對清水來說，如夢過境，切身經驗的痛楚讓他明白，浪漫的想像根本禁不起考驗。

「回頭上去客運車站，繼續搭車逃亡？或者，走下去漁港再說？」清水知道自己處境，「已年過三十，一步錯步步錯，如今一敗塗地、一無所有的情況下，別說重新開始，恐怕連重新站起來都有問題。」但眼前邊角漁港的這一幕，冥冥中又觸動了他的心思，他好像被命運推到了一處他自己也不知道該怎麼辨的關鍵點上。

「這個點，會是逗點呢？還是轉折點？或是句點？」清水想，「也只能隨遇而安了。」

航道口迎面吹來一陣帶著潮濕溫熱氣息的海風，風勢迎著小徑坡度上揚，老榕樹上一整棵樹的葉子忽然間嘩啦啦迎風響起，清水心裡好像感知了什麼吧，臉上再次出現難得的笑容。

似乎不再猶疑，清水離開躑躅了一陣子的樹蔭底下，大步走入陽光底下，走下斜坡，走向漁港。

這一刻，誰也無法對清水的下一步作出任何判斷。

時機乍現

尾隨追逐了一陣子後，大尾旗魚游速稍緩，海湧伯順勢添速，展福號儘管逆風逆浪，還是往前撲近了一大段距離。

好不容易，鏢臺前端的粗勇仔，再次逮到這閃現的出鏢時機。他即刻抽出長鏢桿，高舉在頭側挺鏢。三叉魚鏢的鏢尖，閃出星冷寒光，狠狠指住船前大約十公尺距離的這條既壯碩又搞怪的大尾旗魚。這時，魚鏢桿尾和鏢尖之間，十七尺長的實木桿身，因地心引力關係，這道瞄準線在粗勇仔眼裡，其實是一道彎曲的弧線。

數年鏢臺歷練，粗勇仔當然明白，鏢旗魚完全不同於槍枝或一般瞄準器，是照門對著準星再對準目標物的直線瞄準方式。他右拳整個包覆鏢桿尾端，左掌撐在桿尾末段，用力抬起鏢桿，讓弧彎下垂的三叉鏢尖，瞄住十公尺外的大尾旗魚。

說起來簡單，但整組鏢桿有一定重量，粗勇仔這時挺鏢瞄準獵物的動作，胳臂不夠飽滿的人根本挺不起來，稍為練過的也許挺住了，但撐不過十秒。要像粗勇仔這樣持續挺住、瞄住，而且完全忽略腳下鏢臺如何顛蕩，真的需要很多天分加上很多歷練，才能造就眼前英勇挺鏢的這個畫面。

粗勇仔是無比耐心候到、逮到如此挺鏢的時機點。

挺住、瞄住後，接著就要伺機出鏢。

此時此刻，海面如此動盪，船隻隨之湧動不安，獵物並未停止竄逃，粗勇仔瞄住的鏢尖也還一直都在調整，這情況下，鏢手出鏢的時機沒任何規則或標準可以依循，從來也沒有哪個鏢手師傅可以明確地傳授給鏢手徒弟。

此時此刻，粗勇仔的出鏢判斷只能憑他自己的直覺。

這一次，粗勇仔挺鏢時間超過十秒，看來他想要出手。

這一刻，鏢船中段，站在駕駛臺上操船的海湧伯，眉頭皺了一下。

展福號在逆風逆浪的追獵狀態下，受制於船身俯仰過於劇烈，鏢船無法全俥衝刺，只能被動等待獵物自己放慢游速。船前這條搞怪旗魚，被粗勇仔挺舉的鏢尖指住大約十秒後，似乎明白情勢不妙，順著迎面一波高浪湧來，牠瞬間側翻，準備下潛。

粗勇仔眼睜睜看著這好不容易閃現的出鏢時機，可能就要沒入水裡。

之前的幾次挺鏢，都慢在幾分之幾秒而錯失出鏢時機，這一次，粗勇仔沉不住氣了。他挺出胸膛，吆喝一聲，奮力射出挺在他肩上等待許久的三叉魚鏢。

「啊……」好不容易射出的這一鏢，沒想到惹來駕駛臺上海湧伯的一聲長嘆。

輸贏

有些天分，甲板上又勤快肯學，青年海湧伯很快成為邊角漁港出色的鏢船獵人。

海湧伯長年海上工作，這一生算起來，踩在甲板上的時間比起踩在陸地上的時間還要多，以討海為業後，和船上夥伴相處的時間也比陪伴家人的時間多出許多。

海、陸相隔，截然不同兩片世界，但兩個世界有些道理是共通的，特別是人與人之間的情誼，無論親情、友情或愛情，一樣都得用時間、用心思來照顧、來經營，就像作物栽種，若是勤於澆水、施肥和照顧，植栽自然興茂。

海湧伯這輩子的生活重心是放在海上。早年，漁船跟著魚群跑，一個漁季中，海湧伯往往好幾個月都離家在不同海域捕魚，在不同漁港泊靠。長久下來，儘管這個家是依靠他的漁撈收入維持著，但海湧伯在岸上這個家的主要價值，除了養家活口的基本責任外，顯然，他不會是一個經常陪伴妻子兒女的好丈夫或好父親。

幾個老討海人，有次港邊喝酒閒聊時，話題轉著轉著轉到了家庭關係上，「我家那幾個大的到小的，沒有一個來過港邊，也沒有一個認得養他們長大的是哪一艘船。」

「還好啦、還好啦，我們家是我在海上拚命捕魚，他們在岸上是拚命摸魚。」

「有次回家，阮牽仔問我，話吶欸吶講吶少？其實是安呢，講嘛無人聽有，嘛無人愛聽，自然吶講就吶少。」

都是平淡的語調，配著燒酒，講出討海生涯內心的不平。

海湧伯年輕時勤於討海，每一趟漁季出遠門回來，發現兩個小孩像春天的筍子，長得特別快。一段時間疏離，兩個小孩的樣子跟他出門時放在心裡的模樣有了不少變化。海湧伯從小沒有父親，因此內心知道兒女成長過程是需要父親在身邊扶持或至少是陪伴，他也知道，跌倒了或被欺侮而父親不在身邊的辛酸，每次回家後的生疏感，常讓海湧伯對兒女感到相當內疚。

大概到了兒女小學階段，海湧伯發現，他每次回來，兩個小孩會刻意躲他。這階段還算可以彌補，回來相處的幾天時間，多用點心和時間在孩子們身上，多少還能補一些回來。但是，差不多到了兒女都小學畢業後，當海湧伯再回來時，發現與兒女間的情感，已經是一道無論再怎麼拉也拉不攏，就像是一扇不合框的門窗，再怎麼想要拉緊也有縫隙。海湧伯心裡明白，他與他的妻子和一對兒女間的實質關係，隨著討海日子拉長以後，逐漸有了無可彌補的距離。

後來，種種因素造成島嶼沿海魚類資源變少，漁撈方式跟著改變，討海人紛紛回到船籍港鄰近海域作業，不再四處漂泊，不再四海為家。此後，海湧伯與家人相處的時間是增加了許多，然而，已經有了縫隙的親情，如扯斷的漁繩，無論再怎麼細膩地重新綴合，就是會留下一個硬是綴合起來而突兀的繩結。又加上因為漁獲減少，漁撈收入不再如過去那般風光，海湧伯拿上岸來的家計費用也就跟著縮了水。

當一個獵人不再有豐盛的獵物作為勛章，海湧伯曾經用帶點哀怨的口吻跟粗勇仔說明經過，並感嘆地說：「也不曉得是不是自己敏感，回家的感覺，好像變得不如往昔。」

「家人應該不至於這麼現實吧。」粗勇仔這樣認為。

應該是過去以海為家沒有用心經營親情關係，所衍生出來的副作用吧，海湧伯覺得，他在岸上這個家的屋簷下變得越來越沉默，講話的聲量也逐漸低微。「唉，我講的海上事，他們完全不感興趣，他們關心的岸上種種，我又插不上嘴。」海湧伯嘆氣說：「每次海上回來，女兒還會禮貌性地打個招呼，兒子是一直躲在房裡，連開個門敷衍一下也都省了。」

「是海陸相隔，是日子匆匆流過的現實，還能怨嘆什麼呢？」海湧伯早有這份自覺。

老夫老妻的關係還說得過去，海湧伯知道，他的妻子對於聚少離多的討海相處模式早就習以為常。說好聽是信任，他的妻子早已不再像年輕時那樣為他擔心這、擔心那，為他擔心善變的天候和海況，還不時提醒他海上作業要注意安全。到如今，只要漁獲好，家計開銷不缺，海湧伯究竟多少時間留在家裡，好像也已經無關緊要了。

海湧伯的心思如海上作業時感知海流、感知海風那般敏銳，他清楚知道，陸地上這個家，早已不是原來的家。就像氧化般的化學反應，他與家庭親情關係這塊一般以為無比堅定的鐵板，不知不覺間已然鏽跡斑駁。海湧伯或許稱得上是個出色的漁人，但似乎不是個好父親，也不會是個好丈夫。

當年海上作業時，他的師父萬來仙仔，曾經因為青年海湧伯有了兒子後常掛心岸上而有了作業上的差錯或過失時，他冷冷語調跟青年海湧伯說：「綁腳綁手的，跟人討什麼海。」

不是沒想過，海湧伯也曾經動過念頭，讓兒子未來繼承他的海上工作。海湧伯這輩子是帶過不少年輕人成為出色的漁人，他有相當自信跟把握，將兒子訓練成一個出色的海上獵人。曾經在一次連續假日前，海湧伯試著問他當時國中二年級的兒子：「明天跟我一起出海？」

兒子歪著頭，斜眼多看了海湧伯好幾秒鐘，然後完全沒表情地哼一聲鼻息，直接掉頭離開。兒子國中畢業後就離家，選擇到城市裡去發展，離開海湧伯，離開海湧伯一輩子經營的那片海越來越遠。海湧伯的印象中，如哪位老船長說的一樣，似乎從來沒看過他兒子下來港邊，下來看一下支持他們長大的是哪一艘船。

「也好，這樣也好。」反過來想，海湧伯覺得這樣也好，這片海已經退了潮，而且應該很難再掀起過去那樣的高潮了，這已經不是人們從大自然中求取生命價值和生存機會的年代了。這年代啊，「獵人」差不多是個被遺忘的職稱，何況是「海上獵人」。關於拿著鏢，到海上去跟身形體重比人體巨大的旗魚搏鬥，恐怕會有不少年輕人以為，「這是神話故事嗎？是酷斯拉電影？還是電腦裡的打怪戰鬥遊戲？」而一座城市可以給他兒子的機會，遠超過他經營了一輩子的茫然大海。

海湧伯逐漸以海為家，以船為家，生活在船上。漁會碼頭是他海上這個家的基地，漁港是庭院，海洋是他寬敞的競技場，展福號是他生命中的最後堡壘。所有與陸地的牽扯，似乎就剩下每次回港後繫綁著展福號的那幾道船纜。海湧伯的一趟趟出航和返航，仿如地殼變動或海峽張裂般，在他和家人關係上撐開了一道又一道無可回返的罅隙。

難怪上了年紀後，有一次，有個媒體記者來到邊角漁港，做傳統漁業報導，記者問海湧伯，關於他的鏢魚技術和出色的討海成績。

海湧伯只簡單回答了八個字：「有好有壞，無輸無贏。」

海湧伯是個好漁人，他贏在片面海上，但輸去了整個陸地。

線索

清水走下港邊小徑，走進邊角漁港。

南風吹起的微波細浪，一波波湧在碼頭堤岸下發出啵啵嗦嗦的串串碎響，清水走近碼頭邊，低頭看著堤下湧湧不息的碎浪，忽然想起客運車一路彎繞從崖上看見的大片蔚藍海洋，他嘆了口氣說：「如今，已經走到身邊。」

儘管近在身邊，清水還是只能沿著碼頭邊緣走，順著碼頭而轉彎。誰說過類似這樣的一句話：「最後一段最遙遠，最後一步最困難。」

邊角漁港的模樣和一般漁港相似，碼頭上零亂堆疊著各種各樣的塑膠桶具，到處是置換下來的漁船器械零件，以及覆蓋著毯子防晒的一堆堆網具和浮球，好幾根滿布鐵鏽的船錨擱在碼頭角落，空氣中隱隱飄著一股柴油煙味混合魚腥味的特殊油臊味。

邊角漁港面積不大，長方形港域，格局單純，清水走下來的斜坡小徑，從漁港西北角進入，港嘴開向東南。漁港西、北兩面碼頭倚靠著陸地興建，東、南兩面碼頭，以伸出海域的兩根防波堤為根據。東堤較長，主要是防波功能，南堤短了許多，用來攔阻沿岸漂沙，一長一短東南兩座水泥護堤，抱住了邊角漁港這片長方形的港域。

這海域，一年當中大約有半年颳北風，邊角漁港坐北朝南，守住一方小小的港池子，即使是海況惡劣的北風季節，這座漁港也能維持港域裡不那麼容易興風作浪的優勢。

時值夏至之際，南風索索，一下下振飄著港池子裡漁船上延繩釣標杆頂端的小旗幟，偶爾傳來幾聲船舷與碼頭橡皮碰墊摩擦的咕嘰聲，炎陽晒燙的碼頭或漁船甲板上，沒看到半個人影。炎夏午後的整座邊角漁港，似乎還沉浸在夏季沉悶午休的淨空狀態下。

清水順著碼頭左轉，走進邊角漁港的西碼頭。

西碼頭上有棟二樓建築，標的顯眼，應該是漁會大樓。大樓後頭，明顯有道從村子下來漁港的馬路，清水剛才走下來的只是人行便道。漁會大樓底層牆面鏤空，是這座漁港的漁獲拍賣場。清水沿著漁會大樓往南走幾步，看得見前方不遠處的製冰廠和漁船加油站，再過去些，則是連接南堤碼頭的轉角，看得出來那裡是海巡單位的出入港檢查哨。清水所在的這段西碼頭，明顯是邊角漁港的「行政中心」。

港池子裡沿著碼頭邊，泊綁著一串串大艘小艘形形色色的各種漁船。噸位較小的漁船、舢舨或管筏，集中在北、東兩側碼頭，噸位大一些的漁船，則泊靠在漁港行政中心的西碼頭。

清水走進三面鏤空的漁獲拍賣場屋簷下，避一下已經稍稍斜向西南的日晒，他摘下墨鏡，瞇起了眼好一陣子，才逐漸適應陽光屋裡屋外的反差。

拍賣場水泥地上仍留著斑斑水漬和陣陣魚腥，蒼蠅聲嚶嚶縈繞。酷暑炎熱的盛夏午後，還烘不乾上午拍賣後的腥濕，清水心想：「這邊陲角落的小小漁港，應該有不錯的漁獲能力。」

也許是背離人群的個性，相較下，清水比較不懂得人情世故，比較不懂得識人看人，但對一個地方的特殊氣味，或是對某個角落生態上的枯榮觀察，從小的離群經驗培養出他獨到的敏感度。

隨機來到邊角漁港，又隨步踩進漁獲拍賣場，眼看四下無人，此時的清水似乎是稍稍鬆懈了心中某個原本繃緊的開關，終於稍稍放下他一路上聳著的肩頸。

清水回想起這一路逃亡過來的種種風景、種種現象，以及所牽扯出來的種種因緣際會。匆匆跳上離站的客運車，彎繞的臨海道路，崖下出現的鏢船，客運車的終點站，邊緣角落的邊角漁港，候車亭前的三岔路口，下來漁港的斜坡小徑，面向大海的港嘴，老榕樹下迎面而來的海風，腥濕的漁獲拍賣場……其中有隨機的部分，也有清水自己選擇的部分，像個游標箭頭，過程中無論如何猶豫、不安和轉折，回頭來看，冥冥中似乎有一道指向大海的線索。

「感覺這座邊角漁港，會不會就是尋覓多時的避難所？會不會就是匯整或收留我過去所有生活痕跡的港口？」清水試著想要找回心底曾經有過的浪漫，「這座漁港，會是進入新世界的轉折點嗎？」

邊角漁港，地理位置確實是島嶼的邊陲角落，是陸地的盡頭，是人世的天涯海角，是清水陸域腳步的終點，又似乎是轉過頭來海闊天空的轉折點。思緒糾纏著情緒，當下的清水其實也摸不著頭緒，更是分不清浪漫與現實兩邊邊際的分野，「唉，應該只是逃亡至此的感想罷了。」

他再次低頭，回到現實。

謀略

粗勇仔奮力擲鏢後，海湧伯儘管長嘆一聲，仍然及時配合粗勇仔的出鏢動作，即刻拉下油門桿，退開離合器。展福號瞬間退離引擎動力，但仍保持慣性衝力，往前衝了一段。

粗勇仔這一鏢，無論是否鏢中這條大尾旗魚，出鏢這一刻，海湧伯必須確保船隻的槳葉處於停止狀態。一方面避免船隻輾過鏢桿時打斷鏢桿或絞斷鏢繩，另方面，也是讓出鏢後的鏢船盡快處於立即可以重新開始的待命狀態，讓船隻能即刻應變接下來可能發生的各種狀況。

曾經站鏢臺擁有多年鏢手經驗的海湧伯，之所以在粗勇仔出鏢後長嘆一聲的原因，他是覺得，粗勇仔這一鏢動作並不流暢，恐怕是在不得已狀態下，勉強出手。他認為，粗勇仔可以再耐點性子，再多等一下。究竟是老鏢手，海湧伯從粗勇仔出鏢動作的流暢度，大概已經判斷了這一鏢是順暢完美，或是帶著瑕疵。特別是面對如此搞怪的一條大尾旗魚，無論如何，出鏢之後，接連而來的每一瞬間，鏢船上三個人都只能憑著過去經驗立即反應來面對接下來的變局。他們面對的，可是水面下眼睛看不到且十分勇武搞怪的一頭海獸。

這一鏢下去，鏢中的話，包括受鏢位置、入鏢深淺、獵物傷勢的輕重……每一種狀況都可演繹出好幾套不同的可能。落空沒鏢中的話，又是另外一套。

扳機已經扣發，沒有任何縫隙可以討論著彈之後的各種狀況。粗勇仔射出的鏢桿，在展福號右船前約十公尺處刺入海面，整枝鏢桿幾乎是平貼著海面以斜傾三十度角刺入水波裡。

鏢桿入水前的最後剎那，鏢桿尾在海面上微微頓點了一下，隨後才整根沒入。沒鏢中獵物的鏢桿不會在海面上頓點，而是整根滑溜溜地瞬間沒入。若著力位置好又入鏢夠深，鏢桿在海面會呈現四十五度到六十度角，而且鏢桿在海面的頓點，將會扎扎實實地像是海水淺淺而鏢尖直接刺入海床。

「著啊！著啊！」輝龍昂聲嘶喊，他反應極快，從二手位置轉身就跑。他右手掌上翻，一邊跑一邊托住鏢繩舉在頭側，兩、三步跨躍，從鏢臺上火速跳下甲板。

這一鏢雖然出手勉強，看來是鏢中了。

鏢桿與海面三十度角斜傾，經驗告訴海湧伯，這情況，三門鏢尖恐怕只是其中一枚斜斜淺淺地刺入旗魚背側下鬆軟的大肉裡。

粗勇仔以及所有有經驗的鏢手都知道，最好的著鏢點是在旗魚的尾柄部。這部位筋肉健實，當鏢尖沒入魚體尾柄部，會被緊實的筋肉緊緊鉤住，除了降低旗魚的脫鏢脫逃機會，也會因為這著鏢點沒傷到魚體大肉，賣價會好很多。粗勇仔當然也知道，跟這條大尾旗魚已經耗時耗力幾番周旋，甚至是失而復得，無論如何，鏢中會比失手落空來得好。

但這一回，似乎不是這樣子。

奔下鏢臺的輝龍，迅速在前甲板上兩只鏢繩簍子邊就定位站穩，回身看向鏢臺。為了避免鏢繩簍子裡即將飛奔而出的鏢繩勾掛到船上任何邊邊角角，他右掌一直撐捧著這條自鏢臺延伸下來直徑大約有筷子粗的鏢繩。大尾旗魚左背側受了淺淺的這一鏢，誰也沒料到，牠忽然來了個抗議似地小角度大迴轉。更是讓人意料之外的是，牠竟然往鏢船右後方飆衝回來。

操舵的海湧伯經驗老到，立即反應，推倒離合器，將油門桿推到頂，同時讓舵盤飛快輪轉，直到右滿舵，跟上這條大尾旗魚的急速狂飆迴轉。

引擎火山爆發似的一陣刺耳爆響，排煙管噴出油沫因急速爆炸燃燒不完全而帶著火星的團團黑煙。整艘鏢船，左舷高仰，右舷切水，幾乎是定點急速盤轉。

海湧伯本能反應即刻操作船隻回應，一來他知道，這是條有能量暴衝的大尾旗魚，鏢繩簍子裡的兩千米鏢繩，恐怕不夠牠受鏢後的狂奔狂竄。這時，船隻必要火燒似地緊急跟上受鏢狂竄的這條大尾旗魚，而且沒有任何遲疑的空隙。

果真一條搞怪大旗魚，受鏢後立即返身朝向船後迴轉，不僅半周迴轉而已，牠是小角度小半徑，而且是三百六十度圓周迴轉。海湧伯鏢獵過不少旗魚，旗魚受鏢後這樣的行為並不多見。萬一鏢繩被這條大尾旗魚扯到船腹底下去，鏢繩將會被船下的槳葉或舵給擱掛住，若發生這情況，鏢繩肯定「啪」一聲，輕快乾脆地立刻被牠扯斷。

大尾旗魚受鏢後的這陣盤旋，似乎帶著謀略。

拍賣場

當清水在漁獲拍賣場逐漸適應了盛夏午後豔陽在屋裡屋外造成的亮度差異，他眼裡所見，除了腥濕的水泥拍賣場，也慢慢看清了周遭。前方大樓沒有鏤空的那一面牆，上頭似乎畫著圖案或寫了些什麼文字。

以為是介紹漁港的圖文，吸引清水走了過去。

牆上的圖文不是介紹漁港，而是畫了一條大旗魚以及些許文字。應該是早年畫的，圖畫顏料有些斑駁，但因為畫上去的這條旗魚體型夠大，年代久遠但依然相當壯觀。

這條大旗魚的身長幾乎占這面牆的三分之一橫寬。清水特地沿著牆邊慢慢踱步，想測一下這條旗魚到底有多長。

清水走了七步多，魚身長度含劍一樣的嘴尖，至少有四公尺多。另外，清水也發現旗魚圖案下方接近魚尾處，有些幾近模糊的字跡，但還是不難拼湊出所寫的內容：先是三個字一組，一列直寫，應該是列了九個已經糊掉的姓名，接著橫寫四字：漁××號，這應該是船名，再來是阿拉伯數字：48×公斤，嗯，是這條旗魚的重量；最後日期標示：民國50年12月×日。清水猜想，應該是這九個漁人，搭乘漁什麼號這艘漁船，在上述日期，捕獲了一條四百八十多公斤重的大旗魚。

清水忽然回想起，剛才客運車在臨海道路上看見崖下的那艘長著長鼻子樣的漁船，「這種船的漁獲目標不就是旗魚嗎？牆上記錄的漁什麼號會不會就是一艘鏢船？」才這麼想著，清水轉過身，看向拍賣場外碼頭邊繫綁的漁船。

「這幾艘沒有長鼻子的確定不是。」清水一邊說著，一邊走出戶外。他眼光沿著碼頭往前搜尋，前方漁船加油站再過去一點：「啊，那幾艘明明就是。」

果然，前方碼頭接近轉角處，果然泊綁著幾艘挺著鼻尖的鏢船。

像是意外發現了寶藏的心情，清水大步走入陽光裡，快步走向這幾艘鏢船。

退出

出鏢後的粗勇仔，照理說，應該要將兩隻腳踝立刻退出釘在斜板上的帆布腳籠仔，而且像輝龍一樣，盡快退離高突顯眼的鏢臺，避免被這條大尾旗魚拉著跑的鏢繩給甩到、割到或纏到，也避免被獵物回頭攻擊。鏢繩本無害，但一旦牽扯上了這條暴躁搞怪的大尾旗魚，此後船上獵人與這條鏢繩的任何交集，稍有不慎，都有可能是一場要命的災難。

一頭蠻牛一樣的旗魚，此刻正拉著一條鏢繩狂奔。而鏢繩的另一端，目前就在粗勇仔兩腳之間。

粗勇仔幾次掙扎著想要站起身來趕快退離鏢臺，盡快避開這道鏢繩對他的威脅，但是，船隻為了跟上中鏢後快速盤繞的這條大尾旗魚，船身側翻，右舷切水，左舷高昂，而且船速飛快。粗勇仔在鏢臺上重心後坐，兩手各自左右撐在鏢臺前端的斜板兩邊，禁不住船隻側傾與迴轉力道，一時站不起身而困坐在鏢臺上。

當粗勇仔終於抓到右旋及右側翻的平衡點，才剛剛半蹲試著站起來，沒料到大尾旗魚恰好這關鍵時刻又來個小角度左旋，船隻立即跟著翻面似逆轉，左舷切水，右舷昂起。這突如其來的逆翻，粗勇仔再次因重心不穩而跌坐下來。

大尾旗魚受了一鏢後以這樣的不規則逆轉，像是為了報復粗勇仔給他的這一鏢，每次都在粗勇仔打算要站起來的關鍵點上，忽然來個大逆轉。

駕駛臺上的海湧伯陷入兩難，繼續跟大尾旗魚周旋的話，就顧不了粗勇仔，若要讓粗勇仔退開鏢臺，著鏢一開始，就要放棄這條難得一見而且已經中鏢的大尾旗魚。

鏢臺端頂，粗勇仔的兩腳之間，有個裝滿鏢繩的小方盒，鏢船獵人稱它為「鏢繩摳仔」，裡頭盤塞了大約三十米長的鏢繩。這段三十米長的鏢繩，可說是鏢手的逃命繩。也就是這三十米鏢繩跑完以前，鏢手必須退離鏢臺，不然，被奔竄旗魚拉住的鏢繩，特別是被這麼粗猛勇壯的一條大魚牽扯的鏢繩，將會像一條奔馳飛甩的刀刃，四處飛甩切割。

海湧伯過去經驗，這條飛甩的鏢繩，若是鋸到、甩到來不及退離鏢臺鏢手的腳踝或腿肚，往往是刀刀見骨。海湧伯知道狀況不對，但展福號現實上是已經騎上了這匹野馬，已經沒有喊停的權利。除非，除非這條旗魚不再搞怪。

已經騎馬難下了，船隻若不緊追著旗魚跑，鏢繩摳仔裡的三十米鏢繩將很快跑完，並繃緊成一把甩刀，就要來一下下切砍一時站不起來的粗勇仔。船隻若繼續追著旗魚的不規則角度逆翻，粗勇仔也將繼續重心不穩地站不起來。鏢船和旗魚間有了鏢繩連結，獵者和獵物間的關係，將如同生命共同體般連成一氣。從著鏢的那一刻起，兩者已進入實質糾纏、競技與生死拉拔的賽局。

凡是競技拉拔總有勝負輸贏。

這時，大尾旗魚在水面下高速且不規則地盤旋，展福號緊隨著在水面上盤繞著多變化的圈圈。

操舵的海湧伯當然知道情況危急，他能做的就是追住旗魚，並期待牠不再繞圈子，或等牠放慢速度，或者等牠改變游向。任何變化，那怕只是短短幾秒鐘，就會出現讓粗勇仔站起身來並快速脫離危險的機會。海湧伯也明白，主控權操在對手手上的競爭，已經讓展福號、讓粗勇仔陷於絕對不利的態勢。

火索被大尾旗魚拉著持續燃燒，飛快奔馳，牽扯的鏢繩仍扣緊在弓弦繃斷前的最終張力底下。這時，所有類似尖叫聲的音符都被挾持在最高階的音頻上顫抖。大尾旗魚不給展福號喘息，也完全不給粗勇仔站起來的機會。

展福號油門已經推到頂，出鏢後的追逐持續了一分多鐘，而這條大尾旗魚尚未火力全開。海湧伯判斷，這情況下恐怕沒有繼續周旋下去的本錢，他得果斷處置才能化解這場危機。

「輝龍來！輝龍！」海湧伯厲聲朝輝龍高喊。

輝龍聽命拋下托在手掌裡的鏢繩，兩三步攀上來駕駛臺。

「你接手！緊跟著！」輝龍才接手操船，海湧伯翻身跳下駕駛臺，半跑半跳，隨手舷邊抽出一把砍刀，匆匆斜身奔上鏢臺。說時遲，那時快，海湧伯衝到鏢臺頂粗勇仔身邊時，眼看粗勇仔兩腳之間的鏢繩摳仔裡的三十米保命鏢繩剛好跑到盡頭。

海湧伯當機立斷，奮力揮出手中快刀。

唯有即刻砍斷鏢繩，砍斷與水面下這條大尾旗魚的連結，才有機會保住粗勇仔。

快一秒也罷，慢一秒也行，偏偏像是算準了時機，也像是命中注定，這條搞怪旗魚竟選在海湧伯揮刀關鍵，又突然間來個三百六十度逆轉游向。角度切換若是不大也還無妨，偏偏這時候，這條大尾旗魚像是精算好了時機與節奏做這件要命的事。

駕駛臺上操舵的輝龍，必須匆匆反向飛快輪轉舵盤。船上的油壓舵，像是快要被扭斷脖子似地，發出陣陣類似鴨子被割斷喉嚨時的嘎嘎乍響。

船身倏地從右傾側，翻身為左傾側。突如其來的這記翻轉變化，鏢臺上揮刀的海湧伯一時站不住腳，踉蹌了一下，失去平衡。

刀已揮出，雖然及時砍斷了鏢繩，但一時收不住手，刀尾一偏，繼續砍向粗勇仔才剛剛退出帆布腳籠仔的左腳踝。

鏢繩被砍斷後，原來繃緊的鏢繩立即垂軟下來，大尾旗魚斷繩脫逃。

最後關頭，海湧伯及時揮刀斷繩，救了粗勇仔。但粗勇仔一聲哀號，再次跌坐在鏢臺上，左腳踝血流如注。

提早結束

出事後，展福號這一年的漁季是提早結束了。

啪一聲，海湧伯坐起來伸手打亮睡艙燈，他身旁的小鬧鐘兩根指針岔開成「V」字，並不是一般被當成勝利意思的十點十分，而是長短針交換位置後的半夜一點五十分。這時段是一般沿海討海人準備出海作業的時間。

海湧伯睡前通常會預設兩點醒來的鬧鐘，但總是相當精準地會在鬧鐘響起前十分鐘醒來。一輩子討海，這已經成為他的生理時鐘，每天都是提前醒來等鬧鐘起床，習慣醒來等天色從暗沉轉為灰白。

海湧伯抬頭看一眼頭頂睡艙口呼呼傳來的風聲。冷高壓前一日午夜下來，鋒面過境，艙外又風又雨的。

睡艙包覆在鏢船的船肚子裡（肚艙），有個約兩尺四方像井一樣的開口設在中段甲板上，平時有個木蓋子蓋住艙口，不注意看，還真不知道甲板底下別有洞天。睡艙是個幽閉陰暗潮濕又窄隘的一間通鋪，實在比不上一般以為的有窗戶、有床位或是有空調的房間，海上工作只求有個窩來遮風避雨跟防浪，討海人認為，若要舒適或享受，留在岸上就好。

睡艙像一只大音箱，雨滴打在甲板上的踢嗒聲、艙口風聲、以及港區碎浪拍打在船肚子上的窸窣聲，全都交盪迴響在睡艙裡共鳴。海湧伯舉手推開半闔著的睡艙蓋子，兩掌撐在艙口甲板，腳一蹬，兩手使勁，俐落躍出艙口。長年漁事勞動練就一身矯健，靈活躍上甲板的海湧伯，一點也看不出他的實際年齡。

凌晨時段，風雨下的邊角漁港仍瑟縮在一片昏暗清冷中沉沉睡著。碼頭上幾盞路燈孤伶伶地垂下燈影，燈影中飄擺著一陣陣雨絲。相鄰漁船間，因邊舷碰墊摩擦偶爾傳來幾響尖細的咕嘰聲。整座漁港，在這鏢船出港作業前的整備時段，沒看見一盞船燈亮起，也沒聽見哪艘漁船啟動引擎。

海湧伯在駕駛艙木條椅上乾坐了一陣子，嘆口氣且自言自語說：「唉，這款天氣，天亮後鋒面的風頭過去，就是旗魚浮上來的好時機。」海湧伯打亮船燈，鑽進機艙裡檢查油路、電路後，回到駕駛艙裡啟動展福號引擎。

清冷深夜裡，獨響的引擎聲彷彿來自黑暗深邃的港床，像是港域海面不曉得哪裡裂了一道孔縫，從水底悶悶傳出來強而有力的一記記心跳聲。鏗鏘有力且持續不輟的引擎節奏，如漣漪外推，很快感染了港域裡原本一池子的清冷。左鄰右舍，傳來幾聲吆喝，港裡的幾艘鏢船終於也受到感染般，亮起船燈，並啟動引擎。

海湧伯當然知道，剩下他孤獨一人的展福號，注定將錯過這一年剩下的旗魚季，不可能再像左鄰右舍的鏢船一樣，忙著為出海鏢旗魚作準備。

鄰船們知道海湧伯狀況，也有好意邀他過來「搭流」的，意思是過來當海腳一起獵魚多少有些分紅收入。

海湧伯一一致謝也全都婉拒了。

不是拉不下臉，而是海湧伯了解，每艘鏢船在同個漁季都有自己的班底，臨時添個人來恐怕打亂了既有的獵魚默契，再說突然多個人來分紅，也許不講而已，恐怕惹人心底不快。

算一算，一共有四艘鏢船前後離港。

「滿載！」海湧伯昂聲祝福後，協助鄰船解纜起航。

海湧伯忽然想起，之前他跟萬來仙仔學討海，常聽見船長對出港作業的友船說：「滿載！」意思是，祝福對方「滿載而歸」的意思。

有一次，大副調侃的語調跟萬來仙仔說：「祝福話講一半好嗎，應該完整祝福對方『滿載而歸』才對。」

「阿你不知，『滿載而歸』那個『而』字，河洛音有夠難唸，發音不準的話，對方會聽成是『滿載烏龜』，意思完全顛倒，為了避免失禮，所以現在都嘛簡略成兩字。」

邊角漁港僅剩的五艘鏢船，四艘前後出航，還是掃出了一片船艉浪，造成港域裡的水波共震。好一陣搖晃後，海湧伯才有點落寞地坐回駕駛艙木椅上，回想過去。

啊，那是個白肉旗魚仍然隨著東北季風一波波湧來邊角海域的年代，海湧伯想起昔日邊角漁港的鏢魚盛況，「差不多也是清晨這時刻，港區裡不可能有任何一艘還在沉睡的鏢船啊。」

那個年代，舉著如長劍嘴喙翩翩隨海流來到的旗魚，挑釁的不僅是本港鏢船，還吸引許多艘漁季裡特地遠道而來的鏢船，豐盛的漁汛吸引他們來到邊角漁港「寄港」（漁船跨港寄籍）。

那年代的邊角漁港啊，一艘艘鏢船舷舷相倚，在港池子裡繫結成好幾串，而且一串串排到漁會那邊過去的整座碼頭，那時漁季中的邊角漁港幾乎被鏢船占滿。

漁季裡的黃昏時刻，當鏢船海上作業回來，鏢船填滿整個港池子，港域海面幾乎看不見熠熠閃閃的夕暉倒影。長鼻子鏢船繫綁在一起，左右相鄰，就像漁季裡臨時組合成的左鄰右舍，也像是一個個、一艘艘被旗魚招喚來的海上獵人社區。來自各地的鏢船獵人，隔著邊舷互相招呼或彼此褒貶，比較這一季下來的漁獲成績。

「哇大尾咧，無騙你，彼支尾鉤啊，挺挺切出海面足足兩尺多。」說話這位鏢手獵人，左掌撐著挺直向上的右肘彎，讓直挺挺的右手掌，一下下前後擺動，以手勢模仿旗魚高高切出水面的尾鰭。

「咁有影，尾鉤切出水面吶兩尺高，這尾旗魚最少八、九百公斤，咁有可能？」

「堵到真正大尾的旗魚王啦，無騙你，撇咧撇咧，就游在我們頭架（鏢臺）前，生目睛沒看過這呢大尾的旗魚。」這位鏢手兩眼睜大，兩手舉上右肩，彷彿就在海上現場，他繼續說：「我鏢捧起來，瞄住牠，正要出鏢時，忽然間，牠加速向前衝去，夭壽喔，那速度咁吶噴射機咧，我們追到煙囪管翻紅，還是追牠不著。」

一句來，一句回，這些鏢船白天各自海上追魚、獵魚，各自的遭遇分別都添了些料，回到港裡來膨風。

「攏嘛是安呢，追沒上、鏢沒著的旗魚，攏嘛是真正大尾的膨風旗魚王。」

那年代啊，隔天凌晨準備出航這時段，船員們早已換上「踏蹄仔（抓地力較強的夾趾鞋）」，戴上棒球帽或套頭毛線帽，他們脖子上或頭頂纏了一條防風兼防晒用的花布巾。早起一點的船，早餐已經開伙，鏢船獵人們圍坐在中段甲板上用餐。晚一點醒來的船，還在張羅，幾個船員蹲在甲板角落冒著白煙的爐灶旁炊煮。也有才醒來船員，站在船艉板邊，面對船艉，口吐白沫地用力刷牙。

每艘鏢船都是浮在海面上的家，鏢船獵人們是來自各方的鏢魚好手，他們一起生活在船上，生活在漁港，白天撒布在廣闊的大海中各自追魚、獵魚，黃昏後鏢船返港，卸魚、賣魚後，又繫綁在一起休息過夜。

那年代鏢船跟著旗魚跑，海上獵人搭著鏢船跟隨，哪裡出旗魚，就追到那裡的漁港去寄港。

那年代啊，漁季期間的每個凌晨，港域裡船燈如夜市熱鬧，引擎暖車的鏗鏘聲層層疊沓，如出征前的鼓聲迴響在整片港池子裡，互相激盪出獵人出海鏢獵旗魚前的出征情緒。

海湧伯讓兩眼視焦落在船前大片黑暗空曠的港域裡好一陣子，彷彿看見昔日成串鏢船出航前整備的熱鬧場景。那是大約三、四十年前的光景，鏢旗魚最興盛的年代，而如今，旗魚失約，鏢船冷清，獵人四散，漁港蕭條。

無法出海鏢魚留在邊角漁港的展福號和海湧伯，的確都已老邁。

回憶過去的海湧伯動也不動，如一尊雕像，在昏暗的駕駛艙木椅上孤坐了好一陣子。他心裡想，「四、五十年就這樣過去，鏢旗魚的好光景應該是一去不回頭了。」

海湧伯一直坐到風勢雨勢稍緩，一直坐到東邊天際自烏天暗地裡滲出一絲灰矇，他才起身走向前甲板，走上鏢臺。

鏢臺頂，海湧伯兩腳套穿上腳籠仔，讓身子前後左右晃蕩幾下，測試一下腳籠仔是否順腳、是否牢靠。隨後，海湧伯提起擱在鏢臺側的鏢桿，一一將三只鏢尖自鏢桿尖端的三叉戟上取下來，再一一旋轉手腕，用力將鏢尖重新裝回三叉戟上。海湧伯又將手上鏢桿往前送出一段，左手撐住，右手順了順連接三門鏢尖的一截鋼絲絞線。之後，海湧伯再將鏢桿放回鏢臺側的托槽中，然後順著鏢繩，一路檢查到鏢繩摳仔。他將摳仔裡的鏢繩全掏出來，打散後拋下海，再一圈圈環在手掌上收回，並將重新整理好的鏢繩塞回摳仔裡。

最後，海湧伯牽著鏢繩一步步走下鏢臺。像是鏢手出航前的例行檢查，也像是鏢手出征前的例行儀式，幾分像是日本武士上戰場前肅穆的磨刀和著裝動作，從鏢尖直到甲板上鏢繩簍子之間的每一寸鏢繩，海湧伯都用手掌撫過、順過一遍。

每年跟旗魚的秋季決戰，海湧伯的師父萬來仙仔曾經告訴他：「可能出差錯的任何細節，出航前，都得檢查一遍。」儘管海湧伯早已退下鏢手位置，儘管這個漁季展福號已經出局。

前甲板上，海湧伯用提桶自舷邊提一桶海水上來，潑向鏢臺；接著，又提了好幾桶，沖澆甲板，一來沖掉夜裡滯停的不好氣息，二來沖掉之前的霉氣，三來，沖醒船隻激勵精神準備出航獵漁，海湧伯仍維持著出航作業前多年來養成的習慣。

萬來仙仔曾教過他：「最好的獵人，就是準備好並守在獵場。」萬來仙仔也說過：「獵人不管港裡港外，隨時都在準備。」但展福號只剩孤船老人，海湧伯的獵場，這場意外後，這一切恐怕已經提早結束。

相遇

對鏢船好奇，清水走在午後烈日曝晒的邊角漁港碼頭，一步步走向鏢船。他瞇著眼，右掌舉在額頭上稍稍遮一下熾眼光熾。逃亡路上為了遮掩自己，清水甚少摘下臉上的深色太陽眼鏡，走近鏢船的這一刻，他覺得整個漁港沒看到半個人應該比較安全吧，一方面也是因為對鏢船的高度好奇而忘了戴回墨鏡。

從清水接近鏢船的角度看過去，這幾艘鏢船，長得有點像昔日用的瓷湯匙。湯匙底是船身，船艏前頂著一段突出的鏢臺就像是瓷湯匙長頸子一樣的匙柄。這段突出船尖的鏢臺，相當顯眼，是鏢船相異於一般漁船的主要標識，也是整艘鏢船的作業重心。

清水走近其中一艘鏢船的鏢臺邊，這艘鏢船的甲板目前因潮差低於碼頭大約一公尺，而鏢臺前端此時又高過碼頭大概一公尺。終得近距離觀察，他沿著船邊從鏢臺走向船尾，發現伸出船尖外的鏢臺大約有船身總長的五分之一。清水再從船尾轉身回頭看向鏢臺，還真像是這艘船往船前伸出一隻掌心朝上十分挺拔的一條胳臂和手掌。

這艘鏢船是木殼船，整艘船由厚實的木料所結構，從船尾望向艄尖，木料在這道船舷線上展現的並不是直線，而是一道柔順上揚的弧線，緊接著這道上揚的流線，再挺舉出船尖那段挺拔剛毅的鏢臺。

「像是長在這艘船上的長鼻子」，這是清水在那篇鏢船的報導中讀到對鏢臺的形容。他在這艘鏢船邊的碼頭上徘徊，只能說是機緣巧合，從過去雜誌上閱讀到的一篇鏢船報導開始，然後到臨海道路上的偶遇，再來到碼頭邊如此近切相遇的這一刻。

「也許，跟鏢船有特殊的緣分也說不定。」不僅是留意到很少人懂得欣賞的船隻流線，清水還相當認真地在碼頭上踱步測量，仔細觀察，這不只是一時好奇而已。

忽然，一陣嘩啦水聲從這艘鏢船再過去一點的西南角落傳來。這陣水聲打破了午後靜謐的邊角漁港，也中止了清水在這艘鏢船邊的流連盤桓。

清水隨聲轉頭，發現潑水聲來自前方碼頭轉角處泊靠著的另一艘鏢船。隨著水聲，盪起這艘鏢船往外推的一圈圈悠悠漣漪。清水又發現，那艘鏢船上有個人影移動。

清水快步走近這艘往外潑水的鏢船，看見潑水的人，是一位皮膚黝黑身子清瘦頭髮斑白但體態結實的老人。這位穿汗衫打赤腳的老人，看來是在甲板上用過餐，並將清洗碗筷的水給潑出船外。

老人繼續用繫著繩子的提桶，動作俐落地在船邊提一桶水上來沖洗甲板。

彷彿要喚醒午時沉寂的漁港，老人三次提水沖洗甲板。一陣唏哩嘩啦、唏哩嘩啦，惹起寧靜港域的一片水聲和漣漪。

「請問，」清水走過去放下帆布行囊在船邊碼頭，蹲下身，問船上這位老人家：「這艘船是不是鏢旗魚的鏢船？」

甲板上半仰起頭，陽光熾眼，老人左手拿著提桶，右手伸在額前遮光，抬眼看向碼頭上的清水，稍後才轉了眼神看了清水身邊的帆布袋一眼，慢慢回答說：「是啊，這是鏢船，來找人嗎？」

「沒有，不是……沒有，只是借問一下。」

老人手掌一樣遮在額前，歪了一下頭，又抬了一下眼，仔細打量了清水好一陣子。

清水在碼頭上愣愣蹲著，感受到老人盯視著他的銳利眼神，一時不知道要接什麼話講。因為是走下來邊角漁港後遇到的第一個人，也是遇到的唯一一個人吧，清水脫口說了句：「這艘船，只有你一個人嗎？」

老人微微點了個頭，保持單手遮陽的姿勢，仍盯著清水打量。清水原本就不善於與人攀談，他怕的就是交談中出現類似這樣停住的尷尬。奇怪的是，接近這艘鏢船和老人時，儘管是大白天的夏日午後，他還是感受到一個老人、一艘船、一整座漁港的孤獨和清冷。

老人維持原姿勢不動，似乎是在等著清水繼續下個問題。

清水低了一下頭，恰好看見這艘鏢船鏢臺下的前舷邊，寫著兩個英文字母和四個阿拉伯數字，他想，這應該是這艘鏢船的噸位大小和船籍編號吧，然後他看見兩個字「展福」。清水實在不知道接著要講什麼，隨口便說出這句讓他自己也感到意外的話：「展福號這艘鏢船上，有欠人手嗎？」

老人放下遮陽的手，再次偏眼看了一下碼頭上清水的帆布行李袋，然後用懷疑的語調問了句：「是你嗎？」隨後又補問了一句：「想要討海？」出事後沉潛在展福號上的海湧伯，大半年來沒講過幾句話，沒想到，會有這樣的一位年輕人自己走到船邊來敲門。

清水只是臨時起意，問話的原意並不是為了爭取工作，但他念頭一轉想到：「這時若有機會在鏢船上工作，好像也蠻符合自己目前不知下一步該怎麼走的茫然狀態。」他輕輕點了兩下頭。

不過是船邊的幾句攀談問話，沒想到，卻無風起浪般地掀起了海湧伯和清水內心各自不同的一陣波瀾。

海湧伯別開臉，嘆口氣後跟清水說：「少年欸，走不識路啊。」

末路

療傷期間，海湧伯好幾次到醫院、到粗勇仔家探望，粗勇仔不只一次感嘆地跟海湧伯提起：「這場傷後，即使想要繼續討海，恐怕也站不住鏢臺了。」他好幾次慎重地跟海湧伯表示：「考慮上岸發展。」

海湧伯知道，這些年來房地產轉而景氣，大城市裡的建案增加，粗勇仔家族的泥水班忙到缺人手，粗勇仔若是上岸發展，不怕找不到工作，認真勤快點，老實說，不管是收入或者是發展性，都會比站鏢臺當旗魚獵人好很多。

鏢手表面看起來風光，但漁業的確是沒落了，特別是鏢旗魚。雖然世事難料，但沒想到變化這麼快。海湧伯回想起，當初他母親是用所有家當來送禮，才換得他上鏢船討海的機會，誰會想到，如今岸上隨便一個臨時工的收入，都會比討海工作來得穩定。人往高處爬，現實情況下，也難怪鏢船海腳們，一個個藉故趁機上岸發展。

海湧泊感嘆道：「這種直接與大魚搏鬥的原始漁獵方式，沒想到，不過才走了半輩子多，就已經走到窮途末路了。」有旗魚可鏢，是鏢船繼續走下去的基本條件，有句話說：「沒有偉大的獵物，哪來偉大的獵人。」海湧伯親自站鏢臺獵旗魚，經過的這半個世紀來，海湧伯感到不平的是，「並不是鏢船獵人蹧蹋了旗魚。」

「繼續討海或上岸發展，還需要討論、需要考慮嗎？」海湧伯皺著眉頭苦笑著跟粗勇仔說：「鏢臺也站了這麼多年，難道還看不清前途嗎？」

這句話不僅對粗勇仔，照理說，也適用於包括海湧伯在內的每一位鏢船獵人。

「只是……」粗勇仔欲言又止。

病床邊，海湧伯伸手按住想坐起身來的粗勇仔說：「就這樣子決定了。」

捨不得是一定的，多年一起海上獵魚，風雨同行，同舟共濟，如此錘鍊出來的夥伴關係甚至比親人還親。這種關係說是海上情誼又太籠統，可說是長年並肩作戰，風風雨雨中走過來的一種形而上、精神上的親密關係。這是同樣站過鏢臺，同樣持鏢槍獵過旗魚的海上獵人才能體會的交情。何況粗勇仔又是海湧伯長期看好並一手栽培來接替他、傳承他的鏢手。如海湧伯說過的：「培養一位好鏢手，三冬五冬。」

但獵人交情之外，這一刻，海湧伯最難以說出口的是：「你是我栽培、拉拔出來的鏢手，無論你計不計較，也不管理由是什麼，你也是我親手砍倒的鏢手。」

海湧伯還想說的是：「鏢手是我一生中最為尊榮的光環，經過這樣子的意外後，恐怕也將成為我這輩子最愧疚的汙點。」

這片海，究竟是海湧伯這輩子耕耘最深的一塊園地，這段意氣消沉的日子，海湧伯時常回想起自己如何走到窮途末路的海海一生。

粗勇仔傷勢初癒，跛著腳半走半跳從房間跳到廚房門口，倚在門邊跟站在瓦斯爐前準備午餐的妻子芬怡提高聲量說：「我想，以後不再討海了。」

兩個月來的療傷過程，粗勇仔心思幾番起落，他心想：「應該是天意吧，當一個漁人若是連甲板都站不穩，不只該退下鏢臺，恐怕是從此離開漁船、離開討海工作的時候了。」

儘管提高音量，但排油煙機運轉的轟轟噪音幾乎覆蓋了粗勇仔的講話聲。拿著鍋鏟的芬怡還是敏銳地聽見了粗勇仔這句話中的幾個關鍵字，她轉過身來，心裡雖幾分猶疑是否聽閃了，但一看到粗勇仔正經得有點僵傻的表情，她了解他，她十分確定自己沒有聽錯。

嘴角一彎，芬怡臉上如春天的花蕊現出一絲笑嫣，她伸手按掉排油煙機，也顧不了才下鍋乾煎的兩片鬼頭刀魚，啪一聲俐落關掉瓦斯，圍裙上抹了兩下手，兩三步跑向粗勇仔。然後，幾乎是整個人跳起來，芬怡用她最大的氣力，無尾熊抱樹幹般，緊緊抱住粗勇仔。

粗勇仔腳傷初癒，被芬怡這一跳、一抱，歪了一下身，歪了嘴，他皺起臉，嘴裡噓噓抽了幾口氣。

「啊，對不起！對不起！」芬怡趕緊放腳踩實了自己，幾分嬌嗔細細聲說：「剛才那一句，剛才那一句，再說一遍好嗎？」粗勇仔「不再討海」這一句，芬怡不曉得等了多久。

起居室裡的孩子感應了父母的心情起伏吧，這時醒來，竟然沒哭沒鬧，而且像是要表達意見參與討論似地一陣咿呀吟哦。

芬怡進房裡將小孩抱出來，粗勇仔轉身，以討海練就的厚實有力臂掌，將離他半步距離的芬怡和小孩緊緊一把給攬了過來。粗勇仔心裡明白，不再討海，意謂著未來就是上岸發展，也就是換個領域重新開始的意思。中年轉業，談何容易。若自己獨身一個也就算了，他可是有妻有兒，有個家庭扛在他的肩上。

芬怡明白粗勇仔的顧慮，她輕推了粗勇仔一把，從他的懷抱裡抬起頭看著他，以堅定的表情和口吻說：「放心，我想孩子白天就請我爸媽看顧，我可以回去工廠上班，多少貼補家用。」粗勇仔聽了芬怡的話後，鬆掉還皺著的眉頭，使勁將芬怡和小孩緊緊攬在懷裡。

「我看，我們都有些年紀了，」出事後，輝龍找機會跟海湧伯說：「我舅公城裡開餐廳，生意不錯，最近剛好欠腳手，要我過去幫忙，我看，我就趁這機會上岸去了。」

同船捕魚這麼多年，海湧伯當然能理解輝龍的心思底意。

儘管這些年來展福號的平均漁獲收入，並不輸給同港大多數鏢船。但趨勢看得出來，那根常走在表格前端的箭頭，這幾年來，很明顯的都是垂頭喪氣地往下走。海湧伯明白，這樣的條件是留不住海腳的，特別是又發生了砍斷粗勇仔腳筋的意外事件。

輝龍上岸，粗勇仔出院後居家療傷，展福號人去船空。這年的旗魚漁季，就這樣早早落幕了。

消沉的心帶著海湧伯更多時間留在展福號上。這一年冬天，除了不得不回家過個年，圍爐團圓，他幾乎都在船上生活。比起過去，也比較少見到海湧伯在漁巷子裡（漁港裡）走動。

港裡頭自然有人閒言閒語，議論起關於這起意外事件的種種，滿嘴嘴花，紛紛背後說起了海湧伯面對這樣的狀況，應該如何如何處理才對。也許，怪就怪海湧伯吧，多少年來，他鏢魚成績一直領先同港鏢船，一旦出了事，嘿！嘿！嘿！妒忌多時的心，終於找到了宣洩的出口。

這些瑣碎聲音傳到海湧伯耳裡，海湧伯也只是嘆口氣而已，發生了這樣的事，他還能多說什麼。

好不容易開春後，日子一天天暖和，海湧伯依然低調、靜默，獨自一個人開著展福號進港返港。從此孤船老人，落寞地出海拖釣鹵鰆，維持基本收入。

「大概無法再鏢魚了。」鏢魚作業至少要三個人手才具備基本戰鬥力，況且，這樣的三人組合，也不是抓幾個海腳來隨便拼拼湊湊就能成軍。好幾次海湧伯動了念頭，想拆掉展福號上的鏢臺。

海湧伯的確消沉了一段日子，想想也是，「十三歲上鏢船至今，這條路怎麼忽然就走到底了。」出事後，大半年來的日子如時針顫動，一格一格慢慢地抖顫著過去。孤船老人，有時拖釣，有時放延繩釣，展福號照樣挺著長鼻子樣的鏢臺進出邊角漁港。

也不曉得海湧伯是提不起勁做變動，還是真的放不下來。整個邊角漁港，也沒有人能夠明白，海湧伯留著鏢臺，是否對下個旗魚季還有期待？

一身冷汗，海湧伯在展福號駕駛艙前的甲板上醒來。大熱天裡還一身冷汗驚醒，也不曉得是身子虛還是心裡虛。

海湧伯是做了個怪夢。他夢見展福號上架，進廠歲修，從內裡到門面都重新整理了一遍。這是討海人習俗，船上若是發生了不好的事，就藉由船隻大翻修或大掃除來改運。就是去掉霉運，重新開始的意思。引擎維護調整、換機油、換濾芯、刮除船腹雜七雜八的各種附生物，全船新漆一遍，該換的、該清的，大掃除般，一一清理乾淨。

船隻整理好要下架下水那天，海湧伯才發現，展福號高突硬挺的鏢臺卡在修船廠門楣上。展福號坐著的臺車，因此停在滑車的斜坡軌道上，無法順利出廠下水。

怎麼辦呢？夢裡，海湧伯情急之下，罵了幾句責備自己的話：「粗勇仔負傷，輝龍離開，這艘鏢船已經散股，還留著鏢臺舉撬（拿喬）創啥。」

大勢已去，大勢已去，鏢臺像是聽懂了海湧伯的責備，受熱的蠟條般，忽然整根垂軟下來。委頓、委靡地垂吊在展福號船尖上。

海湧伯和展福號一起戰風戰浪這麼多年，從來沒看過，也沒想過，鏢臺有一天會軟趴趴變成這樣。儘管也不算是什麼噩夢，但海湧伯心裡難過，半夜一身冷汗在展福號甲板上驚醒。

海湧伯知道，這起意外，絕不是因為年紀老邁或技術上出了問題，主要原因是，他們遇到對手了。他們是不小心被這條搞怪的大尾旗魚，一下子攪亂了船上三人鏢魚生涯原本好好的這一盤棋。

一輩子鏢魚的海湧伯，這一刻，他大可用人老船舊的理由跟自己說：「夠了，這輩子差不多就這樣子了。」說服自己從此退出江湖，退離大海。

海湧伯這段時間來的心思雖然反覆不定，但大部分時候，他心底問自己的一句話是：「甘願否？」他心底周折的是，這輩子一波一浪痕地走到成為展福號船長，成為鏢船上出色的海上獵人，是否甘願面對這樣子的挫敗結局？

人生走到這一步，連好好當個父親、當個丈夫都已經確定是不合格了，海上還輸給了這條大尾旗魚，他這輩子所有的耕耘，所有的堅持，不是都白費了嗎？

「是否甘願承認被一條大尾旗魚給打敗了？」

「又是否甘願接受整艘鏢船幾近被瓦解、被繳械的結局？」

他怎麼可能就此罷手。

海湧伯不言不笑，眉頭足足皺了三個多月。海湧伯安慰自己：「展福號還在，自己的身手和鏢手底子都還在。」他不願意腦子裡不斷重播砍傷粗勇仔的那段畫面，他也不願意再做類似鏢臺軟掉的噩夢。他告訴自己：「事情只是告個段落，尚未結束。」

上岸發展

三個月療傷休養後，粗勇仔是保住了行走和站立的能力，只是走起路來長短腳一樣稍有跛態。這種傷啊，如粗勇仔自己說的：「會好嘛沒完全」。

雖有保險方面的醫療和失能給付，但討海工作並沒有離職金或資遣費，儘管海湧伯給了一筆慰問金作為補償，但長期來看，粗勇仔有一家子的生活得扛在肩上，因此，退下鏢臺並決心離開討海工作前，粗勇仔早已仔細思量了好幾遍關於上岸發展的種種可能和種種機會。

粗勇仔動作粗獷直率，但海湧伯曾告誡他：「好鏢手，絕不只是孔武有力。」

粗勇仔回憶說：「回頭來看，這些年討海學最多的，並不是漁撈技術或者如何使用漁具獵魚，學最多的反而是在環境惡劣或多變化的狀況下，變通變竅的適應能力和應變態度，以及，生存下去的意志力。」

「所以，你以為我為什麼嫁給你。」

粗勇仔摸摸後腦勺表情似笑非笑有點尷尬，沒料到芬怡突然給了這一句，他輕咳了一下，稍微移轉了情緒，認真說：「我覺得，只要甘願，不會沒有路走。」

想想也是，被認為收入不穩定且不被看好的討海工作，粗勇仔還不是這樣一趟趟出航返航認真努力地過了這許多年，而且還站上被認為高度風險也已經沒有年輕人願意站的鏢臺。儘管最後結局是遭逢了意外而下了臺，但他確實是風風光光地幹了好幾年十分出色的好鏢手。想到這，粗勇仔的自信就來了，他挺起胸膛接著說：「陸地上不會有哪塊土地比甲板搖晃吧，岸上又有哪種行業的風險高過站鏢臺鏢旗魚。」

「你喔，太樂觀了吧，」芬怡知道這時候必要潑他一下冷水：「你該想想的是，這十幾年討海下來，你跟岸上各行各業的連結或基礎，還剩下多少？」

「我個性樂觀沒錯，但是我真的有好好想過，連結不多、有點距離，反而是好事，讓我不是一直陷在裡頭看事情。有時候不好的事，換個角度看，就變成是有好有壞啦。」

「海看太多了是不是？真的是有夠超級浪漫的。」芬怡生孩子前在一家規模不小的工廠當祕書，多年工作經驗，她大概熟悉人世社會的眉眉角角。她擔心粗勇仔幾分憨直的個性，在岸上工作會吃大虧，「你過去海上討生活，面對的是無可預期的大海，但是你知道嗎，岸上生活面對的可是同樣無可捉摸的茫茫人海。」她以略帶警惕的口吻跟粗勇仔告誡說。

「『人海茫茫』這四個字，我這裡說的可不只是人很多的意思，我指的也是人心、人性複雜，而且包括無可預期的人性凶險。」覺得粗勇仔單純到有點傻氣，芬怡進一步跟粗勇仔解釋：「大海裡討生活，比較像是粗獷且野性十足的直球對決，但是在人海裡打滾，需要的可是陰沉且變化多端的指叉滑球。」夫妻倆都喜歡看棒球比賽，他們一方面談海，一方面談人海，自自然然就把海和棒球作了連結。

「是啦，我知道岸上生活一定有不同的挑戰。但海上狀況跟大自然一樣，通常又狂暴又直接，海湧伯教我們必須先低頭認輸，也就是教我們海上工作的基本態度，必須先認知絕不跟大海挑戰。原則上，我認為陸地、海上應該是一樣的。海湧伯教會我們，盡量避開正在使性子的海，這樣大概就能避開工作上絕大部分的危險。」

「沒那麼簡單吧，你看，再怎麼小心，還是會有風險。」芬怡低頭看了一眼粗勇仔的左腳。

「對，妳說得對……」粗勇仔低下頭，聲調變低，「我絕對認同岸上有岸上不同性質的風險。」

芬怡順著粗勇仔的認同進一步說：「岸上面對的是人，各種各樣的人，有表裡不一的各種臉孔，這樣說好了，你討海這麼多年認識很多種魚，對嗎？你認識旗魚、認識鬼頭刀、認識飛魚等等等，不同的魚，有不同的個性和脾氣，一目了然。我要說的是，人跟魚真的很不一樣，不管個性、脾氣或其他點點點，都不是你表面就看得出來。所以，我只是想提醒你，岸上發展的風險和挑戰，真的比海上複雜很多。」

粗勇仔沉默了一下子後，點了點頭。稍停了一下，粗勇仔忽然用他兩個寬厚的手掌，完全包覆住芬怡的兩個手掌，並且拉近到他的唇邊親了一下說：「有道理，真多謝，我會特別特別注意妳說的人性複雜這一方面。」

粗勇仔身材魁梧，其實心思細膩，他每趟出航作業，都像是進行一場全新的探索。大海夠寬夠深，海上工作的基本態度是耐心等待和耐心摸索。而且他相信，即使多麼認真努力地探索，也不可能找到可以一勞永逸用來遵循的一定規則。他也知道，這片海無論如何認真努力地航行，也航不遍大海的每個角落，這也是粗勇仔喜歡海上工作的原因。

像是知道他的心思，芬怡忽然認真看著粗勇仔的眼睛說：「我相信岸上的茫茫人海，也會是你一輩子探索不盡的大海。」

中年轉業，又是跨陸地、海洋不同領域，他們必要謹慎地從舊的基礎中整理出新的步伐。兩夫妻交換各自陸地的和海上的不同見識和工作經驗，這多少讓粗勇仔約制了一些狂放的樂觀與浪漫。芬怡也因為了解和實際參與了粗勇仔的想法，而對他們的未來有了基本信心。

芬怡回工廠任職，粗勇仔重新思考，年輕時學來的泥水技能以及對這行業的基本認識。

沒多久，粗勇仔便看見了機會。

粗勇仔他家族經營的泥水工班，因城市房地產景氣，跟過去的討海一樣，機會在哪就往哪裡跑，整個工班和年紀較輕的泥水工，一窩蜂往城市裡衝。留在小城小鎮的都是些年紀偏大不想離家的老師傅們，他們兒女都已出社會賺錢，處於半退休狀態，他們選擇留在鄉里，可有可無地，變成是打零工的個體戶。

粗勇仔看到的是，鄰近邊角的幾個沿海小城鎮，處於嚴重缺工狀態。他也看到，講求工作效率的年輕泥水工都走了，留下來的是，有年紀的技術菁英。

而這幾個沿海小城鎮，又逢社區營造風潮帶來的觀光量能，需要的正是這種結合藝術與文化，小而美並且有地方特色的小型工程。這些小型工程、小工作，恰好非常適合這些慢工出細活的老師傅們。

粗勇仔一一去拜訪這些泥水老夥伴，告訴他們：「你們一輩子泥水，累積下來的技術，絕對不應該剩下打零工的價值。」

「年紀大了嘛，也不求什麼，只是加減做，加減好。」老師傅們總是這樣回應。

「你不知道現在流行『第二春』嗎，太早認老，結果沒幾年就真的變成老扣扣。來，聽我的建議參考參考，我們也來個第二春，『吃老轉少年』好否？」

「愛講笑，轉少年，哪有可能，你講看嘜。」

「咱靠技術欸，不用親像少年家出外車拚，我負責來貿穡頭（標工程、找工作），咱老班欸作伙來……」

「遮咱庄腳所在，哪有啥穡頭通貿？」

「您相信我，我哪貿無穡頭，是我憨慢，您嘛無吃虧，甘毋是？」

粗勇仔進一步將同意參與的老師傅們組織起來，集結成一群技術穩定的老工班。他算是運氣好，敏感度也夠。近年來，國內幾家大型海洋水族館開幕，加上邊角鄰近海域發現數量豐富的鯨豚海洋動物明星，造成社會一股蓬勃的海洋風潮，以及各種海洋活動的興起。再加上從日本引進的社區營造概念，逐漸形成政府重要的文化政策，這讓偏遠鄉鎮，出現了改造機會，紛紛提出了社區營造的第二春計畫。

「海洋經驗加泥水工程加偏鄉社區，」粗勇仔有點激動地跟芬怡說：「這分明就是老天賞飯吃。」

討海這些年來，別說各種魚類，包括比鏢船兩倍大的大型鯨或成群來船邊跳躍的海豚，牠們的形樣、體色和流線，全活在粗勇仔的腦子裡，何況海上日出、晚霞、波光、浪褶，這些海洋景觀，都是他日常的生活場景。

粗勇仔先去找一位學工程設計的同學，也是他的好朋友小吳，為邊角村幾個沿海公園和社區畫出改造的設計圖，然後，他又拜託幾位家族長輩，撥空帶他拜訪公家單位和營造商，最後，他主動跟沿海社區或相關單位提出他結合海洋意象的造景工程。

只要哪個單位同意讓他試試其中任何一個小工程，粗勇仔相信，就會是他們「老工班」的起步。剛好，鄉公所宿舍圍牆因為老舊重建，粗勇仔使了許多力，終於爭取到施工機會。

粗勇仔組成的工班，根本不是在建造圍牆，而是把牆面當成畫板來畫作海洋。老師傅手路細膩，大致上都能完成粗勇仔的設計構想，而且，施工過程中，因為造景特殊，常吸引路人旁觀。

果然，因為物超所值，這面圍牆工程順利驗收，也造成媒體爭相報導。有了風評，就有了開展的好基礎。短短幾個月，可說是一鳴驚人，老工班陸續接了幾個小型工程，藍海社區活動中心美化工程、看海咖啡館望海庭院設計、漁業文化館及邊角國小外牆、臨海道路海洋路標工程，以及漁村沿岸海洋步道等等。

粗勇仔組織工班後，他靈活調度人力，公平分配工作，老師傅們跟著他上工，不久後，便陸續發現，跟著粗勇仔，工作穩定又有保障，他們也逐漸感受到，原來以為已經離開他們一段距離外的工作熱情又回來了。

粗勇仔將鏢魚討海學會的組織默契，整合出團隊的統合能量，他非常要求工班的工作品質，他主動出擊，接了一兩回小案子後，就做到了讓向來以吹毛求疵聞名的某建築商，都轉過頭來讚許粗勇仔率領的老工班，「有品質，不拖拉」。

粗勇仔憑著多年海洋經歷留在他腦子裡的軟實力，加上這群老師傅一輩子累積的硬功夫，當一項有別於傳統而且有海洋創意的硬體工程完成後，的確讓人眼睛一亮，吸引許多單位爭相模仿。沒幾個月，他們不僅在沿岸村落社區站穩了腳步，而且還小有名氣。

沒多久，粗勇仔擴大業務範圍，申請設立工程公司，辦事處就設在邊角村最熱鬧的一條街上。儘管是不容易的跨領域發展，或者是難上加難的中年轉業，何其幸運，機緣俱足，他們夫妻竟然奇蹟似地一帆風順了起來。

芬怡辭去了工廠工作，粗勇仔主外，跑業務、跑工地，她負責公司內務和會計，不少朋友因而取笑粗勇仔是個「打斷腳骨顛倒勇的跛腳勇仔」。

那天睡前，粗勇仔跟芬怡說：「感覺上，過去是如船隨浪，大海裡漂泊討生活，現在是緊握著舵，在人海中謹慎航行。」

「謹慎還是必要……」芬怡提醒。

「對，討海有句老話說『謹慎駛得萬年船』。」粗勇仔又想起討海時，有次海湧伯跟他說：「今日豐收的場所，可能就是明日落空的海域。」

有次返航途中遇到風暴，粗勇仔記得，他們低頭承受一記記撲上甲板的風浪，謹慎操舵，選浪航行，每越過一波高聳的湧浪，就像跨過一道困阨險阻，每一波都是返途中必經的風險，每一波都無可豁免，如此一波波、一關關謹慎邁越。好不容易返港脫險後，海湧伯跟他說：「保持浮在水面，就有機會穿越。」回想起來，海湧伯跟粗勇仔說過的這些話中，似乎早已教給粗勇仔上岸發展的基本態度。

對芬怡來說，過去碼頭邊看粗勇仔返航，那時她欣賞的他，是漂泊加上粗野的浪漫，而如今對他的欣賞變成是腳踩實地的實在感。而且，更直接也是更實在的改變是，粗勇仔不再討海後，夫妻相處或陪伴他們兒子的家庭時間明顯增加許多。而最最重要的是，芬怡再也不用以淒涼的心情看著粗勇仔半夜轉身離開。

走到這一步，對芬怡來說，她知道要更加珍惜。

碼頭到甲板的距離

邊角漁港邊，展福號泊靠的碼頭上，海湧伯別開臉，跟有意上船工作的清水說：「走不識路啊，走討海這途。」

意思清楚，海湧伯是委婉拒絕了清水的上船請求。

但清水仍然動也不動地蹲在碼頭上。他並不是在等待海湧伯改變心意，他只是回想起自己這一路走來，直到蹲在這艘鏢船旁的曲折經過，他心想，「這一切，應該不會平白無故吧？」而當清水蹲在碼頭回想經過的同時，甲板上的海湧伯竟然同時也想著類似問題：「這位年輕人，應該不會平白無故來到船邊？」

「會不會？」幾乎同時，他們兩人同時轉過頭來，甲板和碼頭，他們再次對上了眼。

「這樣好了……」「有沒有可能這樣……」兩人竟然同時開口。雖然各說各的，但好像是同時說到了同一件事。

他們又各自分頭想同一件事：

這時候，船上多個人湊腳手，幫頭幫尾，其實也不錯。

如果這位老人願意收留我，這趟逃亡，至少有個暫時休喘的機會。

讓我來確定問一下他好了。

也許我應該積極一點，主動爭取。

「這樣好了，」這一次，兩個人一起開口說出同樣的四個字。

海湧伯在甲板上攤了一下手掌，意思是讓清水先說。

「我對鏢魚很有興趣，但我是流浪來的，或者應該說是逃亡來到這裡的……」清水覺得這時應該坦誠說明才好，於是將自己因為被朋友設計投資而後破產，然後被追債跑路來到這裡的過程，大概對海湧伯說了一遍。最後，他直接跟海湧伯說：「不需要付我薪水，只求給我一個重新開始的機會。」

「看這位年輕人一臉斯文，語調輕細，比較像是拿筆的而不是拿槍的料；看起來，真的是走投無路的人；但一眼就看得出來，一副完全堪不起討海這種粗活的體格；而且欠債跑路這件事，會不會惹來一些無可預期的麻煩；自從去年底，意外發生後，無論自己，還是展福號這艘老夥伴，是一起被這條大尾旗魚沒收了過去的所有光彩，失意、失魂到如今，也像是路走到了盡頭；沒想到，端午才過不久，就有這樣一位年輕人走不識路，冒冒失失自投羅網地來到展福號船邊；不一定會怎樣，但感覺好像是，死水潭終於等到一顆小石子自己掉了下來；會不會形成漣漪不知道，但這確實是好不容易終於有機會動了一下；也許想太多了吧，看他一副斯文樣，暈船這關恐怕都過不了，何況操勞的討海工作；我看他頂多撐個三天，就會知難而退吧；但試試看又何妨呢；而且，這年輕人看來很有心，態度又誠懇，看他一直蹲在炎陽晒燙了的碼頭上；他說的，要重新開始，有可能嗎？要不要乾脆告訴他，時間若回到十年、二十年前，或許還有一點機會，這年代啊，討海絕不會是重新站起來的好起點；這位年輕人，來得真不是時候，如今才走上這一條路，一切都太慢了；若只是為了逃避債務的話，逃到空曠的海上去，倒是個不錯的選擇；要不要給他機會？或者說，要不要給自己一個最後的機會？儘管這個機會看起來十分渺茫……」海湧伯很少如此心思起伏，如此捉拿不定。

「看船上這位老人家，話似乎不多，我這樣的請求會不會太冒昧，造成人家的困擾，何況海上漁撈工作自己什麼也不懂，什麼也都不會，可說是完全無半撇，況且，自己還是帶著負債潛逃的衰尾運，我的請求會不會太唐突也太過度……」有求於人而且態度這樣堅定，清水自己也嚇一跳。

「如果沒地方去……」海湧伯說。

「我跟你學討海……」清水說。

「這港底攏叫我『海湧伯』。」

「我叫『清水』，請多多指教。」

意外被海湧伯接納的這時候，清水心裡想著的是，「城市到漁村，碼頭到甲板，好像終於有機會走上了這一步。」他心裡著實高興了一下。

海湧伯再次攤了一下手臂，指向前甲板，意思是讓清水從前甲板登船。

海湧伯往前兩步走到前甲板，拉緊前船纜，指引提著帆布行囊的清水登船。

清水彎下身，謹慎地踩住邊舷，跳下甲板。

這一躍，「啪呀」一響，像踩碎蛋殼般發出一聲脆響，讓泊靠在邊角漁港碼頭邊的展福號，著實晃盪了好一陣子。

第二部

濁水

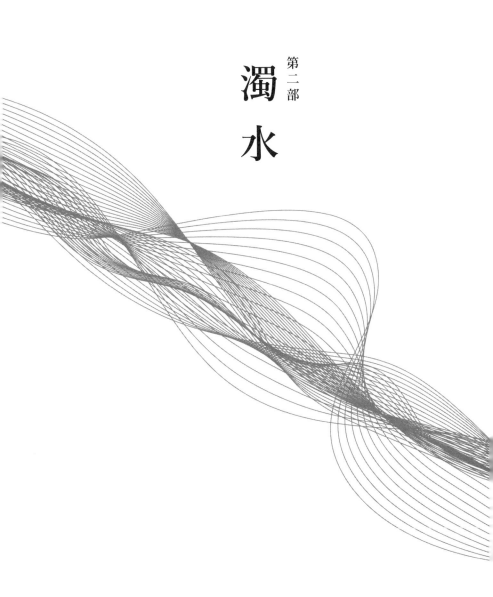

清水到濁水

當海湧伯第一次跟清水說：「明天兩點出海放緄，早點睡。」

「放緄是什麼？」

「放緄就是延繩釣。」

「延繩釣又是什麼？」

「延繩釣就是放緄。」

隔行如隔山，試用清水這段時間海湧伯必須很有耐心，單單說清楚工作名稱，何況工作內容，他都要用比平時多好幾倍的精神和時間。

清水跟著海湧伯捕魚的這幾個月，以延繩釣作業為主，這是很適合兩個人的沿海漁撈方式。跟著海湧伯一起捕魚，海上多個人手，即使清水是個肉腳生手，但現實上來說，展福號上是多了一對眼睛看頭看尾，多了一副手腳幫忙，對延繩釣作業來說，多多少少都幫得上忙。但清水很清楚，海湧伯收容他，善待他的成分多過於漁撈以及船務工作上的需求。

經歷了這場債務風波和避難轉折，清水更是明白，如今踩在甲板上的難得機會。對於船上工作，清水能做的其實就是打雜，他知道，從城市退到邊角，從陸地逃到海上，他已經退無可退，這份工作他必須珍惜，必要主動，必要勤快。除了漁撈作業上的「湊腳手」（幫手幫腳），清水很快便主動接手船上的伙食炊饌、甲板清理、出入港的繫纜、解纜以及報關等等瑣碎的船務工作。

展福號上就他和海湧伯兩個人，清水抱定決心，他必得想盡辦法讓自己在一趟趟漁撈作業中，表現出船上的一分子該有的基本付出。無論漁撈作業或甲板勞務，至少必須得到海湧伯的基本認可，才有可能繼續留在船上。

海湧伯是過來人，不會不知道清水在暈船，當然也知道他在忍受而且用意志力在苦撐。人的意志力確實驚人，海上漁撈對不曾沾過海的清水來說，簡直就像是剩下最後一口氣但還是不得不陷在泥淖裡掙扎的處境。

暈船沒有特效藥，也沒有人幫得上忙。但清水並未如海湧伯一開始所預期的知難而退，三天過後，清水暈船暈到一臉青筍筍，但他沒有喊累，沒有認輸。

看在眼裡，了然於心，海湧伯只悶悶對清水說了一句：「勿要勉強。」也不安慰，也不鼓勵，每一步都得自己走。

讓海湧伯意外的是，清水竟然撐過了足足三十個日出和日落。

清水討海滿月那天黃昏，展福號返航時，掌舵的海湧伯遠遠便看見粗勇仔等在卸魚碼頭上朝他們揮手。展福號接近時，粗勇仔大聲說：「工地在附近，時間剛好，彎過來看看。」

那天，他們放延繩釣抓鬼頭刀，漁獲成績不怎麼理想，凌晨出海，從日出晒到日落，偌大魚艙裡，漁獲不到三分。

清水抛繩讓碼頭上的粗勇仔接繩，並將前船纜套掛在繫纜樁上，引擎一緊，排氣管冒出一口烏煙，海湧伯倒俥急煞，讓展福號平穩泊靠在漁會碼頭邊。清水俐落攀上碼頭，繫實了後船纜，又兩步跳回到甲板上來，掀開魚艙，將艙裡水冰（碎冰加海水）裡的一條條鬼頭刀抛上碼頭。

清水行動熟練勤快，很快地卸魚、賣魚後，一直在一旁看著的粗勇仔，慢慢攀到船上來。海湧伯讓展福號在港裡一個大迴旋，回到泊船碼頭，短短這段港域裡的航行中，「這是清水。」「這是粗勇仔。」海湧伯介紹他們認識。

若不是負傷離開，站在甲板上清水這位置的，原本應該是粗勇仔。大概也因為如此，粗勇仔在介紹認識時只是歪了一下頭，五分不以為然三分懷疑兩分輕蔑，他抬著眼神觀察清水。

粗勇仔觀察清水繫纜、解纜、卸魚、賣魚等等靠港操作，樣樣都做得有模有樣似乎都還可以。沒想到，他多年來在甲板上無可動搖的位置，離開不過才半年多，竟然被一個看起來根本不像討海人的年輕人給取代。

特別是當粗勇仔發現，海湧伯始終盈盈微笑看著清水忙這忙那的，心中更是升起一股被占去位置的醋意。清水繫妥船纜跳回甲板後，粗勇仔刻意在邊舷通道上堵住他，嘴上嘖嘖兩聲，上下打量清水，直直看了好一陣子後，劈口跟首次見面的清水開玩笑說：「莫怪掠無魚，清水、清水，水清當然嘛掠無魚。」

清水當然聽懂，粗勇仔以他的名字來調侃這趟漁獲歉收的原因。清水心想，這個月來好幾次聽海湧伯提起粗勇仔，也聽得出來，海湧伯對於失去這個海上勇腳的落寞和無奈。如今面對粗勇仔的無禮嘲諷，清水依然謙和微笑，態度大方。

「建議你還是改名字好了，改名字才會改運，我幫你改個名，以後叫你『濁水』好否？」粗勇仔看清水似乎可以開玩笑，遂軟土深耕，得寸進尺地補上一句。

粗勇仔並不清楚清水的過去，他取笑的是，在討海已經沒有前途的年代，大概只有腦袋混沌的人才會自己跑來討海。誰曉得，這句話剛好直接命中清水衰尾道人需要改運的現實。

被這樣有點惡意且輕蔑的玩笑對待，清水心中沒有不滿，也沒有太大的怨念，臉上還是保持著微笑。也是啦，當人生走到這一步，即使名字被拿來開這種有損尊嚴的玩笑，清水大概也覺得無所謂了。

「好啊，好啊，以後就改成濁水。」清水笑笑回應。

沒料到清水回應如此淡然，這倒是讓粗勇仔退了兩步，用好奇的眼神另眼看待眼前這位年輕人。

「沒關係，」感受到清水像是示弱的回應，粗勇仔心想，「這塊料，看起來斯文弱雞樣，應該上不了鏢臺，何況是站鏢臺當鏢手，哼，三冬五冬，無論如何，我在展福號上曾經的地位，不會輕易被眼前這個年輕肉腳所取代。」這樣想著時他心裡得了些安慰吧，「哇！哈哈！」粗勇仔在甲板上朗笑兩聲，放過清水。

看著粗勇仔和清水在甲板上的這場互動，海湧伯不發一語，只有他知道，這兩人各自一路走來的辛酸。他清楚知道粗勇仔為什麼對清水不滿，也知道清水為什麼被擅自改了名字也無所謂。

粗勇仔回想自己站鏢臺的感覺，他當然曉得世間沒幾個人知道，站這個位置的高度，以及站這個位置自然而然擁有的傲氣。誰知道，無緣無故就這樣直直墜落谷底，其他場合，其他狀況，爬起來重新站回去也許都還有機會，偏偏就是他這一摔，也不是自己不小心，但已經確定永遠無法再回到這個位置。

清水記得，事情剛發生時，他覺得冤屈，覺得自己沒錯，只是被背叛、被出賣、被信任的朋友推入一塘渾水裡。他踢腳揮手高聲呼救，他用力掙扎，他還期待誰來拉他一把吧。

跟著海湧伯討海一陣子後，清水至少明白了，最終只能自己游上岸來。當他終於掙上岸來，才發現，這個岸已經不是原來的岸。

不是滄海桑田，不是環境變遷，也不是穿越了時空隧道或是走出了桃花源，而是泡過這潭苦水後，原來的身分、地位、階級，已經完全不同。很深的感觸，自己過去的生命價值，不過是附著在已經失去的這些人、事、物上頭。當這些附加在外的所有都離去後，所有過去以為的光，過去以為不可能會變的顏色，不只是變化，而是整個消失不見了。這時的清水，感覺自己完全赤裸，完全孤獨。

改名，甚至換姓，當然都無所謂了。

跟著海湧伯討海的這一個多月來，他們用延繩釣抓鬼頭刀和雨傘旗魚，偶爾也用深海延繩釣抓大目鰱或紅鰲。雖然當初講好，不領取報酬，但海湧伯還是按一般海腳漁獲分紅付給清水酬勞。

清水時常因為作業時拔繩過度操勞，而筋肉痠疼，時常因為手掌關節疼痛而半夜醒來，也時常兩掌收縮痙攣，完全張不開來。除了當兵時的新兵訓練和後來的士官隊操練，清水這輩子所有的操勞總和，也比不上這陣子來在展福號上的漁作操勞。

再怎麼累，隔天還是得一大早摸黑出海，還是得一簍一簍漁繩，一寸都不能少地繼續拉拔。清水心中隱約曉得，這一趟趟出海作業，操勞像一把犀利的刀刃，一寸寸切開了過去的清水和未來的濁水。

像個苦行僧，海上生活的鞭子如此一次次鞭笞著清水的肉體，無形中漸漸斷開了清水受創後無謂的悲傷。像船過的浪痕，慢慢沉靜了下來。

沒想到，逃到海上來的捕魚過程，如時空之刃，切開了出事火燒的過去，讓清水的生命，開始沉浸、沉著在藍澄澄的這片新世界裡。清水終於感覺到的第二口氣，一步步轉換成濁水全新的氣息。

這是再如何高超的智慧或如何縝密的思維，也無法規劃出的轉場過程。

被粗勇仔下馬威後，清水腦子裡確實好幾天想著，「清水改為濁水」這句玩笑話，顯然，他是在意這句話的。但並不是因為尊嚴問題，也不覺得是屈辱，他想的是，在這片海洋世界裡的生活，若能盡快站穩甲板，擁有的可能會是重生一樣的新生命。這不就是換了個人嗎，不就是重新來過的意思嗎，不就是「清水變濁水」的轉場過程嗎。

於是，清水以十分堅定的口吻跟海湧伯說：「以後叫我濁水吧。」

比起勞力之苦，和船上生活的不適與不便，更難忍受的，其實是暈船之苦。有一次，清水，不，是濁水，他趴在船舷邊吐到沒東西吐，後來連膽汁也吐了出來。吐到最後，只剩乾嘔，那是腸胃黏液和著鼻水和淚水揉在一起的慘狀。

這些，海湧伯都看在眼裡，但他還是那句老話，「勿要勉強。」

苦日子，儘管如海面無垠寬敞，看起來似乎沒有盡頭。但濁水的心，其實已經踩到底，已經踩實了自己。在內心有了支撐的情況下，濁水慢慢發現，海上日子已經不純然只是受苦而已。

暈船、重勞力或晝夜顛倒，當船隻離了港，全世界只剩下展福號上頭他與海湧伯單純兩人。過去跟所有人的牽扯，如今隔了海，就像是自動與過去隔斷了十萬八千里。濁水跟著海湧伯一趟漁撈作業，船上除了接受命令、接受使喚時，必要的簡短應答，一趟海十幾個鐘頭下來，海湧伯跟濁水一樣，都是儉話的人，他們海上的日子時常只有浪聲和引擎聲。

整個世界安靜下來，連海鳥飛過船頂，或者是飛魚船邊飛起的撲翅聲，都如此清晰明白。

每次，延繩釣拉上一條漁獲，濁水不僅聽見魚體在甲板上的掙扎翻跳，他還聽見每條魚發出的最後咻喘，以及海水、血水從魚體噴濺打在他身上或打在艙牆上的踢嗒聲。

這個新世界，雖然充斥著血腥和各種聲音，但對比人世陸地，這世界安靜極了。

濁水知道自己身體在受苦，但他心裡在海上蕩呀蕩地，意外大口大口地吸到了安靜自在的空氣。有一股讓人終於甦醒過來的清新感覺，逐漸瀰漫在濁水心底。這是他這輩子從來不曾有過的感受。

暈船嘔吐到後來，好像不再只是清腸翻胃而已，濁水感覺，嘔吐是將他這輩子在人世間的鬱累，一次次藉由暈船全嘔了出來。

幾分像是在排毒或淨身。

像那漂過舷邊，已浸泡在海水裡一段時間的任何漂流物，無論是漂流木或人間淪落的海漂垃圾，無論過去曾經如何繽紛或燦爛，無論曾經如何的悲愴或悲傷，都將在漂流途中，漸漸褪色，漸漸沉靜，漸漸蒼白。

最後，就是如此這般安靜無聲地漂過船邊，而且，永無止盡地繼續漂流下去。

有一回他們抓深海大目鰱，半夜放下去的深海延繩釣餌鉤，黎明時刻被濁水大粒汗、小粒汗地一陣拉拔後，終於浮出海面。這時，站在前甲板舷邊挽住繩頭的濁水，恰好面向東方天際，當他看著一輪火紅朝陽，一寸寸露出海平線時，上鉤的大目鰱，排著一串隊伍，浮出海面，從濁水手上的延繩釣母繩，鮮紅色漁獲一條條排著隊，而且，從船邊一直往外排到日頭浮出的閃熾暉光中。

濁水感覺到，有一扇門正在打開。

有個聲音告訴濁水：「跨過去，大步跨過去。」

濁水明白，只要跨過這道門檻，他就要從清水的舊世界完整跨步到濁水的新世界。

這一刻，彷彿有一首旋律輕揚的樂音，流進濁水耳裡。他是踩著音符，抱著決心，不顧一切地舉步跨進這扇為他打開，而且還滿滿映照著晨曦的門扉。

這一刻起，改變的不再只是他的名字，而是他的心，和他身體的每一顆細胞。

說來神奇，這一刻起，濁水不再暈船。

表達和接收

俗稱放綑的延繩釣，簡單說，就是將一條數公里長的母繩，間隔繫上子繩，子繩繩端綁上魚鉤，鉤上掛餌，一條線撒在海域裡頭，等待魚隻吃餌上鉤，收拉母繩就能夠有漁獲的一種漁法。

這種漁法，說來簡單幾行字，但實際操作並不容易。

海上作業，海面時常颳著海風，船隻不僅受風吹動，船下還分秒流淌著海流。船隻即使停下了引擎，依舊受風、受流不斷地推送，海面上、下的這兩個力量，飄或漂，讓作業船隻始終處於移動狀態；不像陸地上的停車，停下來，就是真正的停下來了。

而且，風速、流速、風向、流向，時刻都在變化，從順風逆流到逆風順流之間，有多種排列組合，在如此變化多端的海域作業，如何準確地將餌鉤投放在魚的家門口，其實並不簡單。

放緄作業，並不是隨便放，隨便就抓得到魚。

海湧伯很有耐心地跟濁水解釋這種作業的要領，他說：「聽風、聽流、抓準時機、放對位置。」他還補了一句說：「討海是『祈討』，不是『征討』。」

首先，船隻必須先準確地開到魚群常在的家，所謂漁場，隨後，在各種飄動或漂動的複雜情況下，判斷自己的船點位置，再進一步判斷當下受風或受流的移動狀態，然後以動力調整船隻到適當位置後，確定放緄時機。

如此複雜的作業當然是由海湧伯統領指揮，濁水只是聽命配合。船隻離港後，引擎一般不會關掉，也就是作業期間，引擎運轉的隆隆聲一直陪伴著整個作業流程，通常還會有風聲或水聲前來助陣。漁船上若用口語來溝通，往往需要大聲喊、用力吼，對方才能聽清楚。一趟作業流程時間那麼長，不可能一直喊來吼去的，所以，海湧伯必要經常以肢體語言來和濁水溝通。

船隻夜半離港後，因為夜裡視線不佳，一般由海湧伯親自掌舵。當他們摸黑跑了一段水路（航程）後，海湧伯頭一偏，下巴甩回來，意思是，要一旁的濁水過來接手掌舵。

濁水接手同時，海湧伯抬起手臂，往船前黑暗海上匆匆比了個方位手勢。這比劃的手勢，不過是個短促的動作，但這一下，可是船長對舵手下達了嚴肅的航向命令。

濁水剛開始作業時，常看漏海湧伯下達的命令，而發生了一些失誤。回港後，海湧伯會很有耐心地跟他解釋：「出海後，船隻就是無依無靠的一隻大型動物，你跟我就是這隻動物身上的眼睛和神經。所以，眼睛和神經間的聯繫，必須密密無縫。也就是說，我會隨時知道你在哪裡，以及你需要什麼協助。我要求你也必須做到這樣，隨時知道我在哪裡，以及我需要你做哪些動作來配合。」

濁水受命接手掌舵後，海湧伯走到後甲板，開始繫結並整理等一下到達漁場後要投放下水的整組延繩釣漁具。這段期間，掌舵的濁水除了必須維持船前黑朦矇中被指定的航向，他還必須頻頻回頭看向海湧伯，「知道他在哪裡，並隨時收到接下來他要我做哪些操作來配合。」

當然，海湧伯也會隨時從手頭忙碌中抽空回望濁水。

一艘漁船航行於黑矇矇海上，清冷孤獨以外，其實一點也不浪漫。但此時船上一老一少，他們在甲板上的分工和配合，就是必要隨時看來看去的。一方面是為了安全，萬一發生任何意外狀況，還能及時反應；另方面，是因為海湧伯的下一個命令，隨時可能透過他的手勢，或其他肢體語言，甚至只是臉上的表情變化來傳達。

海湧伯一邊整理漁具，一邊從後甲板側身回望；當然不是為了監看濁水是否準確執行命令；海湧伯這時的眼神，其實是穿透的，穿越濁水看向船前的一片黑暗中，然後，他可能隨時抽出忙碌中的手，快速朝某個方位揮了一下手勢，再一次下達要濁水調整船隻航行角度的命令。

濁水若是看漏了海湧伯的任何指示，恐怕造成航向錯誤，使得船隻偏離漁場。

濁水心中好奇，船隻航行於夜暗海上，除了岸上少數有距離的燈點，不僅無依無靠，簡直是無憑無據，海湧伯到底憑什麼來判斷航向。有次返航時，濁水問海湧伯這個問題，海湧伯只簡單回答說：「看久了自然會知道。」

後甲板這些放緄的準備工作都完成後，海湧伯從船邊提上來一桶海水，將盤在延繩釣緄籃子裡的繩捲潑濕，潤滑漁繩，準備「落緄」（將餌鉤放下水裡的作業）。這時，船隻會在海面上漂一陣子。船身隨風隨湧搖搖晃晃，引擎聲鼕鼕隆隆，若天氣晴朗，抬頭可見滿天星辰搖擺。濁水想：「海湧伯會不會是憑藉星辰來辨識方位？」但立即轉念否定，「多雲天氣畢竟占多數，當雲朵遮蔽了星辰，海湧伯憑的又是什麼呢？」

暈暗的船燈，煥照著船邊兩、三公尺範圍內的湧湧墨色水波，碎浪嗦嗦湧推，這時候的海湧伯什麼事也沒做，他動也不動，像一尊孤立於甲板角落的雕像。

「他到底在做什麼？」離港後一直到這一刻，動態的線狀流程突然中止。因為動靜之間的切換過於突兀，濁水感覺空氣裡似乎飄盪著某種嚴肅的氛圍。

「是在等什麼呢？或者，海湧伯正在進行什麼作業前的討海神祕儀式？」濁水一直想不透。

因為覺得怪，又想不透，一段日子後，他才敢問海湧伯，那段作業前的暫停，「為的是什麼？」

「聽。」海湧泊只回答一個字。

海湧伯回答的這個「聽」，發音不是一般輕聲，而是河洛音的三聲「聽」。

「『聽』什麼？」濁水也跟著發三聲音。

「『聽』久自然就知。」又是類似敷衍打發的一句回答。

往後，每次作業時，濁水細心地又看又聽，觀察了好長一段日子後，終於明白：「放緄行動前，『看』和『聽』就是『觀察』和『感覺』，海湧伯的簡單回答不僅不是敷衍，而且一點也不簡單。他的意思是，在這一刻，讓自己細心觀察來確認船點位置，然後細心感覺海風和海流對船隻的牽引力道。停下來的這一大段時間裡，海湧伯必須安靜、專注地感覺當下發生在船身上的各種力道，並據以判斷，接下來的落緄時機跟航向。也因為這一段時間裡的作為，全憑感官，又直接關係到漁獲，確實不容易詳加解釋，因此就被他簡單形容為三聲『聽』，一個字。」

忽然，海湧伯動了起來，像是得了天啟。濁水接受指令，啟動船隻，往落緄的起跑點快速航進。

船隻受命減速，海湧伯蹲去後甲板用指頭捏起緄籠子裡的餌鉤，開始落緄。濁水讓船隻緩速前進，藉由船隻動力拖拉，讓海湧伯手中捏著的一門門餌鉤，順序往船艉海面飛彈出去。

每門魚鉤都長著倒鉤，也都不長眼睛，捏著魚鉤的手指或手掌，萬一不慎被魚鉤刺入，倒鉤將牢牢鉤住指掌膚肉不容易拔出來。疼痛不說，在船上的後續處理，大概只能用刀來劃開被鉤住的皮膚才能取出魚鉤。

這時，船速的掌握必要恰到好處，過快或太慢，海湧伯都會有放鉤拿捏的壓力。

落緄過程中，倘若遇到漁繩糾纏，船隻必須立即反應退開離合器，甚至倒俥，好讓海湧伯得到處理漁繩糾纏的緩衝時間。落緄時的緊湊過程，都已經讓海湧伯三頭六臂還忙不過來，但他還得隨時留意船艏指著的航向是否正確，他隨時可能抽空揮一下手臂，來下達新的航向指令。船隻這時的快慢和角度，雖然由濁水操作，但完全是聽命於海湧伯下達的無聲命令。

濁水對於海湧伯的指令若有任何疏漏，嚴重一點的話可能造成海湧伯受傷，輕一點的話恐怕造成漁獲損失。嚴重一點的錯誤，海湧伯才會大聲吼罵，輕一點的錯，海湧伯會以搖頭、皺眉或以各種輕重不等的表情，來表達對濁水操作失誤的不滿。

這是個差不多不需要言語的場合，但溝通的密度及彼此相依的互動關係，比起一般的親情、友情和愛情恐怕還要緊密幾分。

當視野從分不清海面天空的黑暗中，慢慢裂出了海平線，東方海平線上方的天際終於潑出一片灰濛。天就要亮了，通常這時候開始拔緄。

拔緄就是揚繩收魚的作業，一開始由濁水在駕駛臺操船，海湧伯站前甲板舷邊收拉母繩。數公里長的漁繩，掛著大小漁獲總和的重量，加上水流和水壓的幫倒忙，可想而知，差不多就像是以一雙薄弱的手臂，如此自不量力地，就要來跟大海拔河。所以，船隻必須適時藉由引擎動力跟上來，而且船身與這條母繩的角度必要呈現大約三十度銳角，才可能拔得動被魚隻含在嘴裡被海水含在肚子裡的這條長緄。

雙手拔緄的海湧伯，差不多是背對著濁水，過程中，濁水必須戰戰兢兢留意角度，留意船速，留意海湧伯後背上的任何身體語言。但是，讓濁水分心的誘惑實在不少。

由暗轉曝再轉熾的海上天亮過程，自粉紅而澄紅而橘紅的海上日出場景，根本是濁水心中由暗轉亮、由閉鎖而豁然開朗的心境轉變，搭配著海面天空的棉花雲、跑馬雲、牽絲雲、鱗片雲，這天所有的日出風景，無爭無搶，濁水一人全面獨享。

何況那隨著緄索拉近船邊的各種漁獲，從水波中深深閃爍的身影，被一把把拔出到海面，看著魚體上的螢光，點綴在流線魚形暗沉的金屬光澤上，濁水發現，不曾有過任何一幅畫作、任何一樣雕塑作品，能提供他如此從水底而水面，從朦朧而具象的形體和顏彩之美。這是飽含晨曦的海水，才雕得出的柔美流線，才繪得出的絕美風景。

濁水時常因為貪看這些美景，而分了心。

辛苦拔緄的海湧伯，角度不對、船速沒跟上或超越，他手上的緄繩會立刻告訴他，濁水受了誘惑、濁水不再專心。

一開始，海湧伯會聳一下右肩來表示受力吃重；濁水若是沒及時修正過來的話，他會加大動作，側身拔緄表示不滿。若還是聽不懂，海湧伯會一下下左右側身搖晃，以身體劇烈的搖晃動作來表達嚴重抗議。做什麼都無效時，最後，海湧伯只好狂吼一聲，緄索一拋，兇兇回身朝駕駛艙走去。

濁水知道惹禍了，一臉蒼白，縮起下巴，等著受罰。

海湧伯表情凶惡冷漠，但他只是直接走到濁水跟前喊了聲：「換你！」

換濁水拔緄，海湧伯會故意讓船隻有時在正確位置，有時在錯誤角度，兩三下就讓濁水完全明白，由於他的疏忽，造成拔緄者多大的負擔。濁水也才逐漸明白，他與海湧伯海上作業時的關係，如海湧伯所說，是眼睛與神經密密無縫的相繫相連。

與其說是彼此關係默契的培養與累積，濁水覺得，海湧伯是藉由每一次的作業，教給他海上生活的基本能力。而這樣的練習過程，濁水學會了善用身體來作表達，而且逐漸覺察到他們之間的心意流動。

臭腥命

「底下這間給你睡。」海湧伯掀開睡艙蓋跟濁水說。

他們兩人在展福號上一起作業、一起生活了好幾個月，氣溫逐漸走下坡，轉而為白天熱夜裡涼的氣候型態。過去的這幾個月算是盛夏酷暑，他們都睡在甲板上。

展福號是一艘十二噸的沿海漁船，甲板上的空間兩個人生活算是寬裕。夜裡轉涼，海湧伯讓出睡艙給濁水，他自己縮進去駕駛艙旁的大公厝（船長室）過夜。濁水也沒推辭，直接將帆布行李袋拋進井一樣的睡艙洞口裡。

展福號是一艘老鏢船，算是邊角漁港裡僅剩的兩艘木殼鏢船之一。材料進步，機械進步，如今年輕些的漁船，都採用強化玻璃纖維材質為船殼，不像展福號，仍是由一根根木頭、一片片木板來結構。那種被海湧伯稱為「塑膠船仔」的強化玻璃纖維船，以船模灌漿方式造船，一體成型。

「彼種『塑膠船仔』，沒有木頭腐蝕的問題，沒有木縫滲水的問題，確實耐操、耐磨。」海湧伯有次跟濁水談到這些年來漁船的進步，他說：「這年代啊，什麼都進步，只有漁獲不進反退，而且一年不如一年。」

老莫老，海湧伯還是相當注重展福號的保養。

展福號固定會在每年旗魚季開鑼前上架歲修。上架首先是刮除附著在船肚子上的藤壺、水藻等種種附生物，這能讓展福號減重，同時也有減少水阻增加航速的效果。海湧伯也會換新衣裳一樣，一年一度親手為展福號上一層新漆。更重要的是從城裡請來機械師傅為引擎更換機油、濾芯和各種耗材零件，為展福號的心臟來一次健檢跟保養。

鏢船最重要的是機艙裡的那顆等同於是船隻心臟的引擎，展福號依船齡來說已經是一艘老邁的鏢船，但是當引擎啟動後的震顫聲，節奏穩定，聲音純粹。熟悉引擎的內行人一聽便知，這艘船的船長一定非常注重保養。

多年鏢魚經驗，海湧伯曉得，海洋是旗魚的家園，要獵取集所有海洋優勢於一身的旗魚，當鏢船追獵時，如火索點燃，狀況都在瞬間變化，無論是跟旗魚競速或周旋，鏢船得靠一顆退開離合器時猶能低迴蓄勢，一旦催促油門，又能瞬間爆衝如旗魚一般野性十足的引擎。

定期保養跟檢查，以及每天出航前的熱車，成為海湧伯照顧老夥伴的例行工作。海湧伯認為，人有老化的現實，船隻一樣也有船齡老邁的問題。「不是老人愛老船，」海湧伯拍了一下展福號船板讚美說：「漁船的價值不是看新舊，也不只是看設備，是看它的漁獲能力。」

不僅是漁獲夥伴，漁船也是討海人浮在海面上的家，每趟作業，漁人更是將生計和生命一起寄託在這艘船上。從港邊一串繫綁在一起的漁船中，不難從「船相」比較出每個船長「船如其人」的不同風格。

海上日子若是勤快扎實，這艘海上夥伴就會讓人覺得實在，若是跟那種一日捕魚三日晒網的漁船相比，精實與邋遢，船隻的氣質自然不同。

海湧伯勤於漁撈，是個外表筋骨結實、行事幹練的老漁人，陪他戰浪搏魚大半輩子的夥伴展福號，船身到處是漁具和魚體磨過、滾過累積下來的結實和油亮，整艘船還隱隱散泛著魚油腥香。海湧伯和展福號都是這樣的氣質，他們一起磨過、鍛過，這是過去所有漁獵日子裡的點點滴滴，內化在他們筋骨血脈中的質性。

內裡精實有料，自然形露在外。

海湧伯認為，一艘具備漁獵能力的鏢船，船殼必須結實堅韌，引擎必要強而有力，船上操作的獵人是貫穿其間的眼睛、神經和肢體，三者缺一不可。

海湧伯很珍惜展福號多年來的漁獲表現，他跟濁水說：「漁船就是要有討海人講的『臭腥命』，討海人也是一樣，過去港裡有人花了大錢造新船，船上裝置了先進的儀器和設備，但不曉得什麼原因，漁獲成績一直不如理想。」

「是出海不夠勤快吧。」濁水認為。

「不，很認真吶，能作業的日子，幾乎都在海上，但就是不出色。」

「原因呢？」

「誰知道，原因很多，整個來說，不容易理解的事，最方便的解釋就是推給命運，不然就是推給鬼神。」

日晒角度改變，氣溫改變，浪況平穩的夏季一步步越走越遠，海流帶走了一些屬於夏季的魚種，也帶來了新一季的魚種。

夜涼以後，海湧伯開始抓紅目鰱和白帶魚，一樣是延繩釣，只是緄索變細，魚鉤魚餌都小了一號。海湧伯跟濁水說：「同樣是放緄，我們現在這種作業稱為『放細緄』。」除了基本浪級增加，濁水也發現，海湧伯在抓細緄時，將更多工作交代給他。掌理漁具的時間增加，拔緄機會也增加了不少。

有次返航途中，漁獲漁具都整理妥當後，海湧伯突然要濁水上去站鏢臺。展福號的十八尺長鏢臺，約三十度斜角昂挺於船尖外，特別是入秋後，海上已有基本浪高，上鏢臺時，必要細心感知甲板搖晃的節奏，趁浪與浪間浪勢稍緩的間隙，抓住自己身子平衡，一鼓作氣快步衝到鏢臺高點之一的二手鐵圈位置，伸手抓住鐵圈。

二手鐵圈的高度大約及腰，一般漆成醒目的紅色，是二手追魚獵魚兩手忙於指揮當下，後腰可以靠住撐住的特別設計。濁水在這位置及時伸手抓住鐵圈，抓穩自己。

濁水跟海湧伯討海這幾個月來，生活在展福號上，小小一艘船，四處都像是「厝內行灶腳」，已經相當熟悉了，獨獨鏢臺這個神祕高點，濁水始終不曾上去過。

不是因為膽子小，而是看到每天出航前，海湧伯都要上鏢臺進行一連串看起來肅穆的儀式行為，而且，每回若有節日祭拜，海湧伯點了香，也是朝向鏢臺念念有詞。濁水心想：「鏢臺不僅是鏢船的高點，也應該是這艘船最神聖的地方。」而他避債潛逃彷如有罪在身，也許身上沾了什麼不好的氣息，又蒙海湧伯寬容收留，若自己貿然爬上鏢臺，恐怕玷汙了或是觸犯了鏢船的什麼禁忌。因此，幾個月的船上生活，這禁忌，他從來不曾跨越。

此刻，濁水無法確定海湧伯要他站上鏢臺的真正用意，他想：「這會不會是被海湧伯接受或是自己表現已經被海湧伯肯定的意思。」

濁水站上二手位置，後腰靠住並反手拉住鐵圈。這位置上，他左右各自一百八十度環視了個周圓，視野果然遼闊。這位置是鏢船的制高點，是觀察船前、船邊海上動靜的最好位置。

濁水跟前，就是約三十公分高起，並且約二十度斜角向下傾斜的鏢頭斜板。濁水知道，眼前這方斜板，就是整艘鏢船最神祕的前端，也是整艘鏢船的獵魚焦點，是鏢手的神聖位置。此刻，這個位置近在濁水眼前，離他就剩眼前這最後一步。

鏢臺迎風，船尖破浪，濁水當然知道，鏢手的養成需要好幾年的時間，往前這一步，距離雖短，不僅不容易，也不是每個討海人都能站穩這個位置。

濁水這才想到，該回頭看一下，海湧伯是否有什麼進一步指示。一回頭才發現，這位置的高度差不多與鏢船的「業務仔頂」（瞭望臺也是上駕駛臺）等高。濁水回頭時，看見在駕駛臺掌舵的海湧伯抬起右手臂，掌心向下，朝著濁水一下一下往前揮動。

海湧伯要濁水更上層樓，站上去鏢臺最前端的鏢手位置。

濁水高興了一下，這是他上船幾個月來，想也不敢想的高度。

幾個月來的海上生活，現實上，濁水的兩條腿和兩個膝蓋，已鍊成對甲板顛晃的記憶和自主回應。他的一雙腳可以本能反應從甲板傳來的一波波顛晃，自動藉由挺或屈或左右腳使力踩踏，來平衡甲板隨浪的左右側翻或上下俯仰。

既然海湧伯允許，濁水蹲伏著身，小心翼翼地跨上鏢頭斜板。他先坐著，將兩個腳踝穿進帆布腳籠裡，保持斜板上的坐姿，再次回頭看海湧伯。這回，海湧伯掌心翻轉朝上，手掌舉到與他額頭等高，然後一下一下慢慢揮動。濁水明白，海湧伯要他謹慎小心，並且像個鏢手一樣從鏢臺上站起來。

這可是不得了的挑戰，濁水坐著都能感覺到斜板隨底下船尖破浪而傳上來的不規則顛搖。而且整艘船的甲板，這一刻濃縮成兩尺四方的斜板在他腳下，似乎船身所有的顛晃，也在這一刻放大且聚焦在他腳下。這情況下，怎麼可能站得起來？但濁水又想，「是海湧伯要我站上來這位置的，這是對我的肯定，但若是站不起來或是不敢站起來，等於是否定了海湧伯的要求，不就是否定了自己嗎！」

對此刻的濁水來說，這恐怕是個騎虎難下的難題，他上得來鏢臺，但變成是進退失據地下不了鏢臺。濁水感覺到自己怦怦不已的心跳，他腦子轉來轉去不住地想：「要怎樣才能讓自己站起來？」海湧伯給濁水出了個難題。

「也許，我可以試著慢慢起身，但無論如何一定得站起來，哪怕站起來一下子也好。」濁水感覺自己就像是一時好奇，受了誘惑，而站上去高聳的懸崖邊，萬萬沒有想到，海湧伯竟然叫他往下跳。濁水知道自己一定得跳，只是一時還沒找到跳下去的方式和勇氣。

「無論如何，一定得先靜下心來，才有機會找到方法。」幾次用力深呼吸後，濁水心想：「必要細心抓到斜板上不規則搖晃下的規則，也才有機會找到站起來的時機。然後，再來進一步摸索，站起來後，將如何平衡自己的要領。」

心中有了對策，濁水心頭篤定多了，他再次回頭看向海湧伯。

這次，海湧伯沒有手勢，也沒什麼特殊表情。如濁水所料，「海湧伯等著要看這場戲。只是，他並不急。」

這處境下，濁水慢慢感覺到，他身體上的每顆細胞，都變成是敏銳的感官。他也慢慢發現，鏢頭斜板會隨著船前湧過來的浪丘而有因為衝上坡和俯盪下來時搖晃程度的差別。上波時船艄撞浪，斜板上昂，傳上來的是一陣震顫抖動；下波時，斜板因衝下浪丘而微微左右搖擺，速度雖快，但比較穩定。濁水當下做了判斷，他認為，船隻滑下波峰時，會是他站起來的好時機。

接著，濁水試著在船尖每次滑下波丘時，從臀部抬起身體重心，但他兩手仍然抓緊斜板左右，直到船艄衝下波谷後，開始轉為撞浪上昂的震動前，他又坐回斜板上。

一次又一次，濁水在下坡時，試著讓身體重心越抬越高。同時，當他抬起身體重心到一定高度時，開始感覺到帆布腳籠靠住他腳背上的壓力。濁水慢慢體會，當他腳背使點力，多少可以撐住身體因斜板斜度而不住前傾的壓力，這應該是站鏢頭的關鍵要領。

濁水非常細心地選了一波小浪，機會來了，他一鼓作氣挺身站起，因為腳下斜板二十度斜角折向船前海面，他整個身體重心即刻前傾，這一道身體重心急速往前的力道，連接著往前傾倒甚至跌落的驚惶，濁水確實嚇了一跳。

但，腳籠立即接手拉住濁水的腳背，和他整個重心。

剎那間，濁水感到耳際風聲颯颯，身子重心傾出船尖外，除了腳背上的壓力，他感覺到整艘船忽然憑空消失。除非濁水低頭，看住自己腳踝被帆布腳籠拉住，看見自己還連結著船隻，不然整個人就是飛起來的感覺。若是往下看，因鏢臺下就是湍湍海浪，這會讓濁水感到暈眩和擔心摔落的恐懼，這會讓他失去平衡。這一刻，他只能抬起頭來，靠著腳背施力撐住自己，但又得忽視腳與船的連結。這一刻他只能往前看。

這位置，視野展闊，濁水抬眼所見，就是船前一片又一片，不停向他奔騰過來的墨色湧動浪丘。

濁水心頭一驚，一部分是因為害怕跌落的驚惶，另外，眼前的場景，他感到無比熟悉。

這一幕，不就是一直停不下來的飛翔夢嗎？而且，竟然連夢境裡墜落的恐懼也如此相似。

這熟悉感，讓眼前畫面快速倒轉，從鏢臺上往後急速奔退到濁水的小時候，眼前的這片湧浪，不就是那一片他在夢境中不停掙扎的黑色鐵皮屋頂嗎？

不安作為連結，這一刻，一切似乎都有了答案。

「難道過去反覆的屋頂夢和飛翔夢，早就預示了鏢臺上的這一刻？」畫面快速拉回現實，濁水想，「或者只是巧合呢？」

但這一刻，濁水確實是站在展福號最重要的尖點上，而且憑自己的本事，站了起來。

後來海湧伯問濁水：「那天，你在鏢臺上站起來的時間，總共不到十秒。」意思是問他：「為什麼不多站一下？」

站上鏢臺的這短短片刻，因為牽扯太多過去的夢，濁水一時語塞，他知道短時間裡無法講明白。但他直覺到，鏢臺前端的這個位置，很有可能是他生命將要穿越某個關卡的關鍵點。這個位置，很有可能就是指引他跨入另個世界的一扇活門。

此後，出海作業空檔，有事沒事，海湧伯就要濁水上去鏢臺上站著。

那天，展福號卸完漁獲，船隻開進港底，濁水跳上碼頭繫綁船纜，天色已昏，只在西邊山嶺上留下一抹昏黃色殘霞。海湧伯忽然停下舷邊繫纜動作，他舉起右臂，掌心朝向四方微微轉動了兩下，仿如自言自語，他輕輕說了聲：「啊，北風。」

這時，粗勇仔和幾個泥水師傅一起走出一棟圍著紗網的建築工地，粗勇仔忽然停下腳步，與海湧伯同時作出同樣的動作，也同樣是輕聲唸了句：「啊，北風。」

秋風起，海上獵人對北風的感知，就像樹梢上的楓葉那般敏銳，他們知道，頂著劍一般粗壯嘴喙的旗魚，就要巡游來到。

秋風起，就是海上獵人和旗魚每年約定的決鬥季節。

鏢手和旗魚，秋風為記，他們將在北風呼嘯的海上，展開劍與矛長達一季的對決。

入秋

時序漸步入秋，這天，氣象預報將有這年的第一波鋒面，從島嶼北方海域掠過。海湧伯判斷，鋒面不至於影響到位於島嶼南方的邊角海域，展福號仍在前一晚半夜出海放綑。

也不曉得什麼原因，天氣驟變前夕，往往會有一波好漁獲。果然不差，這趟作業他們收獲了魚艙近八分滿的紅目鰱。

清晨大約七點半，他們作業結束，漁獲、漁具均已收拾妥當。

海湧伯坐進駕駛艙說：「起來去啊（上岸去）。」

準備返航。

濁水脫下油衫褲，準備上鏢臺「罰站」。這是自從上回濁水在鏢臺上自力站起來以後，站鏢臺成為海湧伯給濁水的返航功課。

站穩鏢臺是鏢船獵人的基本功，海湧伯、粗勇仔、甚至輝龍都曾經被「罰」站過。濁水只是納悶，「鏢旗魚起碼得三個人搭配不是嗎，再怎麼鍛鍊，即使有了能力當鏢手，現實上他們還是二缺一，也不曉得海湧伯在打算什麼？」

「北風！」返航半途，海湧伯探出駕駛艙忽然喊了一聲。這一聲喊，聲量頗大，連站在鏢臺頂端的濁水都聽見了。海面隨海湧泊這一聲喊，起了些白沫浪花，湧浪也跟著高深了許多。

濁水當然知道，北風起，表示旗魚要來了，但現實上展福號依然缺腳缺手的。他心想，「難道海湧伯在去年底出事後，對今年的旗魚季還抱著奢望嗎？」鏢臺上的濁水心頭才想著，「就算不小心遇到了，跛腳的展福號，又能如何。」

「丁挽、丁挽、丁挽……」沒想到海湧伯在後頭喊了起來。

濁水回頭看時，只見海湧伯一邊奔向鏢臺，一邊歪頭盯住右舷海面。

海湧伯發現旗魚後，立即將油門拉低，放掉舵輪，並未退開離合器狀態下，撒腿就跑。

船隻緩緩順浪前行，沒有停下來。

像一根棒槌打在濁水頭上，直到這時，他這才意識到，發生了什麼事情。儘管慢了半拍，但知道發生了什麼事情後，他的反應還算不差。濁水即刻退出帆布腳籠，轉身就跑。

濁水跟奔上來鏢臺的海湧伯，在窄窄的鏢臺上擦肩錯身。一上一下，兩個人一樣都歪著脖子看向右舷海面。

海湧伯是為了盯緊獵物；濁水是好奇，旗魚在海上到底長什麼樣。

兩人迅速互換位置，根本沒機會打個招呼，何況說明狀況或是交代一聲。接下來，換了位置後，還是二缺一，下一步該怎麼走？

海湧伯當然看得清清楚楚，而濁水在倉促間，除了海面上的白沫浪花，他什麼也沒看到。

海湧伯站上鏢臺，抽出鏢桿，側身右旋；濁水奔進駕駛艙，握住舵盤，推進油門桿，專注看著鏢臺上海湧伯鏢尖所指，點了一下油門，右偏舵盤。

這一上一下，直到船隻偏身迎上，前後時間不到十秒，但濁水感覺到自己，像是搭上了雲霄飛車從最高點直直落下，而且尚未觸底。濁水口乾舌燥，腿股抖顫，胸口一下下用力撞擊著怦然心跳。

鏢臺上，海湧伯鏢尖指住旗魚，直到此時，濁水只看見鏢尖所指，但海面上仍然什麼也看不到。濁水新手掌舵，老經驗但已老邁的海湧伯持鏢，老天也不看好這場追獵，何況，他們還少了二手。缺了二手的鏢船，不只是缺一雙眼，少一對手腳而已，他們此時的狀況，好比一頭只剩單眼的獵豹，殘缺不全的展福號還有攻擊能力嗎？

「難道海湧伯想測試一下，這樣的殘缺組合，能擠出多大的能耐？」濁水不敢想，也沒時間可以多想，鏢魚獵魚他完全沒有經驗，唯一他能做的事，就是專注盯著海湧伯持鏢的背影，並全力配合來操作船隻。

海湧伯那後腦杓和肩膀為了表達而搭配起來的多重變化，無論角度、左右、以及輕重深淺各種組合，放緄作業這幾個月下來，濁水已經習慣，從海湧伯背後讀到他傳達的指令。

這背影，濁水扎扎實實地看了好幾個月。

海湧伯算是重新站上鏢臺，但這次不同，他知道濁水是生手，他知道背後缺了二手來作傳達，這次除了鏢手獵魚的基本工，他還必要讓駕駛艙操舵的濁水清楚明白，「魚在哪裡、船要多快。」

一邊盯緊獵物，海湧伯心思清明，他能感覺到，從鏢臺到駕駛艙，他和濁水間連著的兩點一線，他知道，這一道線在整個追獵過程中必須是條活線，像木偶跟木偶師之間的連動關係。表達和接受之間，任何誤會，都將錯失掉這條旗魚。

展福號時快時慢，在海面上迂迴周旋，儘管心跳仍然火燒樣怦怦不熄，濁水不斷提醒自己，必要專注再專注，不能好奇，不能分心，不能想到是否將獲得或失去這條旗魚。他一心一意告訴自己，不能看漏，不能看錯，海湧伯傳達下來的任何訊息，他都必要眼明手快，密切配合。

五分鐘在追逐過程中很快過去了，鏢臺上的海湧伯仍然鏢指獵物，不曾一次回頭，顯然這五分鐘來，濁水的操船搭配算是合格。

海湧伯心裡清楚得很，這場追逐，時間拖久了對他們絕對不利，只要一次小小溝通上的誤差，都有可能壞了這場遭遇。速戰速決才有機會。

立刻就抓到一次三十度左旋後的出鏢時機點，海湧伯挺鏢，展福號全俥前衝，海湧伯靈巧出鏢。濁水感覺這一鏢並未用力，只是順勢輕輕擲出。左前海面點了一下水花，接著，就看到海湧伯翻掌托著鏢繩奔下鏢臺，並高聲急吼：「退掉！退掉！」

濁水聽命退掉油門，退開離合器，他的心跳和大腿股和牙齒，一起瑟瑟顫抖了起來，也都打鼓或敲板一樣發出格格聲響。

海湧伯右手托繩，鏢繩飛快挺直，他左臂高舉，旋即右臂往左前十五度用力揮去。濁水聽命左旋舵盤，讓船隻添速跟了上去。

海湧伯左臂舉在頭頂甩圈圈，濁水讓展福號吐一口烏煙，全速前衝。

偶爾，又隨海湧伯手勢小角度調整航向，就這樣往前直奔了三分多鐘。直到海湧伯握著拳頭的左臂舉出，然後又快速垂放下來，濁水拉下油門桿退掉船速，讓船隻怠速跟隨。

海湧伯開始放繩，鏢繩自他手中唰唰有聲不停奔下船舷，海湧伯側一下肩，示意濁水退開離合器。

鏢繩水下那端的這條旗魚，似乎明白，遇到難搞的對手了。失血過多，加上頭鏢船的耐心周旋，這條旗魚知道再怎麼掙扎應該都無濟於事了。

牠用最後一口氣，奮力下潛。

牠的身體像一顆沉重的鉛錘，拉著鏢繩，帶著滾滾血煙，垂直地往黑暗的深海急速下墜。

鏢繩另一頭的海湧伯，盡量讓鏢繩磨擦手套作為煞車。但完全煞不住啊，鏢繩唰唰有聲，將海湧伯手上的工作手套都摩出煙來。

放繩大約三十秒後，海湧伯開始拔緄一樣，兩掌交錯快速拉拔鏢繩。狀況似乎回到拔緄時的情景，海湧伯不管時會用他的肩背，給濁水下一道指令，什麼角度，前進多少。

直到這時，濁水才得空一連吞嚥了好幾下口水。

「搭鉤（長鉤桿）舉來！」海湧伯喊了一聲。

濁水會心一笑，任務結束，他快步離開一路追獵，持續待命的駕駛艙。

他手持搭鉤，站在海湧伯拔繩身邊，濁水嘴角上彎，心想，「這下應該是得手了。」

「順流勢，穩穩地拔。」應該是確定了所有的狀態，海湧伯交代一聲後，將最後一段拉拔交給濁水。

濁水心裡歡呼，「這可是一尾旗魚欸！」

拉拔幾下後，濁水完全感覺不到鏢繩另一端這條旗魚的任何掙動。「怎麼會這樣？」平日延繩釣拔緄時，即使拉拔對象是巴掌大的紅目鰱，也能感受到牠們在緄繩另一端的掙動。

而此時，濁水的手感只有沉重，沒有生命跡象的沉重。何況這條旗魚，是濁水拉過的所有漁獲中，體型最大的一條。

「已經死了。」一旁的海湧伯彷彿知道濁水在想什麼。

「命中要害、一槍斃命、失血過多……」一邊拔魚，濁水一邊想像這條旗魚的種種死亡原因。

「是氣死的。」海湧伯講得斬釘截鐵，不像是開玩笑。

海湧伯解釋說：「旗魚是海中霸王，個性原本倨傲霸氣，挨這麼一鏢後，疼痛不講，鏢繩從此牽扯著牠，騰過來、翻過去，就是掙不掉身上嵌入的這道拘束，除了失血過多，牠會因而氣憤而死。」

略帶螢光藍斑，一身渾厚的金屬光澤，這條旗魚終於被濁水拉浮到水表。

濁水終於看見旗魚。

從海湧伯發現旗魚高喊，一路追逐，直到出鏢，直到拔魚最後，濁水終於看見深深水面底下，閃晃著灰白色身影的這條旗魚。

這條旗魚在水光中閃爍出大片身影，不只是巨大而已，可能是因為濁水不曾預期能得到這條漁獲，又是二缺一狀況下確實得來不易，再加上他實際參與了這場狩獵，儘管整個過程中，他只負責看顧海湧伯的背影來操作船隻，但重點是，無論如何，他們已經確定獵到了這條旗魚。而這條旗魚，已經不折不扣地讓濁水成為一個鏢船獵人。

旗魚浮出海面的剎那，原本已經停止的顫抖，重新一一回到濁水身上。之前是因為快節拍的戰鬥氛圍而顫慄，這次是因為，強烈感受到浮出海面魚體的剎那之美。

像是掀開了所有隱約的簾子，像是吹散了原本瀰漫的霧靄，魚體豪邁鋪展。當旗魚整條浮出海面，濁水覺得，這一生所有的挫敗彷彿在這一刻都有了補償。

魚體長約三米，重兩百公斤左右。鏢尖斜斜深入這條旗魚的胸腹部，但牠身上乾乾淨淨，沒留下任何血跡。雖早已失去生命，但牠神色從容，不像曾經激烈掙扎過。

這條旗魚，讓濁水感覺到，有股不可褻瀆、不可侵犯的孤獨感籠罩在牠身上。

濁水收拉鏢繩站在舷邊，他一邊不由自主地顫抖，一邊看著浮在船邊的這條美麗旗魚。牠的胸鰭平舉，鏢傷平整，傷口並未撕裂，彷彿浮出水面以前曾經費心整理；牠的嘴邊懸著因承受不住水壓而被壓出體腔的胃囊；濁水知道，牠是沉到牠不應該去的深度，用水壓殺死自己；牠的血水都流在水裡，留在自己家裡；牠不願意在對手面前斷氣，牠以乾淨堅挺的身體告訴對手：「你們只抓住我的身體，抓不到我的生命。」

牠將生命最後的垂死掙扎，都埋在水面底下默默進行。

濁水還沉迷在看著旗魚的情緒裡，一抬頭，才發現同港好幾艘漁船航近展福號身邊，他們一旁看著整個起魚的過程，畢竟是旗魚季的第一條漁獲。船上話機嘰哩呱啦響個不停，注意聽才聽出來，大多數對話內容是在恭喜海湧伯搶到今年漁季的第一尾旗魚。

「這尾丁挽應該眼睛霧霧，行不識路，才會被只剩一老一少的展福號鏢到吧。」

「這尾是來跟粗勇仔賠罪的。」

圍觀的熱鬧對話中，有讚美的，也有在玩笑話中滲點酸意的。

返航途中，濁水好奇問海湧伯：「鏢旗魚，看資料說是日本琉球漁人傳給我們的，是這樣的嗎？」

「沒錯，是日本琉球漁人引進來的漁法，但今天邊角漁港看到的鏢船，以及船上的種種鏢魚裝備，都是我們討海人一點一滴調整改良過來的，目前我們鏢船的道具和作業方式，幾乎已經是全新的一套。」

海湧伯說，幾年前參加漁會舉辦的活動，他隨團去過日本琉球旅遊，他特地到當地幾個漁港參觀，想看看鏢魚源起地，是否還有鏢船作業。若有的話，和邊角漁港目前使用的漁具設備差異又在哪裡。

海湧伯一連去了幾個漁港，並未看見任何一艘鏢船。倒是在其中一個漁港，海湧伯看見一艘旗魚拖釣船作業回來。這艘拖釣船的漁獲是一條大約兩百五十公斤的鐵皮旗魚。海湧伯忍不住手癢，過去幫忙卸魚。當漁家知道他來自對面的大島，特地折進船艙裡，拿了一副鏢旗魚用的三叉魚鏢提在手上，用豐富的表情和肢體語言跟海湧伯表示，「你們那裡買來的。」

濁水聽了後還問：「他們是拖釣旗魚，為何需要魚鏢？」

「偌大一條旗魚，拉近船邊時的掙扎力道，拖釣用的玻璃絲（一般透明魚線）恐怕擋不住，這時，必要給旗魚補上一鏢，讓最後這段拉扯，以粗韌的鏢繩替代比較脆硬的玻璃絲。」海湧伯跟濁水說：「我們討海的就是這樣，給一點顏料，就能染出一大片顏色，甚至調和出比原來更出色的顏料，我們真的很會變坑變盲（很會變通的意思）。」

漁季結束了

展福號意外鏢獲這年第一尾旗魚的消息很快傳開來，粗勇仔隔天在巡視工地時就聽到了這漁獲傳說。

粗勇仔當然替海湧伯高興，展福號出事散股（漁季中斷船員離船）情況下，不過才隔年，而且還在缺角情況下，竟能有旗魚漁獲已經算是奇蹟。最讓粗勇仔內心不平衡的是，「竟然還是跟一個一點都不像討海人的城市小伙子搭檔，而且還搶到旗魚季頭一尾漁獲的好彩頭。」

知道展福號第一尾漁獲消息的那晚，他們夫妻倆忙完這天工作後準備休息，粗勇仔和芬怡並肩躺下，熄燈後足足五分鐘過去，芬怡發現粗勇仔不僅沒有過去那樣把手臂給伸過來，也未傳出鼾聲。她轉身一看，發現粗勇仔還睜著大眼若有所思地愣愣看著天花板。

「怎麼了？」

「沒事。」

「沒事不會這樣。」

「海湧伯昨天鏢到今年旗魚季第一尾旗魚。」

「很好啊，恭喜他。」

「是很好，只是船上人手不足情況下，竟然還能鏢到旗魚……」

「更值得高興不是嗎，啊你在煩惱什麼？」

「也不是煩惱啦，只是在想，跟他搭配那個年輕小伙子，城裡來的，過去從來沒沾過海，下來展福號當海腳也不過才三個多月，才三個月啊，竟然就給他沾了海湧伯的光。」

「那也是人家的事，你以為只有你跟海湧伯搭配才鏢得到魚嗎？」芬怡翻身側躺單手撐起頭俯看著粗勇仔的臉說：「再說，小伙子沾不沾光關你什麼事。」

「那小伙子叫『濁水』，你不知，名字還是我取的咧。」

「你給人家取名字？」

粗勇仔就將那天開玩笑將「清水」改為「濁水」的經過跟芬怡簡單講了一遍。

「這樣不好吧，名字是人家父母給的，而且還故意把人家清水改成濁水……」

「他也沒反對啊，後來，海湧伯好像也都叫他『濁水』。」

「那是他不計較，我是覺得，你好像對這個小伙子，對這個濁水，很有意見喔。」

「沒有啦，沒有，只是好玩。」

「好玩不會這樣子放在心上，還睡不著咧。」芬怡幾分了解粗勇仔的個性，但她還是翻回去仰躺，唸了一句：「睡吧，明天還有一堆事要處理。」

粗勇仔這才伸出手臂，穿過芬怡頸肩下，將她攬了過來。

半夜，粗勇仔覺得床鋪忽然搖晃了起來。一開始以為是地震，後來發現，是床鋪變成了一艘船，浮泛在海上漂盪。

盪呀盪的，床墊變成了甲板，床外風聲呼呼，是北風啊，風浪逐漸變大，甲板上的被子被一波波打上來的浪花給弄濕了。

「啊，旗魚季節到了。」粗勇仔心裡才這樣想著，他立刻知覺到，有一條大尾旗魚躲在他的眠床腳。這條旗魚像是受困，身上沾滿灰塵。牠瞪著大顆眼睛往上看，是瞪著粗勇仔看。

粗勇仔想喊但喊不出聲，他想到應該趕快站上去鏢臺，應該趕快舉起鏢桿準備獵魚。但他在床上到處找不到鏢桿，也找不到鏢臺，心裡一陣慌亂。

他終於發現，藏在他眠床腳的那條大尾旗魚並不是受困，而是刻意躲來他的床鋪底下嘲笑他。

驚醒，原來是一場旗魚夢。

那晚之後，粗勇仔一直留意著這年旗旗魚季的漁獲狀況。

多麼矛盾的心情，一方面希望海湧伯再次傳來捷報，一方面他又擔心，萬一殘缺的展福號又鏢到第二條旗魚該怎麼辦？

海湧伯心中了然，他知道，能鏢到第一條旗魚純粹是幸運之手來敲展福號的門。因此，他並沒有因為這樣才開門就開胡的好兆頭而加大賭注。他依舊帶著濁水，在東北季風間斷的幾天好天氣縫隙，出海抓延繩釣。

他當然也知道，風浪休止的這幾天好天氣，旗魚露臉的機率不高，但總是漁季，海湧伯能感覺，看不見的海面底下，旗魚就在他們船底下游來游去的。儘管出海主要作業是延繩釣，海湧伯還是提醒濁水：「無論走水路或拔緄時，隨時注意看。」

「注意看啥？」

「當然是看旗魚啊。」

「我看不到旗魚呀，上次那隻，一直拉到船邊時我才看到。」

「看習慣，就會看到，上次那尾已經看過，所以要你注意看。」

除了跑水路時鏢臺罰站，作業時，海湧伯也會隨時出考題讓濁水回答。作業空檔時，他常常手臂一抬指著遠方一艘漁船的船點問濁水：「那艘船是誰？」

濁水心想，「這太難了吧，如此遠在天邊的船點，距離少說一、二十公里外，要知道那艘船是誰這題目也太難了吧。」

「是豐順六號，阿吉仔，延繩釣抓鬼頭刀。」海湧伯不僅知道船名，知道船長是誰，還知道正在進行哪種作業。

「不會吧，你看得見船名？」

「當然看不見船名，但是看得見這艘船。」

「看見這艘船？」

「船名不過是寫在船身上的兩個小字，看船比較大艘。」

「但還是船點而已啊？」

「每個人都有不同臉孔，不同個性，不同行為……每艘船也一樣，注意看就能分別不同。」

濁水認真看著那艘船一陣子，還是看不出個所以然。倒是濁水發現三點鐘方位，有另一艘船點，「那，這一艘是？」濁水指著外海那艘問，換他測試海湧伯是不是胡亂騙他。

「是穩利號，昌仔，放掃罟回來。」海湧伯看一眼後直接回答。

濁水半信半疑，他心想，有可能是海湧伯跟他開玩笑，胡亂說個船名唬弄他。

當外海那艘漁船逐漸駛回沿海，展福號上話機響了，「海湧伯，海湧伯聽到。」

「聽到。」海湧伯抓起話機回應。

「出來掠啥？」

「出來巡看有破雨傘否。」

「真骨力啊。」

「你才骨力咧，昌仔，昨暝掃幾尾啊？」

「才三尾，都十幾斤彼款小尾啊，加減好啦。」

「了解。」

海湧伯與昌仔這串對話，濁水一一聽在耳裡，海湧伯沒有唬弄他。

沒多久，話機再次響起，這次是豐順六號阿吉仔，一樣招呼問候海湧伯出來掠啥。阿吉仔也在話機裡說自己鬼頭刀漁獲差不多三分滿，還在打拚啊。

濁水驚訝地瞪大眼睛，輪流看著海湧伯的兩顆眼睛，他想看出海湧伯的眼睛和平常人哪裡長得不一樣。海湧伯知道濁水的意思，還是那句話回應：「看習慣了就會看到。」

又好一陣子後，濁水才慢慢了解，「原來海湧伯是看見這艘船的特色，然後來和腦子裡的船名和船長作結合」。每艘船都有自己獨特的船形和獨特的線條，直接看見船名是眼力，看船形特色然後和經驗結合則是眼色。

當濁水慢慢學會船隻辨識後，有次海湧伯在船上問濁水：「十點左前海上有根柴枝看到嗎？」這角度恰好日熾，濁水伸長脖子瞪大眼珠子仔細看了老半天才看見，海面閃熾亮點中露出的一截黑影，是一根漂流木。

還有一次，他們遇到一群黑鰆，海湧伯要濁水放掉手邊工作，立即登上鏢臺，並告訴濁水，「注意看牠們在水面下是什麼色，等一下告訴我。」

這群黑鰭是偽虎鯨，身長約四到六米，因為是哺乳動物，隔段時間就會浮出水面換氣，鏢臺上居高臨下，視線不難跟住牠們。當牠們浮出時，露出在空氣中的體色是黑色，但水面底下，濁水意外發現，牠們體色為鏽斑一樣的棕紅色。

黑鰭離開船邊後，濁水下鏢臺，回答海湧伯：「是生鏽色。」

「對。」海湧伯讚許濁水的觀察。

「以後看丁挽也是這樣。」海湧伯補了一句。

濁水幾分納悶，海上作業時，海湧伯為何常教他看東、看西的？這不是在教他分心嗎？

當濁水問海湧伯為什麼時，海湧伯才說：「船都分不清，怎麼看海；海都看不清，怎麼看魚；顏色都分不出差別，如何看見水面下的旗魚。」

濁水才體會到，海湧伯不是教他分心，是教他一趟海如何看見更多。

看見獵物不只是用眼看，還要用腦子看。

那天收完兩簍延繩釣後，日已西斜，返航途中，濁水在鏢臺上指著兩點鐘右前方回頭跟海湧伯喊：「是啥？」海湧伯往濁水指的方位專注看了十幾秒，才看見至少五、六公里外，揚起的一團水霧。

「海翁啦。」海湧伯說。

海湧伯把舵右偏，意思清楚，他們將接近浮出海面換氣的這頭大鯨。海湧伯要求濁水，用眼睛盯住這頭大鯨的方位，並透過各種方式，隨時傳達給他知道。大鯨體型龐大，跟住不難，但牠不是一直浮在海面上，也不是一直停在同個位置，牠會游動，而且時常會潛游一段，忽然消失在海面上。濁水必須猜想牠的游向，並判斷牠再次浮出的方位。

「吃南，頭前流循腳。」濁水意思是，大鯨向南游，目前位置在前方流界線附近。

海上一片茫然沒有明顯標的物，展福號趨近大鯨到一百公尺距離時，海湧伯要濁水掌舵並告訴他：「試試看，是否能跟住牠。」

濁水輕催油門，試圖讓船隻更接近些。但船邊這頭大鯨對船隻的接近十分敏感，試了幾次，每當船舷壓向牠時，牠即刻拱起尾柄，潛游離去。

「衝動和逼迫，絕對不是接近的好方法。」海湧伯提醒濁水：「留意彼此的距離和打算接近的角度。」海湧伯又說：「先想好，如何接近，再來行動。」

如此與大鯨周旋了好幾趟，一直到天色昏暗，海湧伯接了舵，說了聲：「起來去啊。」儘管這頭大鯨不會也不可能是他們鏢船的獵物，但海湧伯是想要藉此接近過程，讓濁水明白，如何判斷牠們的游蹤，如何跟上，總是多一些經驗和見識，對海上獵魚都會有幫助。

這年旗魚季，準時在十二月三十一日天黑後結束，幸運之手只敲了一次門，這年的漁獲，只有第一尾是掛名在他們展福號上的。漁季結束那天傍晚，海湧伯告訴濁水漁季結束的訊息，濁水好奇問：「難道旗魚也會看日曆，牠們也懂得選年底最後一天結束漁季，然後邀一邀一起離開邊角海域？」

海湧伯笑著回答說：「漁季結束當然不可能是旗魚來決定，其實是日本人決定的。」

濁水一頭霧水。海湧伯耐心地跟濁水解釋，他說：「漁獲的身價往往由市場決定，也就是由人們作的決定，白肉旗魚最有油也就是最好吃的時候，每年大約中秋到年尾這段時間，牠們剛好巡游來到我們邊角海域。」

「啊這跟日本人啥咪關係？」

「你聽我說，」海湧伯繼續說：「翻年剛好是日本新年，他們過年時家家戶戶通常會準備高檔生魚片來慶祝新年。所以，旗魚最好的價錢，就落在年底這段期間。」

「了解，原來是拚過年啊。那年底三十一過後，我們出海還是遇得到旗魚嗎？」

「當然，只是這天過後，不再有好價錢。也是這天過後，就這麼巧，好像也知道身價跌了，旗魚一天天減少。」

「那三十一，年底最後一天，這天的旗魚怎麼去日本？」

「當然不是游過去，是飛過去的。」

三十一日那晚，晚餐餐桌上，像是對著芬怡說，又好像是自言自語，粗勇仔長嘆了一口氣說：「漁季終於結束了。」

合作計畫

開春後，濁水發現，邊角漁港好幾艘鏢船，將鏢旗魚的三叉鏢桿，改成單一鏃尖的單鏢桿。

「這漁具的改變是因為作業方式調整嗎？還是有其他原因？」濁水問海湧伯。

「是改變漁獲目標，過去鏢旗魚，現在改鏢蛗魚；蛗魚就是一般說的翻車魚。」

「會躺在海面晒太陽那種魚嗎？」

「是阿，翻車魚一年有好幾波靠近我們沿海，不像旗魚，一年只有一個漁季。」

「有嗎，我怎麼沒見過？」

「沒注意看當然沒有。」

那天傍晚，海湧伯跟濁水坐在船邊碼頭上清緄（整理延繩釣漁繩），有位穿西裝打領帶城市人模樣的中年人，一看就知道不是來遊港閒逛的；他直接走到展福號船邊，跟海湧伯、跟濁水匆匆打過招呼，直接蹲下來說：「不好意思，客套就免了，我直接說，我姓陳，大興漁業公司總經理，這是我的名片。」他從名片匣撿出一張名片遞給海湧伯，海湧伯兩手清緄正在忙，無手可接，歪了一下下巴，示意濁水接下名片。

「簡單說，我們公司董事長，也就是北澳漁港小有名氣的船東，年輕時討過海，經營得很有名聲的北澳船隊就是他的。我們公司除了經營遠洋漁業和沿近海漁業，最近，我們董事長有意在邊角漁港投資鏢船。這樣說好了，我們老闆認為，邊角這片海域，翻車魚資源豐富，邊角漁港這裡又有遠近知名的鏢旗魚作業的基礎，當然，我們老闆也知道，鏢旗魚這款作業已經沒落了，若是讓閒置的鏢船，轉來鏢翻車魚，無須戰風戰浪，也不必跟那凶猛搞怪的旗魚搏鬥，既輕苦，又有錢賺，怎樣，要不要來參一腳？形式上，鏢船就像是租給我們公司，也不是真的租，船上人員照你們原來編制不變，只須將漁獲交給我們公司統籌處理，我們會用保證價格，保證高價收購你們鏢船的翻車魚漁獲。」

濁水心中暗自欽佩，真是總經理的料，一口氣將漁業合作重點，一字不漏地一口氣講清楚。

海湧伯停下手頭工作，偏了一下頭，看起來像是在考慮。濁水也停下工作，看向海湧伯。但濁水心裡知道，海湧伯已經作出了婉拒的回應。

陳總經理當然看不出來，以為海湧伯在考慮。陳總經理補充說：「時代不同了，單打獨鬥的年代已經過去，要賺錢，現在都嘛是團隊運作。」看海湧伯還在考慮，最後他說：「你們港裡的每一艘鏢船都答應參加這個漁業合作計畫，就剩您這一艘了，如果您有意願，請聯絡小弟我，我可以把合約細節進一步跟你作說明。」

「多謝總經理特地跑這一趟，船老人也老了，我看，我還是繼續鏢旗魚好了。」海湧伯最後還是開了口，直接婉拒了翻車魚合作案。

隔天，濁水到漁會大樓旁的販賣部買些罐頭雜糧等食品，漁會常務監事羅先生也剛好在裡頭，他看到濁水特地過來跟他說：「聽說你們海湧伯昨天拒絕了大興漁業公司提出的翻車魚合作案，想聽聽你的看法。」

「還是聽海湧伯決定就好，我做海腳的，沒有別的意見。」

「只是想藉你對海湧伯的了解，探聽一下海湧伯反對的理由是什麼，我以為這合作案應該可以促成邊角漁港鏢刺漁業的第二春，一樣是鏢魚，而且跟鏢旗魚的漁季時間完全不衝突，我以為海湧伯一定會欣然同意，沒想到，他竟然直接就拒絕了，也不知他在想什麼？」

「海湧伯只說，船老人也老了，我真的不曉得他為什麼會拒絕。」濁水知道羅監事曾經討過海也曾經鏢過旗魚，想了一下，濁水又說：「我倒是想趁這個機會請教一下羅監事，同樣是鏢魚，鏢旗魚和鏢翻車魚技術上有什麼差別嗎？」

「天干吶地的差別咧，基本上來講，旗魚體型修長，速度快，性底暴躁；翻車魚呢，體形扁扁大大片，又游不快，脾氣軟性軟性什麼都慢慢地來。鏢旗魚嘛，鏢船要跟著牠跑、要追上去、要衝、要拚、要等候時機出鏢；這些過程你大概都知道；鏢翻車魚嘛，牠們是常常躺倒在海面上晒太陽，船只要悄悄靠過去，通常牠們行動憨索憨索，大大片乖乖倒在海面上隨便給人鏢。」

「這樣說，鏢翻車魚比鏢旗魚容易很多啊。」

「沒錯，如果以一場比賽分組來說，鏢旗魚是成人組，鏢翻車魚算是兒童組吧，這樣形容你聽有否？」

濁水點了點頭。

「而且啊，必須是鋒面下來，湧高兩米以上，旗魚才會浮出海面，才可能鏢得到牠們。翻車魚嘛，除了風大湧大的旗魚季以外，一般時候，攏嘛鏢得到翻車魚。」

「兩種魚，魚價有差別嗎？」

「旗魚當然貴很多，算是日本市場價格，但旗魚越來越少，翻車魚數量還很多，大興漁業公司有眼光，就是看好這一點，打算統一收購，統一市場賣價，並將這種對美容真有幫助的營養分，翻車魚的膠原蛋白，推廣到大城市裡去。這種機會，算是咱邊角漁港繼鏢旗魚知名之後的第二春，也是咱散赤討海人難得的翻身機會。我就是想不會，你們海湧伯是安怎沒有答應。」

濁水在城市裡的大公司待過，聽了羅常務監事的說明後，大概明白了，這合作案大興公司打的如意算盤，「說直白點，就是他們想壟斷翻車魚市場。」但濁水仍然不解的是，海湧伯反對的理由，會不會是跟他猜想的一樣？

濁水回覆羅常務監事說：「聽起來是不錯的漁業合作案啊，但老實說，我並不真正清楚海湧伯為什麼不贊成。」

「請你們海湧伯斟酌一下吧。」

「我會轉達。」

濁水這陣子跟著海湧伯討海，住在船上，生活在漁港，認識不少同港有年紀的其他漁人，與他們閒聊時，多少聊到過漁人的好光景已經一去不回頭的現實。經常將船隻綁在展福號隔壁的老鄰居辛伯船長曾這麼說：「以前啊，船上業器（機械和儀器）沒現在周全，又是隨時會漏水的木殼船，從燒重油還要手動操作的YAKIDAMA，到如今燒柴油的自動引擎，那時啊，十六馬仔（HP），已經噴噴叫，到如今，現代塑膠船仔質地輕，不漏水，引擎動不動嘛一兩百馬，不過，現在抓的魚，唉，跟過去怎麼比。」

曾經也是鏢手的阿昌船長也跟濁水聊過鏢旗魚，阿昌船長說：「鏢旗魚啊，風險大，效率低，漁獲狀況不穩定。好比做生意，不穩定、不賺錢的生意誰會繼續投資啊。你們家海湧伯啊，算是……」阿昌船長用指頭比了一下自己頭殼。

同港其他漁人，甚至將海湧伯說成是「老孤獨」，還說他是越老越孤僻。只剩下他還每年積極組織鏢船獵人，也只剩下展福號還堅持著這場獵人與丁挽的傳統秋決之約。

海湧伯不會不知道這些閒話，他都微笑回應，濁水跟著海湧伯同船生活也一段日子了，從來不曾聽他談過，堅持鏢旗魚或堅持不參與鏢翻車魚的道理。

「抓旗魚的方式應該有很多種，之前聽你說過琉球人用拖釣方式，漁港不少漁船都改用掃囥（流刺網）來抓，我可以問嗎，為什麼你一定要用鏢？」有次返航途中，濁水鼓起勇氣提問海湧伯，儘管知道他不太喜歡回答這類問題。

「這種魚啊，只能正面對決，比較不適合設陷阱、藏暗步。」

「為什麼？」

「牠是有尊嚴的魚，是值得尊敬的對手。正面對決是最起碼的尊重。」

「是你師父，理事長的父親萬來仙仔教你的嗎？」

「這不用說、也不用教吧，試過一次並仔細想想，不難明白。」

「這樣說，阿昌船長不是也當過鏢手嗎，他現在還不是改用掃囥，難道他不明白你說的正面對決和尊重嗎？」

「魚百百種，人嘛百百種啊。」

「用掃罟抓，和鏢船鏢，都算是挑戰，都算是對決，不是差不多嗎？」

「差很多，掃罟抓到的旗魚是軟的，鏢船鏢到的是硬的。」

濁水一時聽不懂什麼軟的、硬的，他以為，海湧伯講的是類似「柿子挑軟的吃」的說法。後來，濁水在魚市場看過掃罟捕獲的旗魚，有了比較，他才恍然明白了海湧伯當時講的軟、硬差別。

拍賣場中，這條被流刺網捕獲的旗魚，一副軟塌塌沒骨氣的模樣。海湧伯之前的軟硬說法，並不是你問這，他答那，也不是故意把問題弄得複雜。這條旗魚的體態真的是軟軟的感覺。

濁水聽魚販指著被流刺網折騰後體態變軟的丁挽說：「這尾漏摳（折斷脊椎）啊。」

「脾氣壞到被鏢中後還會回過頭來撞船報復的旗魚，想像一下，當牠落網後，將會如何不顧一切的掙扎。」用流刺網捕旗魚的昌仔船長如此回答濁水提的軟硬問題：「牠們在網裡常掙扎到筋脈全斷，甚至是折斷龍骨。」

因為流刺網作業的原理是以柔克剛，因為沒有支撐點固定整張網具，整座數公里長的流刺網軟綿綿地整夜隨海流漂蕩，像海洋裡夜行的魑魅。而旗魚游速快，當不小心撞網時，嘴喙、鰓蓋、魚鰭等等將糾纏在網目上，那大洋裡武士等級的靈魂和身體，突然被這樣的網具給抓住，牠一定是使勁全力翻騰、掙扎。而流刺網網絲也會善盡它魔爪般柔軟漂蕩、撞不破也掙不斷的纏黏能耐，讓脾氣暴躁的撞網旗魚越纏越緊，越纏越死。

而鏢船鏢獲的旗魚，受鏢後，筋肉繃緊，頑強抵抗到最後一刻，最後，沉到牠不應該去的深度了斷自己，就是失去生命後，仍一身傲骨堅挺。

濁水請教漁販，鏢獲的跟網獲的，兩者的差別，漁販說：「一尾青，一尾爛，價格當然有差別。」

「既然如此，為什麼還要用掃囝來掃？」

「你久久鏢一尾，人家掃囝一晚掃五、六尾；你鏢船出一次船海腳三、五人，人家掃囝，二人就能作業；你戰風戰浪，人家無風湧也掃得到；不用算盤算，小學生也算得出來，哪一種划算。」

許多年後，濁水這才比較了解，儘管旗魚鏢船漁獲一年不如一年，甚至好些年來，展福號鏢旗魚的漁獲收入不敷油料花費。當港裡大多數鏢船都改裝設備，轉做流刺網或改鏢翻車魚，只有海湧伯還是年年「旗魚有約」，積極組織海腳，整備鏢船。

濁水心想，「海湧伯這樣的性格，幾分像是旗魚的驕傲和孤倔。他看待旗魚是可敬的對手，他不願意看到這樣的對手被糟蹋到一身軟塌塌的邋遢樣。」

海湧伯似乎知道濁水的困惑，有一回，返航途中他主動跟濁水說：「我年輕時第一次站鏢頭，也是第一次看到旗魚青粼粼浮在鏢臺下，當我舉鏢瞄住牠時，心頭就有個聲音說，這呢媠（美）欸魚，只適合這呢媠的鏢魚故事來相待。」海湧伯又說：「大約十年前，我開始感覺到旗魚漁獲量快速走下坡，不是旗魚的生存能力出問題，應該說是我們放棄了漁獲效率低的魚鏢，改用漁獲效率高的漁網，所造成的後果吧。」

濁水那天從漁會福利社回到船上，是跟海湧伯轉達了羅常務監事希望他支持鏢翻車魚計畫的意思。

「呃。」海湧伯的意思是收到了。

「那趁機問一下，翻車魚合作計畫，同樣是用鏢，為什麼反對呢？」

「如果你是打山豬的獵人，有一天，我跟你說，我們不打山豬了，我們開始打兔子，你覺得呢？」

海湧伯接著淡淡地說：「其他鏢船我不知道，但展福號不可以。」

「所以，你的意思是鏢船只能鏢旗魚嘍？」

「當然不是，除了鏢旗魚，我知道有人鏢過各種鯊魚、魟魚，也有人鏢過海豬仔、豆腐鯊，甚至是鏢過海翁……凡是會浮出海面且體型較大的魚，都有可能是鏢船的漁獵目標。」

「啊你為什麼這麼堅持只鏢旗魚？」

「那是現在，以前年輕時一鏢在手，感覺自己不得了，遇見什麼就想鏢什麼，手賤。」

「現在為什麼會改變？」

「有些出鏢是手賤，有些是沒采工，有些覺得是大欺小，只有鏢旗魚，比較有鏢手的感覺。」

「『鏢手的感覺』？是不是因為鏢旗魚難度比較大？」

「這樣說也可以，但不只是這樣，鏢旗魚比較不是強欺弱，比較是正面挑戰，是大人和大人間的輸贏，比較像是武士和武士的決鬥。」

「鏢鯊魚、鏢海豚一樣不容易吧？」

「鯊魚不是好魚，海豚根本不是魚；說來話長。」停了一下海湧伯繼續說：

「只有鏢到旗魚，特別是鏢到夠婧夠大尾的旗魚，才比較有感覺……」

「比較有感覺，比較有獵人的感覺……」濁水接話說。

「就是這樣，簡單說，鏢旗魚讓我走路有風。」

「了解。那順便問一下，什麼叫『手賤』？」

「那是我十幾歲當徒弟時的事，天天被叫去站鏢臺，有一次，剛好就在鏢臺下浮起一隻大隻海豬仔，全身黑嚕嚕，長約兩尋（五公尺）多，我毫不躊躇，捧起鏢桿直接給鏢下去。當然就命中嘍，結果鏢繩直直去完全沒回頭。才一下子整簍鏢繩跑光光，全部落海，結果被船長罵到臭頭，說我手賤，要我賠那一簍鏢繩。」

「哈哈，沒想到海湧伯也有手賤欸少年時。那，『沒采工』情形又是怎樣？」

「那不是我，當時更年輕些，是我初初上船打雜時發生的事。那天我們遇到牙刷嘴的正海翁，一大一小兩隻游在一起，就在船頭前。我們的鏢手一樣是手賤，想說那隻大的，身長大過我們船隻，鏢了也是沒采工。於是，就撿了小隻的來鏢，當然也就鏢中了。中鏢後母子兩隻一起下潛。雖說小隻的，長度也有兩尋多。結果，我們耗了大約兩個多鐘頭跟牠輸贏。拉拔過程中，忽然船底傳來砰一聲撞擊。甲板劇烈震盪一下後，慢慢歧一邊（斜一邊）。大家往船下看，不得了，不得了，是那隻大的竟然在船底下扛著我們的船腹，想把我們整艘船給扛翻。船長反應快，立刻抽刀一砍，砍斷鏢繩，那隻大的才放過我們。整個下午就因為這一鏢，完全浪費掉，這樣就叫作沒采工。」

海湧伯又說：「挑戰沒有不好，但必要知輕重。」

「回來說翻車魚好了，牠動不動也幾百公斤，體型也不小欸。」

「對這種魚體型大小不是問題，問題是這種翻車魚啊，行為溫溫弱弱，一大片就躺在那，隨便你鏢。鏢這種魚，分明是欺侮人嘛，如你說的，沒尊嚴。不是有句話說，什麼殺牛的刀拿來殺雞……」

「殺雞焉用牛刀。」

「對，大概是這樣，你仔細想想，為什麼鏢翻車魚，三叉魚鏢要改成單鏢？」

濁水想了一下後說：「不懂。」

「三叉，表示獵物的行動快若閃電，才需要用三叉來增加著鏢面積。單鏢呢，獵物乖乖倒在海面，單鏢足足有賰（剩）。」

「明白了，也許有個成語剛好可以用來形容，『勝之不武』，對吧？」

「什麼意思？」

「不公平，所以贏了也不光彩。」

「一百分！」

天花板

春暖花開後，東風偏南，濕熱的海風一陣陣款款吹上岸來。

海島型氣候常態，春末時分，陽光一露臉，夏天已經在門口徘徊。

「熱的話就上來搧海風。」海湧伯跟睡艙裡的濁水說。

濁水從睡艙口探頭，跟海湧伯討海快一年了，他臉上的斯文氣還在，但城市的雅緻或世俗味確實少了許多。他動作靈巧，兩手撐一下，很快跳出艙口。

「漁會通知更新船籍資料，你跑一趟。」海湧伯將一只防水套包覆著的資料袋交給濁水。

近一年同舟相處，戰浪搏魚同舟共濟，彼此關係比起一般同個屋簷下生活的家人還要緊密幾分。海湧伯將一筆生活零用金交給濁水掌管，也將採買和一些船務工作交給濁水處理。

「沒問題。」年輕人勤快，濁水拿著海湧伯交代的展福號資料，快步走向漁會。這一年來的生活，海上作業為主，沒出海時，即使在港區活動，濁水也會盡量避開人群聚集的時段和人多的地方。濁水這一年來，岸上的活動範圍大概就落在視線所及的邊角漁港這個平面上。每次經過漁會販賣部，他總會在牆上掛著的這具公共電話前頓一下步，並下意識地摸摸口袋零錢；因為這部電話，是他這一年來跟「外界」的唯一連接管道，也是他跟兒子唯一的接觸方式。

之所以會頓步的原因是，濁水每次想念兒子想念到難過時，他會從口袋掏出零錢，站在牆邊這裡撥電話過去。當然不可能是兒子直接接電話，也不一定是兒子的媽接到，每次在娘家電話的轉手等待中，濁水都能敏感到，娘家家人對他來電的嫌或怨，即使是兒子的媽接的電話，他也好幾次感覺到對方的不樂意。

而他不過是想念到難過，想在電話裡聽一下兒子的聲音。

這次經過時，濁水一樣是頓了一下腳步，一樣不自覺地伸手摸了摸口袋。他想到，「上次跟兒子講電話已經是上週的事情了，是很想就上前兩步立刻撥電話過去，但又顧慮這樣的通話頻率會不會惹人嫌惡？這時間打過去恰當嗎？兒子會不會還在睡？會不會在用餐中？或是跟他媽媽出門去了？會不會麻煩到人家？會不會……造成尷尬？唉，還是先上二樓辦理船籍更新的事吧。」

漁會二樓辦公室，濁水還是第一次上來，他一邊停在櫃檯前辦手續，一邊好奇地四處張望。這是一棟挑高式建築，天花板很高，濁水先抬頭看了一下天花板，但很快被辦公室邊牆上的一幅照片抓住了眼睛。

那是一幅裱了框的黑白照片，約兩尺橫寬，並不顯眼，但吸引濁水的應該是這張照片的內容吧。濁水辦妥登記後，走到掛照片的這面牆邊觀看。這幅照片看起來是有些年紀了，影像有些斑駁模糊，也可能是當時拍攝條件不好，光度偏暗，又經放大沖洗，相當朦朧不清。

這張照片的背景是一艘鏢船，場景看得出來，大概是邊角漁會前的碼頭邊，碼頭上九個漁人站一排，好幾個頭戴毛線帽，也好幾個還穿著連身油衫，看起來是海上作業才回港來的鏢船獵人。

照片中這幾個鏢船獵人，因為照片年代久遠，他們的臉孔和表情都已模糊不清，幾乎看不出臉上表情，但是以他們站立的姿勢和動作，不難想見，拍照當時的情景。一排九個人當中，其中七人兩手抱胸，而且刻意挺起胸膛，昂起下巴，顯得威武得意。而站在中間那兩個人，看得出是一老一少。這兩人站立的姿態並不醒目，但兩眼直視鏡頭，專注的神態讓濁水還是能從這張老照片上感受到這兩人銳利的目光。

整張照片的重點不是這九個海上獵人，而是他們跟前橫趴著的一條胸鰭平展貼地頂著粗壯嘴喙頭胸部如野牛般隆起，體態威碩嚇人的大尾旗魚。

「咦，這條魚似曾相識……啊……」濁水恍然想起，他從斜坡小徑下來邊角漁港那一天，繪在漁會樓下拍賣場牆邊的那條旗魚，和那些斑駁的文字，原來是這張照片的翻版。「應該就是這九個鏢船獵人，以他們背後這艘鏢船，鏢獲這頭可能是破紀錄的大尾旗魚後，留下得意的一張紀念照。」照片最底下空白處幾個小小字寫著九個漁人的姓名、漁津六號、白肉旗魚，長四．五公尺，重四百八十公斤、一九七五年十二月十三日。

這時，辦公室走進來一位穿條紋襯衫和西裝褲的中年男子，他一進門，便注意到站在這幅照片前的濁水。

「這位不是海湧伯船上的少年海腳嗎?第一次見面，我姓林，是漁會理事長，多多指教。」理事長伸出手來握住濁水的手一邊說：「真是難得，來辦什麼業務呀？」

「來辦船籍更新。」兩人握手招呼後，濁水提了一下手中船籍資料袋說。

「漁巷子（漁港）內，聽不少人提起你跟著海湧伯討海的事，還習慣嗎？」

「還好，還好，我叫濁水。」

林理事長伸手指著牆上照片問濁水：「對這張照片有興趣？」

濁水點了點頭，半側身盯著牆上這張照片看。

「這咧，」理事長伸手指住九人正中央那位，年紀顯然比其他八位船員大一些的漁人說：「港內一般稱他萬來仙仔，是這艘鏢船漁津六號的船長，也是邊角漁港出色的鏢手。別小看，他可是好幾項鏢旗魚紀錄的保持人。」林理事長接著將指頭往下挪到那條旗魚身上，繼續說：「像這尾丁挽，四百八十公斤，他們這艘船、這群人，差不多四十年前創下的紀錄，到今天還是沒有人能夠打破這項紀錄。」

「真厲害！」濁水心裡讚嘆，不覺有感而發唸了一句：「如果有機會能拜訪一下這位船長嗎……」

「啊太慢了，不好意思忘了說，我是萬來仙仔的第四個後生（兒子），我阿爸已經過世很多年了。」

「啊，是我不好意思，我只是想說，不然一定可以聽他講很多精采的鏢魚故事。」

「是很可惜，我阿爸在生時，是跟我們四個兄弟講了不少有關鏢旗魚這方面他所經歷的故事，以及他對於鏢旗魚這種漁法的一些感想。不過，當時我們兄弟們顧讀冊、顧賺錢，對於鏢旗魚的事完全不感興趣。只將阮阿爸的話當成是家裡一般閒聊，聽聽就給忘了，從來不曾認真、也沒仔細聽懂他講的鏢旗魚故事，更讓我們兄弟感到惋惜的是，當時也沒聽出來，家父作為一個出色的海上鏢手，他是想告訴我們兄弟們，關於他累積鏢旗魚這行業一輩子的珍貴心得跟感想。」

「請教理事長，你們兄弟四人當中，可有人繼續走討海這一條路，或是成為鏢船獵人的嗎？」

理事長搖搖頭嘆口氣說：「唉，直到家父過世許多年以後，我們兄弟聚會，聊起他生前講的那些點點滴滴，才慢慢拼湊、慢慢體會出來，其實他心底有遺憾，因為他知道，他四個兒子都不會是討海的料，何況是站鏢臺當鏢手，但是他抱著期待，希望我們兄弟當中，看誰未來能將邊角漁港這樣特殊的鏢魚文化，想辦法給發揚光大，繼續傳承下去。」

「不好意思，你們四個兄弟，都選擇了與討海、與鏢旗魚無關的其他行業了嗎？」

「我算是其中走得比較跟漁業相關的一個吧，我經營一家漁業公司，目前也當上了漁會理事長，但我從來沒有實際討過海。我另外幾個兄弟啊，各有發展，但確定都與討海無關。」

「後來有一次我參加了小學同學會，我的小學同學阿光，那天他戴了一條山豬牙項鍊。這讓我想起，小學時有一堂課，老師要我們介紹自己父親的工作，阿光站起來用驕傲的語調大聲說：『我爸爸是獵人！』快輪到我時，我緊張到發抖，一時猶豫著不曉得該如何介紹我的討海人父親。記得那天，我站起來說的話是：

『我爸爸的辦公室在太平洋。』回想起來，很後悔，為什麼不敢大聲說：『我爸爸是海上獵人！』或者說：『我爸爸是鏢魚船的鏢手！』啊，這麼風光的事，竟然怕同學嘲笑，不敢講出來。」

「家父過世多年以後，當我們終於明白了他的心意，唉，是遲了一步，如今，我們能做的，就是收集、整理一些相關照片來展示，來推廣邊角漁港最大的漁業特色——鏢旗魚。」理事長指著牆上這幅照片說：「這張照片，拍照的是一位地方記者，這天，他剛好來港區採訪漁會，剛好給他遇到這條破紀錄的大尾丁挽，也才幸運地隨手留下這幅照片。要不然，恐怕連故事要怎麼說，或是從哪裡開始都不知道。」

濁水特地上前半步，將這條邊角漁港有史以來鏢獲的最大尾旗魚，從喙尖到尾鰭，仔細看過一遍。

照片中這條旗魚嘴喙粗壯，頭胸部特別飽滿，比例上來看，整條魚是相當誇張地昂聳著肩，雖然不幸受獵，已經離開牠一輩子徜徉的海水，已經失去生命，但是，牠依然壯偉勇武，真像是一隻拱肩踏蹄的野牛。

「請問理事長，樓下拍賣場牆上畫的就是這一條旗魚嗎？」

「沒錯，樓下牆上畫的是這條旗魚的實際長度。」

「為什麼要特地畫在拍賣場的牆上呢？」

「是這樣子的，我大兄、二兄，事業有成，我們想說，除了收集資料，也許可以採用獎勵方式，來為本港的鏢旗魚文化作出一點貢獻。於是，特地選了家父創下紀錄的這條大旗魚作為標準，在漁會設置了破紀錄獎金。因此，會將這條旗魚的實體大小畫在拍賣場牆上，好讓旗魚漁獲上岸還未上秤前，就能簡單作個魚身長度的比較。」

「哇，真是不錯的辦法。可以請教一下獎勵辦法嗎？」濁水並不自覺，但他問這句問話的語調，的確上揚了一些。

「您們海湧伯船長，沒告訴過你嗎？」

「沒有，他從來沒跟我提起鏢旗魚獎金這件事。」

「辦法大致上是這樣訂的，任何鏢船，不一定是在邊角漁港設籍的鏢船，只要能在邊角漁港所屬海域，鏢得白肉旗魚，並載回本港拍賣，只要魚體身長差不多四點五公尺；也就是樓下拍賣場牆上畫的那條旗魚的長度；上秤後只要重量超過四百八十公斤；就算是打破了家父創下的最大尾紀錄；經漁會確認後，就會贈給該船船長破紀錄獎金一百萬元。」

「哇！一百萬元獎金，真的不低，這應該有鼓勵到不少鏢船勇士吧。」

「設立破紀錄獎金的意思，其實是遵循家父的心意，想到用獎金來鼓勵鏢船和鏢船獵人多多從事這種鏢旗魚漁業，並因而將這特殊的鏢旗魚文化給留下來。」

「獎金這麼高，應該有不少鏢船被吸引過來吧。」

理事長屈指算了一下後說：「的確有，差不多十年前，設了破紀錄獎金後，重賞之下，果然吸引四面八方數十艘鏢船，載來不少獵魚好手，在旗魚漁季時群聚到邊角漁港來。」

「哇，那畫面一定很壯觀。」

「對，一時之間，漁港停滿了鏢船，邊角漁港果真因為設了獎金而恢復了昔日的鏢旗魚盛景，真的是鬧熱滾滾啊。」

「一直沒有人破紀錄嗎？」

「可惜，好光景撐不久，四百八十公斤有可能是太高的天花板吧，幾年下來，最大一條丁挽不過三百一十公斤，三分少一分，沒緣破紀錄。而大多數鏢船的漁獲，大抵落在一、兩百公斤之間。」

「但是，看起來現在我們港裡的鏢船，好像沒剩下幾艘啊。」

「設了破紀錄獎金後的這幾年下來，破不破紀錄是一回事，糟糕的是，白肉旗魚的鏢獲量和漁獲的魚體大小，很明顯的，是一年不如一年。不管本港或他港的鏢船獵人們，雄心勃勃地試了一兩年之後，都認為不可能有更大尾的白肉旗魚了。來參加競賽的鏢船，心裡有底，明白那是不可能贏得的獎金，繼續耗在這裡沒采工，於是，熱鬧不過短短幾年，紛紛都轉頭放棄了。」

「既然如此，沒考慮過降低標準嗎？」

「是考慮過，我們幾個兄弟也討論了好幾回，但因為那是家父創下的紀錄，我們不認為降低標準是個好主意。但是，為了讓家父想要推廣的心意得到鼓勵，獎勵還是必要的，於是增設了漁季第一尾，以及年度大尾獎和年度多尾獎各二十萬元作為獎勵。」

「這樣的設想很周到啊……」

「怎麼說好呢，是維持住了基本盤而已，至少留住了本港剩下的幾艘鏢船。只是，丁挽這種旗魚的總資源量快速變少是現實，後來又加上掃罟（流刺網）和煙仔占（定置網）等現代漁法興起，囊括了所剩無幾的白肉旗魚資源。獎金鼓勵確實只是點火作用，鍋裡還是要有料，才能煮出一道內容豐富的美味料理不是嗎！唉，鏢魚作業在這樣惡劣的大環境下，我個人判斷，終究無法起死回生，注定是要被現代漁業，被魚源枯竭問題淘汰的傳統漁法。」

「聽理事長這樣說，掃罟和煙仔占，其實是過來爭奪已剩不多的旗魚資源，這樣的理解對嗎？也順便想請教一下，旗魚資源量快速變少的主要原因是什麼？」

「原因一拖拉固（卡車），這漁會底下，大家都以討海維生，我理事長位置，也不方便明講是非對錯。」理事長搖了搖頭嘆了口氣，以相當無奈的口吻繼續說：「簡單講，有足夠食物可以吃，是吸引旗魚來到我們邊角海域的基本條件，但我們漁會又沒辦法規定，抓小魚的漁船禁捕或是減少撈捕量。同樣道理，繼續往下推，魚苗都不放過，就不會有吃魚苗的小魚過來我們的沿海。沒有小魚，就不會有大魚願意靠近我們海域。後果很清楚，十幾年下來，每年來參加競爭的鏢船越來越少，外來參與者不夠踴躍的情況下，獎勵辦法的結果，就變成是邊角漁港所剩的這幾艘鏢船，關起門來自己玩。」

「那破紀錄的一百萬獎金還在嗎？」

「都在，所有的獎勵辦法所設置的獎金都專案提撥在特定帳戶等候，只是，破紀錄標準，變成像是邊角漁港的紀念碑一樣，高高在上。」

像一則原本精采的故事講到一半，因為有了感嘆而中斷。理事長和濁水愣在這幅破紀錄照片前足足二十秒鐘，像是默默地在憑弔什麼。

想到什麼似地，理事長忽然打破沉默說：「一直都在啊，加上多年來的孳息，破紀錄獎金總額大概將近一百五十萬元了。」

「啊，差點忘了說，」理事長從感嘆的情緒中回過神來，以指頭指著照片中他父親身旁那位眼神銳利的年輕小伙子說：「這位，這位就是你們船長，海湧伯。」

濁水滿臉驚訝，臉都歪了，理事長指出的這個年輕人，完全出乎他意料之外。時間忽然化作一束流光，射向相框中理事長指住的青年海湧伯身上。

「這可是一年來教我討海捕魚的海湧伯？怎麼可能？」

「這是事實！」

濁水湊近鼻子仔細將牆上照片看了好一陣子，然後說：「怎麼一點都不像？」

「四十幾年前拍的，跟現在怎麼會像呢？海湧伯沒跟你提過這張照片嗎，沒跟你提過他也是本港鏢旗魚紀錄的保持人之一嗎？」

「沒有，他不曾提過……」

「海湧伯還是那趟海的副鏢手呢。而且，這群人中，還留在鏢船上的，就剩下他孤單一個了。」

「理事長你剛才說，鏢旗魚已注定沒落了不是嗎？那為何海湧伯還堅持繼續鏢旗魚？」

「我也不曉得咧，鏢船上大多數漁人，都改做其他種漁撈，或者乾脆上岸發展了，剩下的鏢船也大多數改鏢翻車魚。對了，講到這裡，港裡頭我聽過不少人在批評海湧伯，說他老頑固，不懂得變竅。我只是覺得，他們那一代人，做事情好像比較堅持。」

漁會辦公室道別理事長後，濁水回展福號途中一路想著，「海湧伯堅持鏢魚，不會是為了破紀錄獎金吧？」

這念頭在他心中出沒後，他趕緊搖搖頭告訴自己，「不可以這樣想，一起討海一起生活這陣子來，海湧伯根本是個簡樸的討海人，又是創紀錄者之一，除了他兒子不跟他討海，除了他跟他家人關係比較疏離一些，除了發生砍斷粗勇仔腳筋的意外事件以外，他的人生應該已經無缺。這種人繼續堅持鏢旗魚的原因，絕不可能是為了贏得獎金。」

「哇，怎麼沒聽你提過，原來你是大尾旗魚紀錄保持者欸。」濁水從漁會回來後讚美海湧伯。

「有好有壞，無輸無贏啦。」

「只是，已經有紀錄、有名聲，為什麼還要繼續鏢魚？」

「不然呢？」

「不好意思這樣問，但是很想知道，是想要破自己的紀錄？還是想獲得那破紀錄獎金？」

「不久以前，我是這麼認為，一輩子鏢旗魚，有機會的話，應該要再創個更高的新紀錄。後來，除了打破自己紀錄的野心以外，我也想要贏得獎金。」海湧伯毫不猶豫直接回答。

海湧伯這樣的回答，濁水確實有點意外。

欲言又止

像是為了彌補意外事件造成的遺憾，上岸重新開始的粗勇仔，這一年半來恍如得了老天幫忙，事業發展出奇順利。不僅很快站穩了腳步，公司還增設了設計和木工兩個部門，規畫出統包一條龍式的操作模式，來搭配接不完的大大小小工程。

公司編制擴充，粗勇仔和芬怡的工作逐漸可以退到第二線，時間不再被壓擠得像過去草創時期那樣的緊迫。

並不是因為事業出奇順遂而感到不安，這些日子來芬怡一直覺得，已然安穩的生活底下，說不上來，但粗勇仔似乎並不快樂。平日工作忙碌的時候並不覺得，芬怡發現，只要有空下來的閒隙，粗勇仔時常面無表情地發呆，他心裡似乎有什麼事情擱著。

好幾次，芬怡半夜醒來，發現粗勇仔睜著眼睛盯著天花板看。芬怡問他怎麼了，粗勇仔都沒事一樣，只淡淡回答說：「大概有年紀了，醒來後睡不著。」

芬怡知道，他心裡有事。

粗勇仔腦子裡反覆回想起兩個畫面，第一個是出事那天的鏢臺上，當他持鏢面對那條大尾旗魚的剎那；還有就是，跟海湧伯表明不再討海的那天傍晚。

每次，粗勇仔半夜醒來，不看時鐘也知道，大概是過去出門討海的半夜兩點。睡不著也不想吵到芬怡，粗勇仔就這樣盯著夜燈暈鋪的天花板看著。

粗勇仔盡量不動，但好多次看著看著，天花板的光暈竟然就水漾漾地款款波動了起來。

從皺玻璃似的微風微浪，到地瓜田般一稜稜的小風小浪，又逐漸累積激盪成小山崙高的湧浪，接著，他耳際忽然就響起強勁的北風颳過船上各個大小縫隙發出的高低頻各種風哨聲。然後，像他常做的夢一樣，整艘床，慢慢搖晃了起來。

粗勇仔看見自己突兀地站在床頭，耳裡聽見後頭二手輝龍發現獵物如機關槍似的吶吶呼喊，鏢臺前方海面上，那左閃右閃奔游著的，不就是那條搞怪的大尾旗魚嗎？

接近了，接近了，粗勇仔抽鏢、捧鏢、舉鏢，確實瞄住這條搞怪旗魚。終於候到出鏢時機，粗勇仔一記刻意憋住聲音的吆喝，射出鏢桿。

躺在床上的他意識清醒，心底還警惕自己不要動，不要發出聲音，不要吵醒芬怡。他是盡量壓抑了，他咬牙閉嘴，不讓出鏢剎那的激動情緒，發出任何聲響和震動。

忍了又忍，忍了再忍，鏢桿射出去的剎那，粗勇仔身子還是不由自主地打了個哆嗦，整艘床，因而顫動了一下。

這一顫，芬怡醒來。

她半起身，打了個小哈欠，側頭睜眼看了一下粗勇仔。

好幾次，粗勇仔只好暫時退下鏢臺，裝睡不動。也好幾次，因為出鏢時機太好，情緒過度激動來不及退駕，來不及閉眼裝睡，恰好被芬怡抓個正著。不管是否裝睡成功，當芬怡放下身子重新躺下，總是伸過來大腿和手臂使勁將粗勇仔緊緊壓制住。意思很明顯，不讓粗勇仔有任何藉口跑掉。

就這樣，一直等到芬怡呼在粗勇仔耳邊的呼吸聲逐漸平穩，芬怡再次入睡。

粗勇仔這才緩緩睜開眼，重新看著天花板上的那一片看似已經平靜的海。但這時，不管粗勇仔繼續睜眼或是閉眼，海終究是海，海總是會起風起浪，波瀾再起，不可能永遠平靜。

芬怡入睡後，沒多久，海風再次發出哨聲，沒等多久，粗勇仔再次看見奔游在床前的那條大尾旗魚。

「應該候一下的，應該候一下的，不要那麼衝動，應該耐住性子，候一下再出鏢……」風聲在他耳際鞭笞，周遭一片肅殺，粗勇仔的心思被綁在鏢臺上下不來。

「床」和「船」，安穩和波折，在粗勇仔心裡反覆地交錯，一再混淆。

白天得空時比較清醒，粗勇仔好幾次想到，自己這樣的狀態，是不是精神上有問題，又是否要對芬怡坦白，甚至他也想過，是否抽空到城裡去看一下醫生。

無論事業或家庭，他對自己目前的狀態沒有任何不滿，他對工作、對周邊的任何工作夥伴也沒有任何不滿。

「好啦，好啦，老實說，」粗勇仔自言自語說：「頂多、頂多，就是對那個頂替我位置的濁水有點吃味吧。」粗勇仔明白，這是他自己的事，這是他這輩子心底深處跟大海、跟旗魚、跟海湧伯如何也扯不清的因緣際會。

他不是不願意跟芬怡溝通，而是這種沉在心底的火苗，也不曉得該如何恰當地來跟芬怡說清楚、講明白。

不只床和船的心底爭執，粗勇仔心中還有一段畫面，動不了的，一直卡在那一刻完全動不了的。

那是腳傷好得差不多的那天傍晚，海湧伯到家裡來看他，當粗勇仔與懷抱著三歲兒子的妻子芬怡，一起跟海湧伯提出上岸發展的想法時，海湧伯只是，也只好是，皺著深刻的眉頭緩緩而且沉重地點了個頭。

那天傍晚，海湧伯離去前，昏黃的夕陽照在粗勇仔家門口的門楣上，海湧伯轉身以難得不是船長的銳利眼神，而是幾分落寞和幾分愧歉雜在一起的表情，分別看著芬怡和她襁褓中的幼兒好一陣子，然後轉向粗勇仔。

海湧伯似乎有話要說。

粗勇仔跛著腳往前踏出一步，想送海湧伯離開，芬怡隨後跟上。這時，芬怡空出一隻手搭在粗勇仔後肩上，大概也是想要提醒他什麼吧！

陽光落下山嶺，晚霞滿天。

粗勇仔的心底，一直無法忘懷這一段欲言又止的畫面。

六月火燒埔

入夏後，邊角漁港裡許多漁船都閒閒綁著，只有少數漁船出海作業。

濁水問原因，海湧伯回答說：「六月火燒埔。」

「火燒埔？」

「這季節，日曝如火燒，岸上晒燙了，所以魚都躲到涼快的深海裡去了。」海湧伯解釋說：「夏季，是邊角漁港的漁撈小月。」

這一季，展福號並沒有跟大多數漁船一起放暑假，除了偶爾颱風接近掀起惡劣海況，他們幾乎是天天出海，勤快地航行到深水海域放延繩釣捕抓鬼頭刀。

鬼頭刀延繩釣母繩動不動都二、三十公里長，這頭放完往往看不到另一頭。一個天濛濛亮的清晨，展福號通過一排友船投放的延繩釣浮球，其中有好幾顆浮球在海面上載浮載沉，底下分明有不小的鬼頭刀上鉤掙扎。濁水在甲板上三百六十度轉一圈，視線中並未出現任何船點，他鬼祟著表情，手指著經過船邊浮沉不定的幾顆浮球問海湧伯：「神不知鬼不覺的茫然大海裡，怎麼沒有人想要來『幫忙』收魚？」

「大海的眼睛晶晶看，怎麼會是『神不知鬼不覺』，這邊若是偷了人家漁獲，那邊，大海就會叫你加倍還回去。」

聽了海湧伯的見解，濁水想到，「對齁，天高高在上，跟人還有一段距離，而船隻貼著海面航行，大海簡直就是貼著每艘船，距離這麼近，若真要對船隻做什麼的話，應該很快，而且跑不掉。」

天氣炎熱，勞動操勞加上日晒，幾個月下來，濁水晒到脫了好幾層皮。雖然不算脫胎換骨，但一身膚色因為脫皮變得斑斑蒼蒼，還真像是正在褪皮蛻變。這是辛苦的一季，展福號漁獲成績算是亮眼，平均下來，每趟作業大約都有一、兩百公斤的漁獲。根據海湧伯過往漁撈經驗，接下來，除非海流狀態大幅改變，跟著來的年尾這個旗魚漁季，旗魚出沒的情況應該不會太差。

鬼頭刀漁季結束時，海湧伯特地多包了個紅包給濁水，獎勵他在這個漁季的勤快和辛勞。

一個自投羅網自己來敲門的城市小夥子，一年海上磨練後，竟然也能磨成海湧伯的同舟好夥伴。

漁撈確實不同於其他行業，若將濁水這幾個月來的漁撈生活軌跡給畫下來，應該會像是著根在邊角漁港，而枝葉朝藍色大海綻開出去的一棵小樹。這與他過去的城市生活軌跡，幾乎沒有任何重疊。對一個避難者，或是對一個想要重新開始的人來說，討海工作像是一刀兩斷的隔離，確實有效地切斷了濁水與過去的牽扯糾纏。

海上作業時，展福號上的話機時常傳來其他船船長與海湧伯類似這樣的對話：

「海湧伯，聽到。」

「聽到。」

「你撿到寶欸。」

「講啥？」

「跟你討海那個少年欸啊，佗位可以撿，嘛報阮知。」

「夠、夠，哪有去哪裡撿，是自己跑來的。」

「這好康，阮那欸攏無這款機會。」

不僅受海湧伯認可，港裡頭多位船長間也流傳著「海湧伯撿到寶」這句關於濁水自己跑來討海的話題。事實上，自從濁水自己來敲門的那一刻起，這一年多來，海湧伯腦子裡反覆想著的是，這會不會是老天給他的最後一次機會？特別是，前年漁季出事挫敗後，海湧伯是消沉了好一陣子，直到濁水前來敲門。雖然濁水當時完全沒有漁撈經驗，又是挺麻煩的欠債跑路狀況，但是濁水確實觸動了他心底「最後一次機會」的希望。

這一年多來，海湧伯教給濁水的，無論是鏢臺平衡、彼此默契、看魚眼色……其實，都是以鏢船獵人的需要來作設想和觀察。濁水行動算是機靈敏捷，更重要的是他勤勞肯學，剛經歷過人生大挫敗的他，相當自覺。濁水雖然隱約知道，沿近海漁撈已經是夕陽產業，但無論如何，他必須先在這個點站穩腳步，才有以後繼續行走的氣力。

原來都處於跌落谷底消沉狀態下的彼此，沒想到就這樣合成一股往上盤旋浮起的勁道。同船一起漁撈、一起航行的這一陣子下來，對於濁水，海湧伯沒說出來的是，「最怕不知道要改變自己，或不想改變自己。」海湧伯認為，「若自己年輕一點，或未曾經過粗勇仔意外事件，我大概不會有這樣的耐心對待濁水。」經過一年多來的觀察和考驗，海湧伯感覺到，翻身再起的這股力量似乎悄悄成形。

他的直覺沒錯，自己老驥伏櫪再上鏢臺當鏢手，完全沒問題，濁水是個活棋，可以是二手，也可以掌舵當舵手，這樣的話，今年旗魚漁季，可能只缺東風，不，是北風，重點是，展福號重新披上戰袍，不再是摸不著邊，也不再是遙不可及的事。

燠熱的炎夏走到頂端，雲朵高攀到天際，邊角漁港像個收集海風的囊袋，海風來去徘徊，而且逐漸轉向。

這天，海湧伯跟濁水說：「我在城市裡工作的後生（兒子），明天要過訂（訂婚），我得跑一趟，這三天休息不出海，但我約了輪機師傅來船上做十年一次的大檢修、大保養，除了換機油，還會更換許多零件，我都已經跟師傅說了，這五萬元你先拿著，這兩天白天，師傅會來船上整理引擎，你就幫我看頭看尾。」

「沒問題。」濁水接過保養費用。保持得油油亮亮俯趴在機艙裡的這座引擎，濁水知道，海湧伯很重視這顆展福號心臟的保養跟維護。

第一天維修，師傅傍晚離開，濁水清一清甲板後，走到漁會販賣部買了些食物，出來時，想到許久未跟兒子講講話，手一摸口袋裡剛好有幾個硬幣，想說給兒子打個電話。

兒子的媽接了電話，濁水禮貌招呼話還沒講完，她就換成著急的語調打斷了濁水：「幸好你還記得打電話來，討債公司昨天已經找來我父母家，講話大小聲，看來像黑道，很不客氣……」

「對不起，對不起，我不該一直打這個電話，唉，還是讓他們找到線索了……」濁水臉色一陣蒼白閃過，後悔自己沒有忍住想念兒子的衝動。

「無論如何，這是你的事，該面對、該處理的人是你，不是我們家人……」

「是我的事，是我的錯，對不起讓你們受到驚嚇，對不起讓你們家人……」

「就會說對不起，說再多也沒有用，覺得愧疚，就回來處理啊，不要沒有用的縮頭烏龜一樣，還要躲到什麼時候呢？」

「對不起，恐怕暫時還無法處理……」

「無論如何，你明天先匯個十萬塊過來，為了我家人和我兒子的安全，我只好答應對方分期付款方式償還，無論如何，你明天一定要匯錢過來。」

「我會設法，我一定會匯錢……」濁水還沒開口說想跟兒子講幾句，那頭就掛了電話。

以為可以再躲一陣子的，沒料到，風暴再次逼近。

濁水勉強壓住波蕩的情緒，低頭想了想，也是，自己惹的禍，沒道理娘家大小來承擔，更沒道理讓兒子的安全受到威脅。他想，「無論如何，隔天都得籌到十萬塊錢先匯過去。」

濁水走回船上，拿出存款簿和手上現金算了算，這一年多來，海湧伯漁獲分紅給他的所得，大部分都已匯給兒子的媽當作兒子的生活費。他自己的生活則是單純到幾乎沒什麼開銷。

濁水手邊勉強可以湊出八萬五，問題是，明天就要。差幾天，就是這個月的漁獲紅利結算日了，但不巧海湧伯剛好不在，要不然先跟他借個一、兩萬應該沒問題。

濁水折回漁會販賣部，再次撥電話給兒子的媽。

「我明天先匯八萬五過去，不夠的一萬五，拜託妳先跟你爸媽周轉一下可以嗎？我過兩天就補匯過去。另外，我可以……」濁水還沒完整說出想跟兒子講幾句話，電話那頭傳來冷冷的聲音說：「你還有什麼臉，還有什麼資格跟我爸媽借錢。」

那頭掛了電話後，濁水兩手擱在電話機上，心痛了好一陣子。

「逃得了嗎？」他心中反覆問自己這一句話。

該面對的終究還是得面對，就像躲避鬼頭刀追擊逃到海面上滑翔的飛魚，再怎麼飛，最後還是得落回水裡。宿命如此，再怎麼逃，就像黑色的屋頂夢，最後還是落回那無論如何掙扎也擺脫不了的谷底。

「自己的事，還是自己解決吧。」心裡不是滋味，但又能如何。

這一晚，輾轉反側，躺在甲板上的濁水才想到，海湧伯交代的五萬元修船費還在他手上。

隔天，濁水蹲在機艙口，詢問點著工作燈在機艙下工作的黑手師傅：「師仔，師仔，請教一下，這次維修費用可以先估一下嗎，大概多少？」濁水心想，也許費用不到五萬也說不定。

「之前跟你們海湧伯估過，大約五萬。」

濁水沉思了一下。

「我更換的可都是正廠零件和正廠油料喔。」師傅大概以為濁水嫌貴，趕快補充說明。

「那如果說，不換正廠零件和油料，引擎運轉會有差別嗎？」

「看人用啦，不一定會有差別，換正廠材料當然是個保障，至少求個心安，但確實是貴了不少。有不少船家覺得，只是換配件沒必要那麼講究，只要換副廠品或二手零件就可以，不一定要求全新的正廠品牌，加減可以省下一筆材料費。」師傅作了說明後，忽然想到什麼又補充道：「但你們家海湧伯，一向都是換正廠品，每次都是換最貴的全新材料。」

「像我們這艘，若換的是非正廠材料能省多少？」

師傅暫停手上工作，屈指算了算後說：「大概可省個一萬六、七吧。」

「如果我們改用非正廠材料可以嗎？」

「當然可以，幸好還來得及，你決定就好。」師傅口裡雖這麼說，但他眼睛離開手邊工作，認真看了蹲在艙口的濁水一眼。

濁水心裡打算，「暫且周轉一下修船費，等一下就去匯十萬元回去，正廠、副廠，外表又看不出來，不講出來誰會知道。明天海湧伯回來，應該很快會跟我結算上個月的漁撈報酬，剛好及時補回海湧伯交代的修船費餘款。」

維修工作結束，濁水也去漁會信用部順利匯了錢。

師傅離開前，濁水還要求師傅多待十分鐘，陪他仔細聽引擎運轉聲。

「聽得出來嗎？」濁水問。

「聽出來什麼？」

「引擎聲沒有異樣嗎？」

「百分百，完全正常。」

已經到了夜涼如水的時序，當晚，濁水特地從睡艙裡撈了件毯子上來，抱著薄毯腳朝船尾，蝦縮著身，睡在中艙甲板上。躺下後，濁水東想西想，該不該跟海湧伯坦白，換了副廠油料和一些二手零件？該不該跟海湧伯說明白，周轉這一萬五的緣由？該不該跟海湧伯請個假，回城裡出面處理這最後的債務？

回去還是同樣問題，就是因為無法處理才有這趟逃亡，「我是願意回去面對，但問題是，一無所有的人，拿什麼來面對呢？」

「兒子的媽已幫我出面協調了分期還債的事，問題是，僥倖還了這一次，但下一次呢？拖過這個月後，還有下個月可以拖嗎？我可以逃，但兒子和娘家人的安危有地方逃嗎？」

這一晚，濁水難得失眠，翻來覆去，許久還睡不著。

「這樣狀況下，兒子還會想我嗎？這樣下去，兒子會原諒我嗎？」

反反覆覆好一段時間後，濁水的意識才逐漸朦朧，逐漸有了睡意。

兒子眼睛流血，一步步蹣跚地向他走來，一直走到他面前，用孱弱的聲音看著他說：「救我……」

濁水反射動作立刻坐了起來，四下看了好一陣子才確定是夢。「還好是夢，還好是夢。」好不容易才恢復平靜，濁水重新躺下。

濁水遠遠看到一個小孩，坐在一口荒井旁邊的地上，天色是苦到不能再苦的銘黃色調，地面是乾枯枯地一片啞黃，沒有一棵樹，沒有一株草，濁水一步步朝著小孩走去；他漸漸看清楚，那口井的上方，提水用的轆轤上，倒吊著一隻死去的烏鴉；有根生鏽的鐵鍊，拴在小孩的脖子上；坐在地上小孩全身赤裸，身上撲滿了泥黃塵土；小孩半轉頭，仰望這隻倒懸的烏鴉；濁水走上前，小孩轉過頭來；

小孩臉上沒有眼睛、沒有鼻子，也沒有嘴巴。

濁水再次坐起來，一身汗水，不住地一遍又一遍回想這過度真實的夢境，也一遍遍回想著，這樣的夢境，到底想告訴他什麼。

再度躺下時，已經半夜。

熟睡前，又被摔落黑色鐵皮屋頂的夢魘給驚醒了好幾次。

感覺才睡了一下，濁水再度醒起，這才發現，毯子被他踢在腳邊。當他半起身拉回毯子重新蓋上時，清楚聽見「啪呀」一響，同時感覺到船身顫動了一下。

船上生活一年多，他知道，船隻浮在海面，船上平衡其實相當敏感，這樣的顫動和聲響，不是因為與鄰船摩擦所造成，而是有人踩進甲板或是有人攀觸了這艘船。

濁水四處看了一下，沒半個人影，他心想，「會不會是錯覺，也許是聽錯了，有可能是綁在一起的其他船隻有人踩上去的聲音。」

「管他。」濁水躺回去繼續睡。

濁水再次因夢境跌落深淵而驚醒，然後又是「啪呀」一響，清楚感覺船身又顫了一下。這一次更確定了，濁水張開眼，以兩臂手肘撐起上半身，讓自己完全醒來，半仰著往後起看向船艉。

碼頭上最近的一盞水銀燈有段距離外，船上光暈昏暗，但濁水還是看見了，船艉板上，趴掛著一個傾著上半身，想要攀到後甲板上來的「登船者」。這個人看似從水裡才爬上來，兩手搆著船艉板，撐著身體，右臂撐起右肩，使勁讓右腳掌撐上來，踩住船艉板，像是翻牆的動作。

這人臉孔始終朝下，頭髮很長，像簾子一樣覆在他的前額。昏暗光影下，濁水看著他斜進船上來的右半邊身子，滴滴答答，不停滴水在後甲板上。

「是半夜不小心落水的人嗎？」

想想不對，落水會有噗通水聲，最少也會聽到呼叫或呼救聲，但之前完全沒聽見。會不會是因為睡熟了沒聽見？濁水腦子轉得很快，盡快想跟自己合理解釋，眼前這情景到底是發生了什麼事。

「除了討海人，半夜誰會來這漁港，而且還落水，情況是有點奇怪？」

濁水還未反應過來時，那個登船者的右腳已踩進後甲板，很快的，他整個身體重心從船艉板上，以將近蠕動的方式挪到船上來。

濁水讓自己保持冷靜，半仰著上身的姿勢不動，只是瞪大眼睛，緊盯著船艉那個長髮濕濘的登船者，心想，「這人到底是誰？」

濁水又發現，這位登船者身上衣物像是白色配藍色領巾的海軍軍裝，但似乎太久沒換，衣著襤褸破爛。

「啪嗒」一響，甲板大力震盪了一下。這位登船者，整個掉進艉甲板上。

艉甲板上一片溼濘。

奇怪的是，翻進來且掉落在艉甲板的這個人，並沒有坐起來或站起來，仍保持著他翻進來時的蹲俯姿勢。他長髮遮覆於額前，濁水始終看不清他的臉，只清楚聽見他滴答滴答，不停的滴水聲。他右掌在前，左掌在後，蹲踞俯趴在後甲板上，像一隻準備往前爬行的大蜥蜴。

有股腥腐味，從船艉飄來。

這時，這個人和濁水間還有大約四公尺距離。

濁水已警覺到情況怪異，他想到，應該即刻翻身起來應變。濁水用力掙了幾次，不知為何，才發現身子麻痺，完全使不了力，完全僵住。他只能維持原來小臂肘撐起上半身的半仰姿態，動彈不得。

艉甲板上保持蹲踞俯趴姿勢的這個登船者，這時，終於緩緩抬起頭來。長髮依然如簾子般遮住他整張臉，濁水看不清他的臉，但清楚覺得，他是盯著濁水仔細端詳。這人全身不動，但頸部開始往左、往右，各自慢慢轉了半圈回來，像是在觀察船上環境。當他頭部終於轉回到正前，他將右肩俯得更低，並緩緩伸出左掌。

他開始手腳並用，一步一步往前慢慢爬行。

像一隻全身濕濡滴水的白色科莫多龍，步伐沉重，速度緩慢，一步一步爬向已經被牠黏口水毒液給麻痺住的獵物。他的每一步，都沉重如象腳踩踏在甲板上，每一步都發出沉重的腳步聲，每一步都讓船身劇烈地搖晃了一下。

動彈不得半仰著僵在中甲板上的濁水，才想到應該發出喝斥聲，嚇阻他繼續爬過來。濁水也想到應該要呼救，但又想到這季節，白天都很少人來的邊角漁港，何況半夜。無論想要嚇阻或求救，這一刻，濁水才發現喉嚨整個卡住，只能呵呵嗯嗯，聲音都吞在鼻喉深處，吐不到嘴裡。

爬行雖慢，但一步步累積，距離不到兩米了。這時，怪物甩了一下頭，將長髮從額前甩到左側。濁水看見且聽見一排水珠子隨著怪物的甩髮，踢踢躂躂，甩在左側甲板上。這一甩，濁水終於看清楚「他」的臉。

確定是一張人臉，不是蜥蜴或什麼嚇人的猙獰鬼怪。只是，臉色異常白皙，昏暗光線下仍讓人清楚感覺，那是水裡泡太久毫無血色的一張臉。

讓濁水真正感到害怕的是，他看見了這個人的眼。

夜暗裡看得特別清楚，這個人的瞳孔深處，發出青藍色微弱的螢光，直直瞪著濁水，並且繼續緩慢地向他爬過來。就像善於分泌無窮鼻涕的蛞蝓爬過一樣，在甲板留下一排黏嗤嗤、臭腥腥，在昏暗燈影下還微微發亮的體液。

濁水知道危機近在跟前，再三掙扎、扭動，他臉上皺扭成一團，但所有努力，只換來船隻一陣顫抖。這個人終於爬過來了，一寸寸爬到濁水左頭側停住。

這個人聳起左肩，伸出左掌，橫過濁水半仰著的頭胸部，左、右兩掌分別撐在濁水左右兩側甲板上，他的臉，由上俯下，貼近濁水的臉。

頭對頭，臉對臉，相距不到三公分。

濁水知道，必須暫時停止呼吸。

鼻對鼻，眼對眼，他瞪著濁水眼睛直視，像是打算用他藍色的眼神當工具，挖取濁水黑暗的靈魂和驚惶的生命。

他臉上繼續滴著水，這已經不是海水，而是他身上滴不停的黏液，一滴滴全落在濁水臉上。

濁水心頭無比清醒，所有的怨惡和恐懼，清清楚楚。

除了閉氣，濁水還想閉眼，想要閉住所有與他接觸的通道。

但是慢了一步，濁水還能閉氣，像其他僵住的動作一樣，但已經無法閉眼。

這人就是逼濁水一直看著他。

就這樣僵在那裡，濁水的身體、他心底的怨惡、他內心的陰暗和恐懼、他無法面對的無奈，他知道，這一口氣再怎麼憋，也撐不了太久。

像是陷溺在黑暗的水裡，濁水只剩下最後一口氣。一吸氣就會溺水，一動就會沉入海底，好像只能這樣子懸浮著被折騰、被擺布。濁水最後的意識裡，出現一條被刺網纏住的旗魚，所有的掙扎都已過去，如今，只好看著包圍的魔爪慢慢取走濁水的最後一口氣。

絕望的孤寂感，層層包圍。

船身忽然大聲「啪呀」一響，大力震顫了一下。

這一震，像一道符咒忽然間被撕去。

俯趴在濁水身上的怪物，嚇一跳，轉頭朝著震源方向看去。

一道光，趁怪物轉頭縫隙射進濁水眼裡。

濁水看見一個朦朧人影，兩大步跨近濁水身邊。

「得救了嗎？」才這樣想著時，濁水發現，原本欺壓在他身上的怪物，不曉得什麼時候如海面晨霧受曙光煥照，快速消散，忽然間不見了蹤影。

濁水終於吸到了一口氣。

也才發現自己嘴角懸著好幾道黏嗤嗤腥臭臭的唾液，濁水噓了一聲，大聲吐了一口氣，全身筋肉終於鬆綁，恢復了自由。

「還在睡？」是海湧伯的聲音。原來是海湧伯及時踏進甲板，驚走怪物。

濁水坐起來，但一時腳麻，爬不起來。便抬起頭看著站在他身邊的海湧伯，以及他頭頂上打曝微明的天光。

「怎麼了？」海湧伯看出濁水怪怪的。

「怎麼這時候在？」濁水用袖口抹去嘴角又腥又臭的唾液。

「我昨晚趕夜車提早回來，嚇到你了？」

「沒有，沒嚇到我，事情是這樣的……」濁水起身，斷斷續續將半夜怪物如何爬進船來，一直到剛才還趴在他臉上的經過，概略地跟海湧伯陳述了一遍。

海湧伯聽過後笑了笑說：「每個討海人都做過類似的夢。」

「不是夢，是真的。」

「你夢見的鬼，穿什麼？」

「好像是白色的海軍水手服。」

「破破爛爛對吧。」

「嗯，你怎麼知道？」

「也有過日本兵，阿兜仔（外國）兵，穿清朝官服的都有人夢過。」

「應該不是夢，很真啊。」

「這種夢，攏嘛很真，有人被掐脖子，有人被捏鼻子，你是被壓，很正常啊，海上本來就是好兄弟的世界，這種夢，知道怎麼回事就好。」

「為什麼討海人會做這樣的夢？」

「因為，心裡有鬼。」

季節症候群

熱到什麼都要融化的季節，終於走到端頂，接著，開始下坡。

這個關鍵點過後，氣溫依然起起落落，並不是瞬間轉變，而是呈現逐坡下滑的趨勢。

但季節的替換的確從這天起跑。有點像是一滴染料滴進了大水缸裡，不斷稀釋，也不斷瀰漫，影響並不激烈，但本質已經改變。

對季候轉變不是太敏感的人，不會知道時間已經走過了這個轉折點。

第一個知道已經走到這個關鍵點上的並不是人類，而是逢時的草樹、候鳥和游魚。敏銳的基因雷達告訴牠們，這個轉折點到了，從內裡到外表，牠們必須開始改變，準備繁殖，準備遷徙或是準備過冬。

說起來還真有趣，因為季節更迭而引發的萬物行為變化，這一切躁動與不安的源頭，不過是日晒角度的些微挪移。許許多多的野生動植物們，敏銳地感知日晒角度的變化，並在牠們體內按下了啟動開關。

這是因季節遞嬗，被改變的上游。

靠天吃飯以採集為生的人們，像海湧伯、粗勇仔這樣的海上獵人，也敏銳感知，狩獵的季節到了。他們將隨著白肉旗魚的到來，一起動了起來。

隨著獵物的到來而變得敏感的這些獵人，他們是被改變的中游。

最後，與獵者一起生活，而受影響的芬怡，則成了這場季節變化被改變的下游。芬怡並不知道季節已經通過了這改變的關鍵點，她敏感到的只是，粗勇仔發呆或半夜瞪著天花板看的頻率變得越來越高。

透過氣溫，透過風向，透過顏色或氣味的變化，甚至只是透過直覺，透過多少年來與獵物間不成文的約定，粗勇仔身體裡頭的某個開關，在這個季節的轉折點上被打開了。儘管之前他已經跟芬怡做過承諾，從此離開海，離開海上獵人的身分。然而，無法因為承諾而改變的是，那十幾年獵人歲月潛埋在粗勇仔體內的自動開關，像鬧鐘一樣，狩獵季節一到，就會自動響起。

下游的芬怡並不清楚上、下游這一連串的連動反應，她無從明白，上游已經起了變化，因此，不容易理解中游的粗勇仔出現的「季節性古怪」行為。

「該不該強迫粗勇仔去掛門診看心理醫生。」芬怡還真的動過了幾次這樣的念頭。

芬怡記得，她小時候的隔壁鄰居有位中年阿伯，平常時候都好好的，但每年春天一到，桃花開的季節，他就開始瘋言瘋語，四處遊蕩。芬怡還記得，有一年驚蟄過後，這位阿伯拿著掃把沾水，在她家門口，嘴裡唸唸有詞，而且頗有架式地寫起大字書法。

也不傷人，也不惡意嚇人，只是行為怪異。

而且，只要南風吹起，只要夏天一到，那位阿伯的古怪行為，自然不藥而癒，自動恢復為正常人。

芬怡懷疑，粗勇仔是不是也罹患了這種隨季節變化的精神疾病。

對於上岸發展，粗勇仔並不是反悔；對於想要再回到海上，也不是因為他不負責任地背棄承諾。

當初決定上岸發展，是因為情勢已然如此。好比一位馳騁沙場的武士發生意外斷了手腳，自然得後送離開。當時粗勇仔想的是，老天已經藉由腳踝受創這件事告訴他，鏢手的任務已經結束了。所以他不得不黯然走下鏢臺，黯然離開他這輩子重要的舞臺。

獵人雖然已經跛腳，粗勇仔沒想到的是，獵人的心依舊活著。

沒想到，獵人的季節性召喚，竟如此強烈。

粗勇仔上岸發展將近兩年，他仔細想了好多遍才逐漸發現，他的身體離開了海，但他身上，屬於海上獵人的血，並沒有因為上岸而停止循環。

粗勇仔想了又想，終於逐漸明白，他必須去面對、去處理，才能讓鏢魚這件事在他生命過程中真正告個段落。

「儘管站不了鏢臺，但只要還站得住甲板。」他想，他必須先回到他獵人的戰場，他必須回到海上。

粗勇仔動念想回到海上，並不是因為展福號缺一個人手，也不是因為想幫海湧伯湊成鏢魚組合，更不是因為位置被替代而對濁水吃味。而是最近常盤桓在他腦子裡的一句話，「如果還有機會跟這條大尾旗魚輸贏……」萬一這個機會出現，「我不想缺席！」

在這之前，他無法真正上岸。

粗勇仔知道芬怡一定會反對，他一再想起當初決定上岸發展時芬怡的驚喜模樣，當時確實也對芬怡做過承諾。面對兩個相衝突的承諾，粗勇仔像一條受困在網子裡的魚，有話想說，但一直開不了口。

相處也不是一年兩年，芬怡其實隱約知道，粗勇仔想要再次出海鏢魚，她當然堅決反對。好不容易擁有目前安穩安定的生活，芬怡想，「我得用心用力，避免讓粗勇仔以任何理由，再回去海上。」

「維持好不容易穩定下來的事業當理由好嗎？」芬怡問自己。

但事業確實已經有了穩定的班底撐著，粗勇仔只要盡責安排，並且一年當中只是有限度的回到海上去追逐他的旗魚夢，認真說，並不會影響已經有了好基礎的事業。

「以孩子還小，或孩子的成長需要父親陪伴當理由好嗎？」

但這孩子又特別成熟懂事，好幾次粗勇仔抱著孩子逗他說：「爸出海為你鏢一條大尾旗魚好嗎？」孩子都會被他這話題吸引，還好幾次牙牙童音問他爸：「要大尾旗魚？」

芬怡百般為難，說不出口的只是不想已漸入穩定狀態的小家庭，滲入任何一絲意外。

其他事，粗勇仔都溫柔的順著芬怡的意，唯有再出海鏢魚這件事，好幾次甚至因為憋在心底難受而對芬怡有了些情緒。

若直接問粗勇仔：「都已經這樣子了，為什麼還要出海鏢魚？」粗勇仔一定可以說出千百個理由。

那天清晨，粗勇仔又瞪著天花板想像秋風下的海面，「如果今年漁季，那條讓我跌下鏢臺的大尾旗魚回來，而我又不在海上。」當粗勇仔的意識，流轉到這裡時，他額頭上不禁冒出汩汩冷汗，他躺在床上被芬怡緊緊擒抱住的身體，不聽使喚地突然一陣痙攣。

粗勇仔好幾次試著想對芬怡說明，這樣子半夜看天花板的詳細情形，但最後還是嘆口氣自言自語說：「唉，獵人總是有獵人如何也說不明白的堅持。」

他認為，這種自自然然並不需要解釋的事，一旦需要解釋時，卻怎麼說也說不乾淨。粗勇仔清楚，類似的說法或解釋，完全無法說服芬怡。

「也許找機會與粗勇仔深入聊聊，這小家庭表面好好的，但內裡確實存在某個不能溝通的點，不能互動的心結，總不能繼續這樣裝瞎下去。」

機會來了，這天晚餐時，粗勇仔談到公司小黃最近遇到的糗事，笑到差點嗆到，芬怡覺得時機不錯，於是開口問粗勇仔：「可以聊聊嗎？」

「好啊，好啊。」

「最近好幾次看你發呆，好幾次發現你半夜瞪著天花板看，可不可以跟我談談，到底發生了什麼事。」

「我是……沒事，相信我，真的沒事。」

「沒事不會這樣，沒事也不會這樣子邀你談，就．說．說．看！」最後幾個字是命令口吻。

「別再搞操煩啦，真的沒事。」

「再不講就變臉！」

「這、這其實很難解釋……」粗勇仔的生命底色是獵人，而他心底一直有個「獵人承諾」的概念，他知道，那不是對海湧伯的承諾，不是對海上旗魚的承諾，而是獵人對自己的承諾。只是，這很難說清楚。

「很難講也要講，今天就是專門來聽你講。」芬怡兩手抱在胸前佯裝生氣。

「好、好，不生氣，不生氣，請你想想，一輛高速在跑的車，緊急煞車踩到底，車子還是會往前衝一段才會完全停止；一艘船啊，開了十幾年……」

「不要比喻，講重點！」芬怡直話直說，打斷粗勇仔的形容。

「好、好，講重點，是這樣的，鏢臺站十幾年了，你知道的，雖然已經退下來，但是退得並不光榮，你也知道，就差那麼一點點，差那麼一點點而已，而且已經在隔壁……」

「什麼一點點，又什麼隔壁的？聽不懂。」

「如果我慢一點出鏢，也許結果就會完全不同，也許就能光榮退下鏢臺，這將會是我一輩子最大、最亮的一個光環，明明就在那次意外事件的隔壁。」

「原來還在想這件事，拜託，快兩年了好嗎，都已經離開那麼久了還想不開……」

「這不是時間長短的問題，而是光不光榮的問題，妳想想，當一個人犯了錯而被迫退下來，他剩下的這輩子，這件不光彩的事會一直跟著他一輩子。」

「你不是已經在岸上找到光彩了嗎？」

「那不一樣。若不是一年多前那場意外，我離開討海工作上岸發展應該不會太躊躇，事業能夠走到今天這樣的穩定狀態，照理說，不應該再有什麼遺憾。但是，前年受傷後，我算是頭過身過，絕大部分的我算是已經上岸發展了。到現在，海上就剩下那麼一點點未了的老鼠尾巴……」粗勇仔嘸了口氣說：「就是想請妳允許，讓我在旗魚漁季時，再出海去履行與北風、與大海、與旗魚未了的一場約定。」

喘口氣，這已經是粗勇仔一口氣把話講完的最大能耐了。粗勇仔將碗底已經涼掉的湯仰嘴一口喝掉。

芬怡看著粗勇仔喝過湯，才慢慢說：「請繼續，我還是有聽沒有懂，你真正未了的到底是什麼？難道真的就只是為了一條大魚？」粗勇仔以為他已經明白地完全講完，而芬怡認為，粗勇仔才開始講到重點而已。

「我是真的想要了解，你說的未了，除了大尾旗魚，到底還有什麼？」

「這麼說好了，如果這輩子妳有個心願想要完成，那會是什麼？」

「當然就是你不再出海鏢魚。」芬怡沒有考慮直接回答。

「啊……」粗勇仔遲疑了一陣子後才說：「這例子舉得不好。」

想了一下，粗勇仔再舉例說：「這樣說好了，如果有一個目標，妳已經完成了百分之九十五，剩下百分之五就能圓滿達成，妳會放棄嗎，還是繼續完成。」

「就像你已經百分之九十五上岸發展了，我當然不會放棄，會繼續想要你百分之百完全上岸。」

「對，這就對了，只要繼續那百分之五，你和我的願望就能同時完成。」

「聽不懂……」
「這樣說好了，我過去是鏢手，是鏢旗魚的海上獵人，我一直有這種感覺，簡單說，如果沒有下海去完成剩下的那百分之五，即使岸上發展有再大的成就，我的生命還是會有缺憾。」
「所以這件事能不能了結，只是憑你的感覺嘍？」
「對。」粗勇仔脫口說出。
但粗勇仔立即發現這樣回答不妥，趕緊修正說：「我的意思是，只說對了一半。」
「那另一半是什麼？」
「另一半完全不是我的感覺，是自然而然的，有一天，有個聲音會自然而然地跟我說，好了，夠了，你可以放心上岸去了。」
「有個聲音？是海湧伯嗎？」
「不是，完全不是，你聽錯了，而且，我相信海湧伯也在等這個聲音。」
「我聽明白了，也就是說，要等你們鏢中一條夠大尾，夠你們大家都滿意的大尾旗魚，這件事情才能結束，對吧？」
粗勇仔遲疑了一下沒有立即回答。他是覺得好像對，又好像不對。

粗勇仔想了一下後說：「也不一定是這樣。」

「要不然，就是要等你們繼續鏢魚，然後，鏢到大家都滿意為止吧。」

「不是，不是，你誤會了，我絕對不是因為想到海上去而黑白找藉口。」

「那你就說說看嘛。」

「會有那麼一天，我不會半夜醒來因為鏢旗魚這件事而睡不著；將會有那麼一天，我不會眼睛閉起來，就看見那條害我被砍斷腳筋的大尾旗魚；有一天，我再也不會聽見海上淒涼的呼呼風聲；有一天，當我想起鏢旗魚，我會覺得榮耀，並且自然而然地就會抬頭挺胸。」

「唉，所以你說的那一天有可能遙遙無期，也可能永遠也等不到那一天。」

「不會，我感覺得到，那個機會已經不遠。」粗勇仔專注看著芬怡，他忽然伸出兩手握住芬怡的手，以十分誠懇且柔軟的眼神和語調對芬怡說：「我保證事情會跟旗魚漁季一樣，終究有個段落。」

芬怡當然也聽得出來，漁季跟著季節循環，周而復始，沒有講明白而已，粗勇仔的獵人「季節症候群」，不可能真正停止。

「阿你打算怎麼辦呢？我的意思是，怎樣才能彌補你說的那個差一點點，或者說，怎樣才能把你的『隔壁』找回來。」

粗勇仔從芬怡的語氣聽出，她已經有些鬆動，趕緊接著說：「我的想法是，如果讓我有機會去改變結局，把結局從不光彩變為光彩，那麼，就可以變成是光榮地從鏢船退下來的結局。」

「電影看太多了吧，電影中才會有那種搭乘時光穿梭機回到過去，然後去關鍵點上改變命運，然後改變結局的情節，電影才會有那種『黑皮煙定』，現實一點好嗎，現實是回不去的。」

「是回不去沒錯，我的意思是，哪裡跌倒就從哪裡爬起來，我的意思不是回到過去，我要的是，去開創未來。」

「什麼年代了，怎麼聽起來像是在呼口號。」

「不是呼口號，也不是講道理，只要讓我回到海上去，就有機會去改變最後的結局，然後，然後應該就不會發呆，也不會半夜起來看天花板了。」

「講得那麼有把握，你真的想清楚了嗎？」芬怡低頭看了一眼粗勇仔的右腳踝。

「當然想過好幾遍了，放心，只要讓我有機會回到海上，當然不可能再站鏢臺當鏢手，海湧伯鏢魚技術好過我幾百倍，讓他站鏢臺當鏢手，我跟他十幾年來的默契，可以搭配他當舵手，鏢魚時不用跑來跑去的舵手，我相信，只要一個漁季，短短三、四個月，一定會有漁獲好成績，這樣，就能洗掉之前的不光彩，然後才有光榮下船的新機會。」

「改不了的超級浪漫哥啊，鏢船上的三人組合，即使你回去了，還是缺一腳啊，」芬怡自覺到「缺一腳」三個字的說法，也許有點超過，趕快改口解釋說：「你們兩個人搭配沒問題，但終究還是少了二手啊，這樣鏢得到魚嗎？」

「還有一個濁水啊，你忘了，那個跟海湧伯已經一年多的年輕人。」

「你不是很討厭他？」

「沒有啦，你不懂，我討厭的不是他這個人，我討厭的是他在海上，我在岸上；我討厭的是他抓到的魚，我一條也抓不到。」

「你要多想想，好不容易才下決心上岸發展，走回頭路並不是有智慧的選擇。想想看，事業才剛剛穩定下來，小孩還小，還有，從來不曾跟你抱怨過的。」芬怡嘆了口氣，繼續說：「請你想想，每次你半夜出門時，我的感受是什麼；請你想想，你在海上逞英雄的時候，留在岸上的我是如何為你擔心，你考慮的只是你退下來的光榮感，我要你多考慮的是，我們全家溫暖平安的現實感。」

「我知道，我都知道，不是沒顧慮你的感受，不是只為了自己，所以一直憋在心裡，一直不敢講出來，就是每年這個時候，那信號就要響起……我知道那絕不是浪漫，也不是不切實際。」
「我能理解，但是……」
「不，你先聽我說，每年夏天一過，那信號就像救火車旋轉的紅燈一樣嗚喔嗚喔嗚自動響起。不是閉起眼睛，不是關起門來就能阻擋。我也不願意看你難過，不願意看你因為我多承受些什麼，只是想請你了解，我這樣的季節性症頭。」
「你指的是，會心事重重，會半夜睡不著起來看天花板？」
「你聽我說，就是心會躁，手會癢，就像是打了合約，不履行合約就會渾身不自在。」
「誰，你跟誰打了合約？」
「沒有啦，只是形容，沒有跟誰簽合約，但又好像是跟北風、跟大海、跟旗魚簽了合約，一張無形的合約，約定每年在秋風下的海上見一次面的合約。時間一到，信號響起，心底就會開始躁動，手心就會流汗發癢。」
「這樣講，就是時間到，不顧一切一定要去嘍？」
「只是盡力說明而已，希望你能明白。沒有浪漫，沒有不切實際。我們的事業已經穩定，你知道的，對你的任何承諾我都會不顧一切地做到，包括上岸發展。我只是想再次回到海上，去解決我跟旗魚、跟大海過去牽扯的這場因緣際會，只是想讓自己心底沒有疙瘩，完成我的百分之五，同時也完成你的百分之五，也就是我們的百分之百。」

「真會說話。」

「沒有，沒有，我只是在盡力爭取，讓我有光榮上岸的機會。」

漁季開鑼

中秋過後，第一波冷高壓遲疑了一下，但時勢所逼，終於還是隨著前緣攻堅的鋒面來到了邊角海域。

海面迎風，浪丘雜沓俯仰，白濤翻花。

墨一般的天色才裂出一絲灰濛，邊角漁港的碼頭邊，展福號的引擎聲如此沉著鏗鏘，如破曉時分原始叢林裡發出的一記記鼓聲。

漁會那頭，粗勇仔左手拎一袋加薦仔，右臂懷抱著趴在他胸口熟睡的孩子，芬怡一旁兩手勾著粗勇仔手臂，一家三口，從黎明前的昏暗走入漁會碼頭水銀燈圈照的光暈裡。粗勇仔步伐不慢，但行走間還是看得出一點跛態，他們走出光暈，朝向展福號走來。

整備妥當的海湧伯看到他們，特地攀上碼頭，一臉微笑，親切迎著粗勇仔一家人的到來。

互道早安後，濁水跳上碼頭，蹲在繫纜樁旁準備解纜啟航。

中秋前幾天，海湧伯以愉快的口吻跟濁水說：「中秋後粗勇仔回來船上，咱三個，今年做伙來鏢旗魚。」

這消息讓濁水高興了好幾天，雖然去年漁季，他跟海湧伯意外鏢獲第一尾旗魚，但濁水覺得那次是奇蹟，比較像是意外撿到的。濁水沒想到的是，討海資歷不過才一年多，竟然有機會成為正式的鏢船獵人。雖然他也知道，鏢魚的榮景早已過去，但還算幸運，竟然有機會參與一段強弩之末下的鏢魚漁季。

粗勇仔走近船邊，將小孩交給芬怡抱住，海湧伯一步向前，拍了兩下粗勇仔的肩膀，也跟芬怡行了個禮致意。

兩人轉身登船。

抱著孩子的芬怡跟上一步，在粗勇仔背後輕聲說了兩字：「小心……」

還是不放心，芬怡身子趨前靠近船邊，稍稍彎腰，稍微提高音量往甲板上喊了三個字：「請照顧……」

無奈出航節奏急躁。

粗勇仔進駕駛臺，濁水快手卸了船纜，跳回甲板，手推船舷，船艄蕩開碼頭一個斜角後，濁水舉出右臂，粗勇仔適時推進離合器和油門桿，輪轉舵盤，引擎兩聲催緊又兩次鬆懈，船邊水聲嘩嘩，水面汩出一團白波，展福號取得倒俥角度，平穩抽身離開碼頭。

粗勇仔熟練操船，彷彿不曾離開過展福號。

直到這時，粗勇仔才得空朝碼頭上的芬怡揮手，但船隻與碼頭間已經隔開了一段距離。芬怡碼頭上跟著船行方向往港嘴走了幾步。

東邊天際漸漸灰白，芬怡用力揮手，送展福號進入航道。

北風微，其實並沒有起跑鳴槍，也沒有鑼聲來敲響漁季，整座邊角漁港，也只有展福號一艘鏢船離港作業。

一陣落單的引擎聲響後，留下碼頭上芬怡孤立的身影。

展福號邁浪離港。

新組合，新天地，漁季第一天，老船上老中青三代，三個獵人，但每一個都算是重新啟航。鏢手、二手、舵手，直到出港這一刻前，海湧伯並未工作分配，但三個人像是理所當然都清楚知道，遭遇獵物時自己的戰鬥位置。

「漁季初期就當作新組合的操練。」海湧伯心裡打算，只要二手和舵手之間，只要濁水和粗勇仔之間的溝通沒問題，他覺得，「今年這一局，說不定還有機會。」

出港後不久，天色已亮，三人沒太多話，各自留意海面獵物蹤影。

「旗魚為什麼會來到邊角海域？」去年他們鏢到第一尾旗魚後，濁水曾好奇問過海湧伯。

「旗魚來這裡『肖花』。」

「肖花？」

「肖花的意思，就是談戀愛。」

「為什麼談戀愛叫肖花？」

「整欉樹仔，有枝無葉，密密麻麻開滿花，叫作肖花，不要命地瘋狂開花的意思。」

「樹仔開花，跟旗魚談戀愛什麼關係？」

「每一朵花開都在戀愛不是嗎？魚仔肖花，就是魚仔在瘋狂談戀愛的意思。」

「你看過牠們來這裡戀愛？」

「呵呵，水面下哪看得到，想想看，日本海域又不是沒有旗魚，但為什麼大老遠的跑來邊角買這麼高價的旗魚，就是因為來我們這裡的旗魚正在肖花。」

「談戀愛的魚比較好吃？」

「肖花的魚，肉質含油，就像一棵樹最美的時候就是開滿花的花季。」像是忽然想到什麼，海湧泊又說：「也有可能就是因為肖花，所以比較容易被鏢到。」

「原來如此。」濁水想，「有道理，戀愛時候的生命，不都是逞勇鬥豔嗎？美是美，同時也是生命中最奔放、最大膽、也最沒有警戒心的時候。」

有了這一層認識後，從此濁水在海上尋魚看魚時，有了跟過去很不一樣的視角。

今年，旗魚季開鑼，儘管只有展福號一艘鏢船隨北風揚動，搭上了第一波漁季的流水，港裡剩下的幾艘鏢船，仍在觀望。他們認為，等展福號有漁獲再來出航不遲。

有個船長甚至說：「憨人衝頭前。」

的確是成本考量，一趟鏢漁作業航程，通常超過十個小時在海上巡尋，一天下來，單單油錢就是一筆不小的花費，何況一天、兩天，甚至更長時間找不到獵物也是常有的事，就像那位說「憨人」的船長說的那樣，他說：「沒有漁獲的話，就像是天天到海上去觀！光！」他還刻意將「觀」字的音發成「光」，變成是「沒漁獲的話，就像是天天到海上去光！光！」意思是消耗大量油料，得到的只是到海上去看風景。

漁季開始後，展福號只要有天氣就出海，相當勤快地一趟趟出海追尋旗魚。

漁季頭一個月結算，他們一共才遇到兩尾白肉旗魚，但結果都是「船走船的，魚走魚的」，因為默契不夠，而錯失掉機會。這個月來只鏢獲一條六十四公斤的雨傘旗魚。雖然賣出跟白肉旗魚一樣相當的好價錢，但平均來說，這樣的漁獲成績，連油錢都不夠。

「彼尾雨笠仔（雨傘旗魚）喔，可能是吃太飽，頭暈暈腦鈍鈍，自己跑來撞船的。」港裡開始傳出冷嘲熱諷的聲音。也許因為海湧伯婉拒了「鏢翻車魚合作案」吧，因此展福號已經被排除在邊角漁港的「鏢船同盟」之外，不是同一國的。也不算是敵意，大夥只是認為，「海湧伯到底在驕傲什麼？」

一方面也是等著看好戲，找到機會，便來嘲笑海湧伯，順便證明一下，海湧伯的堅持是錯誤的。去年漁季，展福號意外鏢獲當年第一尾旗魚時，他們不是也說是「青暝牛來撞船」嗎？

漁獲好，他們有意見，漁獲差，落井下石就更不用說了。其實他們真正想講的是：「放棄容易得手的翻車魚不鏢，去追尋那已經可遇不可求，且脾氣搞怪走干吶飛的旗魚，不是笨還能是什麼。」

講東講西、冷言冷語，但確實不爭氣啊，一個月來只鏢獲一條雨傘旗魚。

他們嘲笑說：「一個旗魚肖仔（瘋子），一個跛腳，一個走不識路的，這個老番癲還能打算啥咪。」

也有人嘲諷說：「海湧伯是去海上做運動，粗勇仔是出海做復健，新來的那個，則是到海上繳學費啊。」

閒話傳到粗勇仔耳裡，他先是愣了一下，然後提著眉頭苦笑說：「還真厲害，一句話直接都酸到重點了。」

這些閒言閒語傳到海湧伯耳裡，他只是笑著說：「習慣就好。」

「他們就剩一隻嘴呵。」粗勇仔對濁水說。

展福號仍然一趟趟安靜地出航，然後，默默返航。表面看來無所謂，其實海湧伯和粗勇仔都帶著「漁季時間有限，但必須去完成、去改變一切」的急切心情。

如果漁季裡展福號真的有機會遇到一條分量足以改變他們的命運，足以改變他們生命光榮感的旗魚時，海湧伯和粗勇仔的不安也在這裡，遭遇到的關鍵時刻，他們三人是否已經準備好，是否已經練就獵獲這條大尾旗魚的能耐。

濁水也揹負了壓力在他心頭，儘管他並不確實了解海湧伯或粗勇仔各自的急切與不安，但他知道自己究竟是鏢船上的新手，每一趟海他都擔心害怕，會不會因為他犯了什麼錯，而失去應得的獵物，會不會被他的厄運帶衰，會不會因為他而讓展福號漁獲成績低落。

出了邊角港嘴，出了海，展福號切浪而行，其實海水就像砥石不斷在琢磨衝浪撞浪的展福號，分分秒秒都在歷練、都在捏塑他們更具戰鬥力的三人漁獵組合。漁獲不如期待，海湧伯告訴粗勇仔和濁水：「不要緊，我們的心都看向港外。」海湧伯知道，漁獲差只是時機未到，重要的是，展福號一直在做準備，展福號一直都在現場等待。

從濁水自己跑來船邊請求當海腳那一刻起，海湧伯的獵人直覺便告訴他，這是天意。儘管這些直覺一廂情願的成分居多，但這陣子來的一些現象，包括應該不會再回頭的粗勇仔也自己跑回來，這些似乎都是訊息。

海湧伯「聽」得見，這些機會一點一滴都在往前行走，儘管速度不快。

果真就來了，漁季的第二個月中段，他們出海巡尋了一整天，連平日尋常可見的青鯊和烏魟一條也沒看見，何況是倨傲又孤獨的旗魚尾鰭。

沒想到天光西斜時，鏢頭上的海湧伯破雷般喊出了許久不曾聽見的兩個字：「丁挽！」船隻左前三百公尺處，看見了嗎？那股浪丘斜牆上，一根高高切出海面的旗魚尾鰭。

海湧伯胸有成竹，憑藉這段期間扎實演練來的穩實節奏，他不疾不徐示意半蹲在他身後的濁水，「慢慢來，慢慢來。」

濁水會意，伸長左臂指引展福號悄步躡近這條旗魚。

隨船隻邁浪欺近，濁水半蹲，身子不時左探右探，隨船前這條旗魚游蹤，隨海湧伯示意全神貫注。駕駛艙裡掌舵的粗勇仔，注視著濁水並不怎麼靈活，甚至是有點拙態的手勢，但這段時間來的海上相處，粗勇仔差不多已經完全看懂了濁水透過手勢想要轉達的方向和船速。

幾番迂迴，當他們從尾後有效迫近這條旗魚，直到二十公尺距離時，鏢臺上的海湧伯舉出鏢桿，喝喊一聲，濁水風車一樣輪動手臂，示意粗勇仔全俥全速做最後衝進。

光線從右側來，鏢船在左，獵物偏右，鏢船這時處於有利的光影角度，整條旗魚活鮮鮮游在鏢船右前，像打了投光燈在牠身上，這條旗魚的身型、體色，如細筆雕工雕出來的藝術品般，清清楚楚展現在展福號眼前。

算是第一次，濁水在鏢臺上以適當的距離和恰當的角度如此清晰地看住一條旗魚。濁水風車樣的手勢不變，但他是被這條旗魚的勇武之美給驚懾住了。

這是條漢子，是個武士，是一輛勞斯萊斯，是一頭獵豹，是一艘戰艦。

濁水右臂輪轉，左臂返手急躁扯動連線掛在駕駛臺前的銅鐘。鐘錘連著長線被鏢臺上的濁水急躁地連串扯動，銅鐘如被掐死喉結，發出陣陣短促快要窒息的「喀辣喀辣喀辣」噪響。因為急，所以並不是一般清脆迴盪的鐘聲。

決戰關鍵點出現，這最後一刻，油門將推到頂，船隻將藉由最後的瞬間暴衝，一下逼近到獵物跟前，海湧伯將要出鏢。

粗勇仔推倒油門桿，引擎惡吼一聲，排煙管即刻排出烏煙。

兩年來的委屈，兩年來的沉伏，兩年來的整備與等待，都將在這一瞬間爆發。

形勢正如粗勇仔跟芬怡形容的，「就在隔壁。」

船身一顫，拔衝而起，引擎猛烈地昂高聲勢，拉尖聲調。

忽然，引擎重咳兩聲，就在這關鍵點上，船身兩下痙攣。

綿綿如扣環似地攻擊節奏，硬是被這兩聲重咳和顛頓，一舉給瓦解掉了。

緊接著，引擎聲像是將要沒頂前的殘喘，跳兩下後，嘆出生命最後一口氣般，熄了火。

一場精采好戲一路亢奮走來，都已經攀在高峰崖邊，都已經走到高潮邊緣，鏢桿都已舉在頭頂，三個獵人的心都已繃在弦上。

誰知道，登頂就差這一步。

方才衝刺喘吐的烏煙，很快被海風吹散、吹盡。整艘船直接摔落谷底。熄火失去動力後，展福號依然慣性前行，徐徐漂進。海湧伯持鏢的兩臂依然高高舉著。濁水蹲低身子右臂還在旋轉。粗勇仔保持弓步，準備隨時操作舵盤。銅鐘一樣「喀、辣、喀、辣」響個不停，只是節奏逐漸變慢。

整船繃緊的神經一時放不下來。

那尾旗魚似乎了解狀況，沒有趁機遁逃，還從容游在船前不遠。

一船火燒的獵意，被這場意外的熄火，一刀給割斷了喉嚨。形勢急轉直下，冷風呼嘯，空浪嚄嚄。少了振奮昂揚的引擎聲，就像是心跳聲從活生生的展福號生命中忽然給抽走，海面徒留隨風、隨浪漂蕩的空殼。

海湧伯恍然醒來，匆匆放下鏢桿，奔下鏢臺。

濁水留在二手位置，半轉身茫然看著奔下鏢臺的海湧伯背影。「哪欸安呢？」粗勇仔斜身探出駕駛臺大聲喊。

海湧伯彎身鑽進機艙。油路、電路都檢查了一遍，忙了一陣，也好幾遍從機艙底喊粗勇仔重新啟動引擎，但引擎運轉聲總是「亢！亢！亢！亢、亢、亢、亢——亢——亢……」，一陣陣反覆的奮起，然後乏力，終至沉默。

天色已昏，蒼勁風勢拉攏黑夜的魔爪蠱惑浪勁，風聲淒厲，濤浪滾滾。

海湧伯從機艙探出頭來，一臉嚴肅地跟粗勇仔說：「看來是引擎內部出問題，不是小問題。」

濁水愣在二手位置，久久提不起勇氣下來。

落碇

濁水回想起上回船隻維修幾日後，他補足了維修費用的餘款，交還給海湧伯時，海湧伯還遲疑了一下說：「這次怎麼會降價了。」還留在二手位置的濁水擔心，「會不會是因為那次維修，自己因為挪用維修費用，大主大意地換了二手零件，才造成這次的熄火事件？但師傅明明告訴他沒問題的。」

天黑後風聲愈是淒厲，強大鋒面下來，失去引擎動力，也失去一條獵物的展福號，但是這情況，相對於他們將要面對討海人稱為「暴頭（鋒面壓下來的第一波強勢風雨）」的風雨，真的不算什麼。

如此惡劣海況下，失去動力的展福號，將無法自主揀湧航行（選擇浪勢），將赤裸裸地直接面對翻覆，或是被浪打上岸擱淺，或往外海漂流，或是被來往商船撞擊的結局。任何一樣，都是致命的威脅。

天色已暗，鄰近海域又看不到任何作業漁船的船燈。所有不利的狀況，糾結在一起降臨在展福號頭上。

意外，以雷管引爆的速度，直接籠罩住整艘展福號。

「快下來啊，還在鏢臺頂看風景啊！」海湧伯難得急躁口氣，對愣在鏢臺上的濁水喊了一聲。

海湧伯究竟老討海老經驗，他喊下濁水，令濁水將前艙裡的錨繩大把大把掏出。錨繩像掏出展福號肚艙裡的腸子一樣，被濁水快手掏出艙底。海湧伯眼明手快，將錨繩端繫結上船錨後，舷邊噗通一聲，拋下船錨。

錨繩咵咵摩擦邊舷，激動地隨錨鉤下探底床。

只要船錨鉤掛住海床，至少能暫時停住上岸擱淺或往外海漂流的兩大危機。果然如俗諺所說：「無碇（船錨）就無命。」

邊角海域海床深邃，奔竄而出的錨繩跑了好一陣子，終於及時止住。海湧伯快手將錨繩三圈轉手，套牢在前舷柱上。

幸好海湧伯反應快，一舉兩得，他即時拋下船錨鉤住自己，也讓全船最耐浪的船尖對準風浪方向。錨繩長度畢竟有限，展福號若是繼續往外漂個三、五分鐘，海床將深達兩百噚以上，到時候恐怕將陷落在止不住的茫然漂流困局中。

「留一盞船燈！」海湧伯吩咐駕駛臺上的粗勇仔關掉其他燈火，只留桅杆上的一盞船燈。引擎熄火後，船上蓄電池無法繼續充電，必要留住珍貴的電力，用在警示燈和無線話機上。因為誰也沒把握多久後才能獲救。

海湧伯觀察了一下錨繩拉住船隻的角度，又放了些錨繩下海，讓錨繩斜度夠，這會讓錨繩的張力及彈性更大，一方面避免流錨，一方面也避免船隻與高低起伏的湧浪硬碰硬對衝。

直到這一刻，算是完成了等待救援的準備工作。

儘管礙於腳傷幫不上忙，但粗勇仔再次見識到海湧伯面對狀況的處事態度：「先自助，才有機會等待人助。」未曾經歷過「緊急狀況」的濁水，完全不知道要做哪些事來配合。這一刻，他只是心跳得噗噗作響，根本失去了主張，只能傻愣愣地在一旁聽命行事。

這一刻，濁水完全明白自己的「無路用」。

儘管已經一年多的鍛鍊和累積，嫩或強，行事驚慌失措或篤定行事，考驗的時機不在平日，而是在緊急狀況下如何應對的這一刻。

海湧伯回到駕駛臺，拿起無線話機，準備發話求助。

搶時間

芬怡抬臂看了看手錶，自從答應粗勇仔出海鏢旗魚後，每天彷彿在跟時間計較，常常不自覺地伸手看看手錶。入冬後天暗得快，特別是北風天，中午似乎才過不久，寒風便呼呼催促著蕭瑟的黃昏快快降臨。

芬怡回想起和粗勇仔初戀時，她也是這樣等著時間，但那時候，她等著的是粗勇仔扛著獵物英勇歸來，而如今，她等著的是展福號平安回來。

出過意外，就像是背負了被擔心的罪責，不再被完全信任，粗勇仔每天返航上了岸，無論收獲如何，一定會先在漁會的公用電話給芬怡打電話報平安。

這天，芬怡看著差不多時間了，但是沒等到電話響起。沒等到該有的電話，她心頭有不祥的預感，腦子裡再次反覆響起：「天這麼黑，風這麼大，爸爸捕魚去，到現在還不回來……真叫我心裡害怕……」這幾句耳熟能詳的小學課文，加上眼皮跳個不停。芬怡直覺，應該是出狀況了。

芬怡先是撥電話給漁會，但漁會已經下班，無人接聽。再撥給漁港海巡檢查哨，接電話的推說要找負責巡邏艇的單位，又解釋說，巡邏艇主要任務是緝捕走私和偷渡，「關於出海救援業務嘛……」解釋了老半天，芬怡才終於問到了巡邏艇單位的電話。最後撥給巡邏艇單位，一樣在電話裡擼了老半天，對方才解釋說：「不用緊張，有可能只是跑遠了，已經在回來的路上也說不定，不用緊張。」

「馬底，不是你家人你當然不緊張。」芬怡心裡罵了一句，但畢竟有求於人，電話中只是稍稍提高音量，仍然盡量保持禮貌的語調說：「也有可能正在危急狀況，等著你們去救援。」

「好，我聯絡一下，妳留下電話，等我消息。」

芬怡留下電話後，匆匆掛了電話。她曉得，怎麼可能這樣子焦急地乾等下去，於是她一把抱起小孩，開著粗勇仔平時巡工地用的小發財車，直接衝去碼頭。她想，總是到現場面對面，處理事情比較直接。

天色已昏，淒厲風聲下漁港特別讓人感到蕭條。小發財車直接停在檢查哨碼頭邊，芬怡轉頭看著邊角漁港的鏢船都在，獨缺展福號。芬怡轉頭剛好也看見左前方碼頭邊，有艘延繩釣漁船還亮著燈。船燈儘管昏黯，總是一線希望，芬怡抱緊小孩，朝向那艘亮著燈的漁船跑了過去。

發現是金盛號，船長旺伯，芬怡認識，曾經在碼頭見過幾次面，有一次他還曾經當著粗勇仔的面讚美他娶到「水某（漂亮妻子）」。

「旺伯！旺伯！」人未到，聲先到，芬怡邊跑邊喊，小跑步接近金盛號。

旺伯聞聲從駕駛艙探出頭來，看見芬怡抱著小孩在碼頭上慌張地跑過來，他趕緊走出駕駛艙說：「款仔行，款仔行，莫跛倒，抱小孩卡細心咧，什麼事這呢趕緊？」

「是……安呢……」跑到船邊的芬怡一時喘不過氣來。

「慢慢吶講，慢慢吶講。」

「是……安呢啦……」芬怡重重嚥了兩下口水，才開口說：「海湧伯他們，展福號他們，到現在還未進港來！」

「莫緊張，莫緊張，我來用新安裝的話機聯絡看覓。」幸好，這年起，邊角漁港所有漁船都強制安裝了無線對講機。

海湧伯拿起話機正要發話求助，沒想到，話機先響。

「海湧伯聽到？海湧伯聽到？」

「聽到。」

「啊是哇大尾啊，揪捯天嚨烏啊，啊未入來？」

這種尋找船隻的發話，最怕沒有回應，既然海湧伯有回應，表示平安，旺伯立即轉了語調，開起海湧伯玩笑來。

「無哇大尾，是熄火啦，電路、油路攏檢查過，發不動呵，已經趴碇（下錨），準備等人來拖。」

旺伯轉頭看著芬怡說：「聽到否，平安啦，小夸問題啦。」

芬怡一路綳緊的額紋，這時才終於放了下來。

不過，很快再次皺起眉頭，她抬頭看了一下天，然後問旺伯說：「這款天，誰會出去拖他們回來？」

「安啦，妳沒聽到？已經趴碇，安啦，總會有人去拖。」

「我知，只是，只是這種狀況下，海上多一分鐘，不就是多一分鐘風險嗎？」

「這樣說也沒有不對，嗯，這樣好了，你先去檢查哨問看看，他們的巡邏艇願不願意出船拖救，我一邊用話機和海湧伯參詳一下。」

芬怡跟旺伯鞠躬道謝後，往檢查哨碼頭走去。轉頭目送芬怡離去的背影，旺伯繼續呼叫海湧伯，「跟粗勇仔說，他水某抱他孩子來到我船邊，看起來真煩惱喔，看粗勇仔回來後要怎樣交代，要如何彌補。」

展福號上的粗勇仔一聽這樣，趕緊從海湧伯手上搶過話機，跟旺伯說：「叫她聽一下，拜託，叫她聽一下。」也沒確定芬怡是否聽見，粗勇仔對著話機大聲說：「芬怡，芬怡，沒問題的，煩惱免啦，聽見嗎，先回去……」

「芬怡不在啦，她已經過去檢查哨，詢問海巡巡邏艇出船拖你們回來的事。」

「旺伯，我給你拜託……」先是粗勇的聲音，停頓一下後，換成海湧伯聲音：「我給你拜託，拜託你出來拖，會卡緊（比較快）啦。」

「我知，我知，你也向檢查哨發個話備案。」

「我知，我知。」

孩子抱在胸前，芬怡走到部隊值班臺前匆匆說明來意。

值班士兵明白狀況後說：「你的事，已往上呈報了，電話中不是要你在家等電話嗎？怎麼跑來了。」

芬怡偷偷翻了一下白眼，看得出芬怡是相當克制情緒，盡量保持和顏悅色地說：「有漁船在海上有狀況，等待救援，這事不能等，請問，你們單位哪位長官可以做決定，讓巡邏艇出任務的？」

「是值星官。」

「我可以見他嗎？」

值班士兵遲疑了一下，慢慢回說：「他在餐廳，晚餐中，我通報一下。」

「他知道有漁船在海上出意外等待救援這件事嗎？」

「應該知道，妳來電後，有往上通報，他應該已經知道。」值班士兵忙著又說：「但是這樣的天氣和海況，恐怕……」

「恐怕什麼？」芬怡提高音量。

「別誤會，別誤會，我的意思是，這樣的海況，巡邏艇出航恐怕會有問題。」

「所以，你的意思是等天氣好轉後才能出船？」芬怡聲調越提越高：「風平浪靜就不需要來拜託你們了。」

芬怡提高音量的說話聲，傳到餐廳裡用餐的值星官耳裡。這位軍官用紙巾抹了抹嘴邊，整了整服裝，慢慢從餐廳走向值班臺。

「報告值星官，」值班士兵舉手敬禮後說：「這位太太說，有漁船海上疑似發生意外，請求我們出船救援。」

「不是疑似，肯定就是，該回來，沒回來，就是意外狀況。」

「一般都幾點回港？」軍官心平氣和地問。

「最慢天黑前就要回來。」

「是慢了差不多四個鐘頭。」軍官看了一下手表，「有沒有可能避風進其他漁港了。」

「若平安進其他漁港，我先生即刻會電話聯絡，已經確定，他們還在海上等待救援。」

「有沒有可能因為作業延遲，耽誤了返港時間。」

「絕對不會。」懷抱裡孩子大概感受到芬怡不尋常的講話聲，不安地哭出聲來。「剛才來這裡前，已經請其他漁船用話機呼叫，確定是引擎故障，並且已經下錨等待救援。」

「不要激動，詢問狀況是我們必要的流程。」

「還有什麼流程需要請直接一次講清楚可以嗎？」

「有沒有接獲報案？」軍官轉頭問了一下值班士兵。

「報告，沒有。」

「除了剛才電話，我還來到這裡了，這還不算是報案嗎？」芬怡板起臉來問。

「請冷靜，請冷靜，我們是依法辦理。」

「報告值星官！」側邊辦公室開門走出一位士兵，敬禮後說：「接獲漁船展福號船長海湧伯無線電通報，引擎故障，已下錨等待救援，地點……」

「對，聽到嗎，從海上來的，這才是正式報案。」軍官轉頭跟芬怡說。

檢查哨門口碼頭邊，響起一陣船舶泊靠的引擎聲，芬怡轉頭看，旺伯跳上碼頭。原來是金盛號將要出航的報關檢查。

軍官板起臉，下令巡邏艇出任務預備。

「小姐，我們已經確定出航救援，妳可以先回去等消息。」

「我要看到船隻離開碼頭……」其實芬怡心裡想的是，「我要看到人平安回來才可能回去。」

如浪起伏

「海湧伯聽到……」金盛號旺伯呼叫展福號：「我已出港，大約四十分後可到，你那邊大索（船纜）傳予便（準備好）。」

「旺伯聽到，我攏傳妥當啊，等你來。」

海湧伯帶著濁水準備好拖救用的船纜，將繩結等一一都做了檢查，並交代濁水，等一下旺伯的船到來後，他該如何搭配拖船繫纜等等工作。

忙完這些準備工作，他們一身濕濘，一起回到避雨避浪避風的駕駛艙裡，暫時躲一下風雨。走進駕駛艙時，忽然想起什麼似地，海湧伯轉個身告訴濁水：「意外通常是一步一步走過來的，事出必有因，越早弄個清楚，就越能避免走到不可收拾的地步。」

濁水心頭一驚，臉色慘白。

海面黑色波濤一波疊過一波，在船邊洶湧激盪，濁水內心也陷在黑色浪濤裡掙扎。那攀爬鐵皮屋頂的噩夢場景，再次糾結暗夜的浪，一起沖進他的心裡。「難到海湧伯已經猜到了，我偷換副廠零件這件事？海湧伯是不是在提醒我，盡早認錯。」

濁水回想整起事件，挪用的費用後來都如數補回去了，他只是因為應急而便宜行事，並未貪得其中任何一塊錢。就跟過去欠債跑路一樣，他其實只是被朋友所害，並不是因為自己好吃懶做或因為吃喝嫖賭等墮落行為而犯錯。但是無論大錯、小錯或是根本沒有錯，但竟然都發展到讓他幾乎無法面對的後果。

「海湧伯這幾句話的意思，會不會是要我坦白一切，而不是抱著船過水無痕的僥倖心理？」濁水低頭想了一下，「等一下展福號拖回港後，海湧伯一定會請維修引擎的師傅來，到時候，事情原委還不是一下子全攤開來了嗎？」濁水又想到，「最佳的坦白時機點，應該是在漁季開始前，海湧伯接過還給他的維修費用時說『這次怎麼會降價了』的那個時候，或者，最慢是在漁季開始前的那段時間。」

如今都錯過了。

顯然，坦白認錯，越拖越窄，如今只剩當下最後一個機會。

「等到明天修船時再來面對好嗎？」濁水盤算著，「到時也許發現引擎熄火原因並不是因為更換副廠備品。那不就又過了一關嗎？況且引擎出狀況等待救援的此時，大家心情都不會太好。特別是那個粗勇仔，過去就一直對我有意見，這次引擎熄火到現在，一直鐵青著臉。如果現在道歉認錯，對我恐怕不會善罷甘休。」

「但是，」濁水又想到，「過了這一關、過了多事的這一天後，明天的處境萬一是被揭穿，臉將往哪裡擺？又將如何善後？如果現在道歉的話，至少是主動認錯，而不是被揭發。」

「但是坦白認錯的話，還在這時機點又顯然是不智之舉。」濁水心想，但走到沒得選擇的這一步，不就是過去那不願意面對的逃避心態嗎？「唉，不要再為自己找藉口了。」濁水想起，無論屋頂夢或飛翔夢，他不是一直都在逃嗎？

濁水轉過頭來看，海湧伯只是別過頭留意駕駛艙外的風雨，而粗勇仔仍然黯著臉，兩人心思都在岸上，沒人搭理他心裡的掙扎。

「到底今天或明天？」一天之別差很大，濁水知道只能自己判斷，自己承擔後果。

「對不起，是我不對。」

濁水做了選擇，他先向海湧伯鞠躬，然後轉身向粗勇仔也是九十度鞠躬致歉後說：「為了個人債務，上次保養時，我自作主張，將二手零件用在展福號引擎零件更換上，對不起……」

粗勇仔突然往前一步，一拳上鉤，剛好著實打在濁水彎腰低俯的鼻梁上。

「幹！我還在想，為什麼無緣無故熄火，幹！這種要命的事也做得出來。」

隨粗勇仔這一拳重擊，濁水雙手摀臉，往後踉蹌兩步，跌出駕駛臺外，仰倒在甲板上，鮮紅血水從他手掌縫隙冒了出來。

「幹！要錢不會講喔。」又一聲幹，粗勇仔搶出駕駛臺，朝向掙著爬起來的濁水左下巴揮出第二拳。

討海人平日收繩拉網漁事勞作，練就手臂、巴掌如象腳般粗實堅硬，粗勇仔剛才第一拳下去，只是突發突襲，鼻梁骨折噴出鼻血是基本的，這第二拳下去，用的可是搏魚的勁，少不了歪了下巴裂唇斷齒，大量噴血。

鏢船獵人計較事情，從來沒有好好講這回事。粗勇仔揮出扎實的第二拳。海湧伯搶前一步，右掌一撥，輕巧撥掉粗勇仔十分粗勇的一擊。

「好了，這筆帳回去再算。」海湧伯吼了一句。

「幹！不要跟海湧開玩笑。」儘管沒有打到，粗勇仔還是忿忿不平唸了句：「千萬不要輕忽大海！千萬不要呼攏海湧伯！」

金盛號拖行，海巡巡邏艇一旁戒護，展福號終於在寒風淒冷的夜半時分平安回到邊角漁港。

幾個鐘頭的等待，芬怡一直留在檢查哨裡「關心」救援進度。大約每隔一、二十分鐘，就會走到值班櫃檯詢問：「請問，目前救援狀況？」

「救援狀況良好，一切順利。」

芬怡聽了當然不會滿意，她繼續追問：「找到展福號了嗎？」

「找到了。」「確定人員平安。」「漁船金盛號正進行拖拉連結。」「巡邏艇一旁燈光投射協助救援。」「金盛號啟動，巡邏艇一旁隨行燈光投射戒護，隨時待命。」……透過檢查哨與巡邏艇的緊密聯繫，宛如實況轉播，芬怡緊追著最新救援訊息。

她的心就像巡邏艇的投射燈，時時刻刻緊盯著被拖拉的展福號。

「進港了！平安進港了！」櫃檯值班士兵忽然站起來對著芬怡，也對著檢查哨所有弟兄們宣布好消息。

雨剛好也停了。哨所裡發出一陣歡呼，因為不停地向芬怡轉述救援過程，檢查哨也感染了救援成功的喜悅。

「咦，人咧？」歡呼聲後，值班士兵才發現，整個晚上都在櫃檯前徘徊的芬怡怎麼不見了。

哨所裡另一位值勤士兵看了門口一眼，回過頭說：「像這樣幾個鐘頭一直守在這裡盯著救援進度，特別又帶著小孩，真是不容易。」

「還年輕嘛，久了就會習慣。」另一位弟兄說。

「所以你認為這種事，家屬會慢慢習慣？」

「不是習慣，是看開了。」

「所以剛才那位帶著孩子的媽，還沒看開嘍？」

「老實說，要不是她這麼有耐性地緊迫盯人，這場救援也不會這麼有效率。」

這位弟兄特意壓低聲音說。

還看不開的芬怡，早已衝到港嘴碼頭邊，迎接粗勇仔平安回來。

甲板上的粗勇仔朝碼頭上的芬怡揮了一下手，然後一直到展福號靠碼頭繫纜，整個過程，他頭一直低低看著甲板。

從進港到泊靠，芬怡都抱著小孩走在碼頭邊。不僅如此，應該說從金盛號和巡邏艇找到粗勇仔他們那一刻起，芬怡一直都在場。

繫船纜時，海湧伯跟粗勇仔使了個眼色，示意粗勇仔先上岸，帶芬怡和小孩先回去。粗勇仔朝海湧伯點頭表示明白，率先攀上碼頭。

芬怡伸手拉了粗勇仔一把。

粗勇仔從芬怡懷中抱過來熟睡的小孩，一手攬過來芬怡的肩，偏頭輕聲跟她說：「對不起！讓妳擔心了……我們回去。」

離開碼頭前，芬怡舉手脫開了粗勇仔的掌握，朝金盛號甲板上的旺伯鞠躬致謝，再朝著隔艘船身正要掉頭離開的巡邏艇揮手致意，然後，芬怡走到展福號船邊，蹲下來。粗勇仔這才會過意來，往前兩步想攔住芬怡，但還是慢了一步。

芬怡朝著甲板上的海湧伯說：「請放過他，好嗎？」

粗勇仔忙著邁前一步攙起蹲在船邊的芬怡，嘴裡急忙唸著：「不是海湧伯啦，不能怪海湧伯……」

粗勇仔手臂使了些勁，半扶半攬，才勉強將芬怡帶離碼頭。

前年年底出事後散股，好不容易重新組合，重新起跑，沒料到，熱身才兩下，海湧伯再次面對散股的危機。海湧伯攀上碼頭，朝離去的粗勇仔他們一家子佇望了許久，才嘆口氣說：「唉，何必苦苦堅持。」

放棄有這麼難嗎？放棄只是轉個身，逆風立即變成順風，海上鏢魚一輩子，鏢船在追魚時駛正頭（逆風逆浪航行）和駛露尾（順風順浪航行）的差別，還分不清楚嗎？海湧伯唸的其實是自己。

何必苦苦堅持？

站在海湧伯後頭，鼻子紅腫，頭部一直低垂的濁水，終於開口說：「對不起，對不起，是我的錯，完全是我的不對。」

若事情發生在海湧伯年輕時，他應該會一腳將濁水給踹下海去。但終究不一樣年紀了，不一樣的鏢魚環境，不一樣的鏢魚條件，海湧伯再也不是當年風光的鏢船獵人。海湧伯看了垂首的濁水一眼，也不知道這一刻該寬容安慰，或是該嚴厲斥責。

「不僅年紀不輕，氣也不盛了。」海湧伯想，「也許老天藉這次事件再次提醒我，該上岸休息了。」

濁水看海湧伯滿臉滄桑，一言不語在半夜昏暗的碼頭上佇立許久，更是覺得愧疚。他低著頭說：「我做了見笑（羞愧）的事，沒有臉繼續留在船上。」

「下來睡吧，明天還有很多事要處理，負起責任，先收尾善後，再說吧。」

海湧伯轉身攀回到展福號前，跟留在碼頭上的濁水說了句：「認真的話，什麼事都可以是大事；不在乎的話，什麼事也都可以化作小事。」

意外

回家路上，粗勇仔開車，芬怡抱著沉睡的小孩坐在一旁。

芬怡將肩頭側倚在一旁的窗玻璃上，出神看著昏黃車燈探出一段段往後奔馳的車道線。這一晚，她不安，她憂心，她焦急，她對很多人有情緒，她也對不少人動怒，但這時她想到的是，「最該大小聲，最該責備的，不就是身邊這位不斷說服我，並對我做出多少保證的粗勇仔嗎？」

但轉念間她又想，「還能夠一起回家的這一刻，我應該暫時按下情緒，這時，我只想平靜、安靜地感受全家一起平安回家的心情。」

開車途中，粗勇仔好幾次轉頭看芬怡，他知道，這一晚她不好過。好幾次，粗勇仔心頭湧出想跟芬怡道歉的衝動，但看芬怡側倚車窗直視車前，似乎不想說話，只好將道歉的話暫且吞了回去。

這場持續幾個鐘頭的引擎故障事件，粗勇仔並不在意自己在海上將面對怎樣的險境，他的不安，幾乎都在擔心個性勢操煩的芬怡，會不會因為等不到他回來而過度急躁憂心。而他所以不擔心自己安危的主要原因，在於多年同舟患難，他信任海湧伯有足夠能力來化解海上危機，儘管他的腳傷是海湧伯砍的，但當時情況下，這一刀只是意外。當然，粗勇仔也知道，同船夥伴這樣子因信任而依賴其實是不對的，但換個角度想，這輩子能擁有一個能夠將前途、將命運交在他手上的同船夥伴，這樣的依賴，不也是一種幸福嗎？

但粗勇仔立即又回過頭來想，芬怡要求他的，不也就是這樣子的幸福感嗎？

粗勇仔一手抱小孩一手挽著芬怡走進家門時，已經是凌晨了。

開車回家過程，粗勇仔和芬怡很有默契，他們保持安靜，他們不急著溝通，算是夫妻這些年來同個屋簷下生活過來的經驗吧，尤其在經歷了陸地與海上，風浪與心底波折激盪的這一晚後。

當兩人都洗了澡，換過乾淨衣服後，芬怡特地煮了一鍋麵線，加了一顆未剝殼的水煮蛋，跟粗勇仔說：「簡單先去個霉運吧。」

剝了蛋，吃了兩口麵線，粗勇仔才開口說：「害妳擔心了一整晚，很對不起。」

「平安回來最重要，不要緊。我也要說抱歉，不應該一時衝動，在碼頭上對海湧伯講那些話。」

「事情發生的原因其實是濁水，他……」

「什麼原因我不管，但不到三年，已經發生兩次意外，」芬怡打斷粗勇仔的話說：「請你了解，我的操心跟這些事件帶給我的折磨就好。」

「完全了解，所以跟妳道歉。」

「你知道的，我要的不是道歉。」

「我也知道，妳要的是保證，保證不再發生意外。」

「對，我的要求，就這麼簡單。」

「但是，意外之所以是意外，就是無法百分之百保證。」

「我就直接說好了，只要你保證，不再出海。」

「所以，妳是認為，留在陸地上就不會有意外？」

芬怡頸子往前頓了一下，眼裡有了一點火光說：「事實證明，至少沒有三年兩次，不是嗎？」

「也是事實證明，陸地上的意外事件明明遠多於海上，單單以車禍來說，何止千萬倍於海難。」

「不能這樣對比……」芬怡皺起眉頭提高音量說：「不是要道歉的嗎，怎麼變成是抬槓了。」

「沒有，沒有，對不起，對不起，只是說明事實。」

「不能這樣對比呀，」芬怡接上話題說：「事實情況是，人們在陸地和海上的活動密度不同，我講的是發生率，你講的是發生量，唉，根本是拿雞來比鴨，不要亂舉例來敷衍我。」

「好，好，好，這樣說好了，我只是想說明，『不出海就不會發生意外』、『不登山就不會有山難』、『不開車就不會有車禍』是完全不合理也不合邏輯的想法。」

芬怡身子往後一下子後傾了七、八公分，臉上表情凝住，她是有點意外，這樣的說法，過去從來不曾想過。粗勇仔接續說：「我認為，各行各業都有風險，不管工作領域是在陸地或是在海上。」

足足有十秒鐘凝滯，他們沒有動作，沒有對話，沒有表情，不曉得飛過兩人之間的到底是烏鴉，還是天使。終於，芬怡鬆掉凝住的表情，先開口說：「好吧，我暫時接受你的看法，但是……」

「我會非常非常……」粗勇仔臉上終於露出一絲微笑說。

「注意喔，我只是暫時接受你的看法，並沒有同意你回去鏢魚喔。」芬怡皺了一下鼻頭用力呼出一口鼻息說。

「妳聽我說，既然風險無時無刻不在，重點是知不知道危險在哪裡，知道的話，就能面對危險，並且避開絕大部分的危險。最怕的是，背對危險，讓危險有機會隨時隨地撲向你、吃掉你。」粗勇仔將危險形容為魔鬼一樣。

「啊你覺得呢，你已經知道鏢魚的危險在哪裡了？在甲板上呢，或是在海上？在船頭呢，還是在船尾？」

「照理說，越多的海上生活經驗，越能知道危險在哪裡，萬一遇到意外狀況時，也比較能正確應對。」

「之前你跟我說過，討海人認為，海上到處都是好兄弟（鬼魂），所以你們船上隨時都會帶著紙錢和香，狀況怪怪的時候，你們就會焚香並撒紙錢在海上，來跟好兄弟祈求，可見你們也認為海洋是危險的地方，不是嗎？」

「這種鬼神傳說不分海上陸上都有，人是相當渺小跟脆弱的，越知道自己這項弱點，就會越相信鬼神，我認為這是人類對未知領域的尊敬。總不能因為海上有好兄弟，就退回陸地上，其實陸地上也到處是好兄弟啊，這樣的話，人到底要退到哪裡去呢？」

「所以，承認吧，海上是會讓自己顯得更為渺小跟脆弱的領域？」

「沒錯，確實如此。」

「這樣子還堅持要去，真不懂你欸。」

「我是海上獵人，我的獵物在海上，我的戰場在海上，失去戰場、失去獵物，就是失去獵人身分。我並不是一定要守住海上獵人身分一輩子不變，像上回跟你說的，就是想要去完成當一個海上獵人的光榮感後，才能徹底上岸。我必要積極進取才能獲得光榮的果實。」

「所以，你的意思是，即使發生了這樣的事情，我還是得鼓勵你繼續勇敢，繼續冒險，而不是從此禁止你出海鏢魚。」

「果然是心愛的……」

芬怡臉一沉，兩手插腰說：「我生氣！」

「不是溝通理解了嗎，心愛的，為什麼還要生氣呢？」

「知道說不過你，所以生氣。」

離開的時候

展福號拖回漁港的隔天，海湧伯聯絡輪機師傅來船上檢查引擎。

師傅一邊拆解引擎，一邊跟蹲在機艙口的海湧伯和濁水說：「雖然上回換了非正廠或一些再生零件，若是因為這個原因而出問題的機率，大概不會超過萬分之一。」

海湧伯回答說：「可是偏偏就發生在我們遇上旗魚的關鍵時刻，如今，能遇到那麼漂亮的大尾旗魚的機會也差不多是萬分之一。」

「是啊，是啊，歹運時，偏偏兩個萬分之一的機會竟然就這樣撞在一起。」師傅又說：「記得展福號以往都是換正廠正牌的全新零件，上一次保養時以為你們這次是為了省錢啊。」

「難怪保養費用減了一大截。」海湧伯悶悶唸了句。隨後又說：「所以才會有『萬一』這個詞。」

濁水的頭，更是垂到快要到他兩個膝蓋間了。

「找到了！」師傅突然喊了一聲，拿起一只斷裂的彈簧圈說：「就是它斷掉，剛好又卡在噴霧活門上，看來不是什麼大問題啊。」

「岸上的小問題，海上有可能就會是大問題，特別是發生在重要關鍵時。這樣好了，把上次換的舊部品，都換回來正廠的，這樣要多久。」

「兩天就可以，但是說實在的，不必要這樣啦，再發生類似故障的機率應該是不太可能……」

「就是千萬分之一的機率也不想再遇到一次了。」海湧伯語意堅定地說：「全部都換回來，就這樣決定。」

海湧伯還轉頭跟濁水說：「多生出來的這些費用，都算你的。」

濁水點了點頭。

濁水邊看師傅工作邊想：「鏢旗魚這一季下來，漁獲成績差，幾乎沒什麼收入，目前口袋裡剩下的就算全數掏出應該也不夠賠，揹了展福號的新債，加上城市裡留下的待處理債務，自己將再次一屁股債，再一次一無所有。尷尬的是，此後，沒有臉繼續留在展福號上捕魚，勢必得離開。」

未來的路，應該就是全部歸零，繼續逃亡。有人說過，「昨日就是今日的影子。」果真如此，岸上的昨日、海上的今日，還是一樣的結果，濁水難掩心中升起的一股失落感，「邊角漁港不過是我逃亡途中偶然出現的中繼站，結果還是逃不了宿命般的命底，無論如何努力，一波未平一波又起。無論如何謹慎，如何拚命，終究還是跌落谷底。這一生恐怕如何也逃不了宿命般注定的困境，就像那黑色鐵皮屋頂上無謂掙扎的噩夢。」

濁水動也不動一直蹲在機艙口，低頭看師傅工作，他心裡糾結，以為已經離開自己一段距離外的茫然、悲傷和孤獨，捕魚這段日子只是暫時消失，如今一樣不缺，一下子全都回來了。

唯一能稍稍安慰的是，「幸好海湧伯沒有惡言相向，也沒有即刻趕我走。」甲板雖然漂泊，展福號上的這段日子，卻是濁水自從逃亡以來最穩固的一塊土地。

多少次，海上作業空檔，濁水望著城市的方向，望著兒子所在的方位，因為想念而默默掉淚。記得出事那天，回到家時心情仍然慌亂不定，他知道可能得變賣家產，可能工作不保，更嚴重可能會失去摯愛的親情，但他盡量平時一般，進家門第一件事就是抱起兒子，講講兒語逗逗小孩，但那天，他是抱起了兒子，但實在講不出話來，趴在他肩上的兒子彷彿知道他心裡苦，竟伸出一隻小手在他背後一下下安慰似地輕拍。那天，他覺得是兒子在抱他、在安慰他。儘管隔著千山萬嶺距離遙遠，但總覺得海上寬敞無遮，思念或許比較能夠傳遞到遠方，若兒子或兒子的媽收得到他來自海上的思念之情，他最想講的幾個字是：「請原諒我。」

「但可能嗎？捕魚後，日子正常，還以為有機會回去，結果又發生這事……」

濁水重重嘆了口氣，「唉，回去與兒子重聚的願望，再次變得茫然又遙遠。」

離開展福號後，濁水將回到過去避債逃亡時孑然一身的清水，他的悲傷也在這，再也沒有海湧伯，沒有粗勇仔；即使粗勇仔昨晚還出拳揍他；但這輩子再也沒有任何人可以像漁季以來這樣，三個人可以為同一個目標，不顧一切地一起努力。

都已經背離繁華逃到了邊緣角落，都已決心放棄自己的過去，除了兒子跟兒子的媽以外，幾乎是逃離一切人際關係，幾乎就是放棄了自己的一生，以為可以從頭來過，以為有機會可以重新開始，這陣子來，以為隱約看見了隧道口的光，其實只是瞬間閃過的錯覺，更沒想到的是，很快就衝進另一道更漫長也更幽暗的隧道裡。

「喂！」海湧伯忽然喊了濁水一聲。

「你去漁會福利社買一副金炮燭來，我跟你去旺伯家謝謝人家風雨中出海拖救。」

上了碼頭，濁水才發現港池子裡的幾艘鏢船都不見了。

原來是因為昨日展福號海上遇見大尾旗魚，消息傳開後，幾艘鏢船全出海去了，只留下故障待修的展福號。

按旺伯家門鈴後，是旺嫂出來應門。

「海湧伯這罕行，阮旺仔一早有事到城裡去，後天才回得來啊。」

「不要緊，不要緊，是特別來感謝旺伯昨天拖我們回來，請代替旺伯收……」海湧伯躬身將一只紅包和一副金炮燭遞給旺嫂。

「多謝，真感謝。」海湧伯再三致謝。

濁水明白紅包是禮數，用來補償旺伯因為拖救他們所耗費的時間、精神，或是補償金盛號的種種損耗。濁水不明白的是，雖然他知道民間社會男女訂婚喜事有互送金炮燭的禮俗，但是被救回來後被救援者送拖救者金炮燭的意思是什麼呢？濁水好奇，但此時此刻，他不敢多話。

自旺伯家回來，海湧伯又吩咐濁水說：「你漁會跑一趟，說要填寫這次意外事件的報告單。」

「漁船故障意外，還得跟漁會報告嗎？」濁水一樣不敢多問。這一刻，他只能照著海湧伯的吩咐做事，並將自己犯的過錯，離開前負責任地一樣樣處理善後。

漁會林理事長剛好在辦公室，主動過來跟填寫報告單的濁水招呼。理事長關心詢問了展福號這次引擎故障被救援的意外事件後，跟濁水說：「恁海湧伯啊，過去只聽過協助拖過不少故障的漁船回來，印象中，好像從來不曾這樣被拖回來過。」

「這次是我害的，完全是我害的，事情發生原因是我……」於是，濁水將年度保養和換零件的事跟理事長講了一遍。

「也不至於這樣啊，據我所知，大多數漁船維修時，都嘛是這樣子換舊品，也沒聽說過因為這樣處理而出過什麼大問題。」

不曉得理事長是否因為要安慰濁水才這樣說，但濁水心裡頭十分肯定的是，展福號是被他帶衰，是被他的霉運帶衰。

「不好意思，請教一下理事長，海湧伯吩咐我來這裡填寫這份事件報告單，是漁會需要呈報這些資料給什麼上級單位嗎？」

「海湧伯沒跟你說啊，這報告單，其實是為旺伯的金盛號申請補助而填寫的，這是漁會為獎勵漁民海上患難互助，而設立的補助辦法。」

濁水點點頭，化解了心中的一些擔憂。濁水擔心的是因為這起意外事件，壞了海湧伯一輩子的好紀錄和好名聲。金錢債，早還晚還，因為數字明確算是早晚還得起的債，濁水擔心的是，若是損人名聲，恐怕就會像人情債一樣，將會如何也還不清。

「那麼順便再請教一下理事長，一般送金炮燭是在訂婚喜事上，海湧伯送旺伯金炮燭的意思是？」

「送金炮燭在我們民間，原來就有趨吉避凶的意思，旺伯拖展福號回來，算是救了你們，但換個角度說，就是旺伯破壞了好兄弟為難你們的意圖，為了避免好兄弟因此回頭找旺伯的麻煩，所以由你們送金炮燭給旺伯，當旺伯家燃了金紙，放了鞭炮，表示這件事跟旺伯家無關。意思是冤有頭債有主，要好兄弟不要去找旺伯家的麻煩。」

辦過這些善後瑣事後，船也修好了，耽擱了兩天，雖然欠展福號的修理費還沒辦法還，濁水腦子裡想到的是，「應該是離開的時候了。」

漁季還在

漁季還在，海湧伯先前預料的沒錯，今年會是旗魚頻繁來到邊角海域的一年，只是不曉得什麼原因遲到了一個多月。

展福號遇到第一尾旗魚的消息很快傳了開來，邊角漁港的幾艘鏢船，隔天一早都出海去找機會。

展福號修船的第一天傍晚，漁會碼頭傳來其他鏢船熱呼呼的旗魚漁獲歡呼聲。捷報不停，經常綁在展福號旁邊的豐盛六號，鏢獲今年漁季的第一條旗魚，榮獲今年的第一尾獎金。

消息傳來，濁水更是愧疚，沒出這場差錯的話，這第一尾獎金，應該是展福號獲得的。海湧伯聽到這豐收消息後，沒什麼表示，只是若有所思地低頭想了好一陣子。

展福號修船的第二天傍晚，好消息頻仍，幾乎每一艘鏢船都載回漁獲。前一日掄魁的豐盛六號，這天又鏢得一條兩百二十五公斤的旗魚，今年運勢似乎落在這艘鏢船上，除了第一尾獎，還繼續累積邁進今年漁季的大尾獎和多尾獎。

展福號算是幫其他鏢船開了門，但至今自己半條旗魚都還沒鏢到，又遇上這種鳥事。船是終於修好了，但先機硬是被豐盛六號給攔走，展福號這漁季的運勢，就是拐了那麼一下，恐怕已經被破解。況且，漁季只剩下一半，濁水打算離開，加上粗勇仔遇事後狀況不明，海湧伯也只能嘆氣跟自己說：「還要繼續下去嗎？」

濁水是很想留在展福號上繼續鏢旗魚，他這輩子很少覺得自己是一個組合裡重要的一分子，但這樣的機會又被自己親手給毀了。這一年多來的海上日子裡，多少次濁水感覺到，這是老天不曉得什麼緣故特地為他打造的一條路，這可能也是一條讓他能夠切割過去的轉折點，這是一條經過死去活來讓他擁有第二口氣的最後機會，但這一切，如今，濁水回想起來：「不過都是錯覺罷了。」

運氣真的是背到了極點，但錯就是錯，沒有理由，也沒有藉口，「應該是告別邊角漁港，告別展福號，告別海湧伯的時候了。」濁水想。

繼續逃亡，繼續漂泊，恐怕是他的命底，讓他過意不去的是，他是嚴重傷害了同船夥伴海湧伯和粗勇仔對他的信任，那不是任何道歉，任何賠償，任何承諾可以彌補。

過去人世關係幾乎完全崩毀情況下的濁水，還能得到鏢船上這樣原始而單純的同舟情誼。對於親手造成這樣的傷害，讓離去前的濁水感到特別悲傷。

清晨時分，濁水被一連串的鏢船出航聲給喚醒，他起身在井一樣睡艙裡打包行李。一年多來，行囊裡沒增加什麼東西，但離去前的感覺卻沉重許多。

討海日子以來，濁水幾乎忘了，自己原來的名字是清水。

「要走了嗎？」嚇一跳，沒想到海湧伯站在睡艙口說。

「覺得對不起大家，沒臉留下來，覺得應該是離開的時候了。」

濁水爬出睡艙，將整理好的帆布行囊兩手提在大腿前，低頭跟海湧伯鞠躬道歉、道別和感謝，「這陣子來，多謝收留，多謝教導，多謝照顧，對於我犯的這些過錯，我沒有臉，也沒有能力做出比離開更好的選擇。」

「你確定？」海湧伯走進駕駛艙，坐在長條駕駛椅上，背對著濁水。沒開燈，駕駛艙裡一片昏暗。海湧伯緩緩又說：「離開不過轉個身，會不會太簡單也太容易了？」

這句話顯然是責備，但海湧伯責備的似乎不是濁水之前犯的錯，而是濁水選擇離開的這件事情上。這讓濁水愣在甲板上，想了好一陣子。

濁水腦子轉得飛快，他內心不停地質問自己：「賠罪、道歉，善後的這些瑣事，能做的，一一都處理了，剩下的，似乎都不是自己目前的能力所能處理。」

「我目前能做的賠償，也只能先這樣子了。」濁水音調低到像蚊子在哼吟。

「你確定？」海湧伯轉過身來，面對船艉，面對濁水，重重說了這三個字。

「對不起兩位，欠兩位的，我目前還不起，但我會謹記在心。」

「承諾是空話，一走了之才是真實。」

確實是一走了之，像清水過去一貫處理麻煩的模式，如今雖然叫濁水，究竟還是沒有能力做出比轉身逃跑更好的處理方式。

「一走了之，就像是順風逃跑，告訴你一件事，知道嗎，幾乎每次鏢中的旗魚，都是牠在順風逃跑時露出破綻，而那種時常逆風正向游的旗魚，鏢船往往連接近都很困難。」

這讓濁水陷入沉思，「這樣子離開，顯然是不對的，等同於是不負責。」

「這樣子離開，會帶一輩子內傷。」海湧伯似乎是幫濁水把心裡話給講出來。

「我也想過，如何能以實質賠償方式來彌補這次錯誤造成的損失，但是，請原諒我，我目前確實沒有這個能力。」

濁水語調有些激動，他握緊拳頭一下下打在自己的胸膛上說：「最後的機會，我自己給毀了，我已經想不出任何辦法了。」

「你確定？」

同樣一句話，海湧伯問了三遍。

海湧伯站起來，走過濁水身邊，走到船艉，第二次背對著濁水說話：「有沒有想過，來求我答應，讓你繼續留在船上，並將漁獲所得作為實質賠償？」海湧伯在船艉轉身，看向船頭，看向轉身面對他的濁水說：「若你有心做這打算，比起一走了之，更有肩膀不是嗎？」

濁水用力點了幾下頭說：「有想過，只是沒有臉……」

「知道沒臉，就重新做一張臉啊。」海湧伯打斷濁水說：「當退無可退時，就勇敢面對吧。」

經海湧伯這麼一點，濁水恍然明白了關鍵，他抬起頭，眼睛直直看著海湧伯說：「請讓我留在展福號上，請讓我繼續做海腳，請讓我有機會償還這次錯誤造成的損失？」

兩年多前，清水是蹲在碼頭上問海湧伯上船當海腳的機會，這次，濁水是站在甲板上求海湧伯再給他一次機會。

海湧伯不置可否，沒有回答濁水的請求。

他朝濁水走過去，彎下腰，拾起濁水的帆布行囊，「啪」一聲，丟回井一樣的睡艙口裡。

老人海

天亮後，海湧伯跟濁水說：「你不覺得應該去粗勇仔家，跟他和他太太回個失禮（道歉）嗎？」

濁水點了點頭，心想，「怎麼沒想到呢？」沒想到，才講著就看見粗勇仔和芬怡從碼頭一起走來船邊。

海上獵人都知道，漁季就像花季，有時有陣。幾番波折延宕，漁季已經過半，而花期有限。再不加把勁，這年漁季恐怕就要空留遺憾了。

「剛好想說過去坐坐，你們就自己來了，下來坐啊。」海湧伯招呼粗勇仔夫妻上船。

「可以嗎？漁季期間……」粗勇仔偷偷指了一下芬怡。

「沒問題啦，這些年來什麼事沒遇過，還會忌諱這種小事嗎？」

濁水舷邊拉緊船纜，碼頭上粗勇仔攙扶著芬怡小心下來展福號上。

「啊，引擎檢查怎樣了？」粗勇仔留在碼頭上問。

「小問題，師傅等一下過來換一下機油和最後測試，應該就妥當了。」

粗勇仔轉頭跟拉船纜的濁水說：「你上來，我有話跟你說。」

濁水心頭一懍，抱著再挨個幾拳的心，慢慢攀上碼頭。

沒想到，粗勇仔一巴掌搭住濁水的肩，帶濁水回頭幾步離開船邊。「知道那一晚我為什麼揍你嗎？」邊走邊說。

「海湧伯提到過，你用了很多時間才爭取到重新出海鏢魚的機會，對不起，對不起，是我破壞了你好不容易爭取到的機會。」

「好，再問你，海湧伯也算是大把年紀了，為什麼還堅持繼續鏢旗魚？」

濁水搖搖頭，停下腳步。粗勇仔也跟著停下腳步，同時放下搭在濁水肩上的手臂轉身面對濁水說：「很大一部分，海湧伯是為了獎金才決定重新站鏢臺繼續鏢旗魚，你知道嗎？」

「無可能……」濁水半皺著眉不相信的搖了一下頭。

「是海湧伯親口跟我說的。」

「不相信……」

「你知道鏢旗魚獎金有第一尾獎、大尾獎、多尾獎和破紀錄獎嗎？」

「知道，漁會理事長告訴過我這些獎金設置的由來。」

「海湧伯前幾天電話告訴我，今年第一尾獎確定是落空了，但沒關係，我們拚剩下的幾個獎項。」

「無可能……」

「無彩你跟他討海快兩年，連這個都不了解。」

「我了解的海湧伯，鏢魚絕不會是為了錢。若真是為了錢，早就去參加鏢翻車魚聯盟了。」怎麼講濁水不對他都可以接受，但是講海湧伯是為了錢鏢旗魚，打死他也不會相信。

「海湧伯早先就跟我講過，若是贏了獎金，就讓你拿獎金去還債。」

濁水愣住，久久講不出話來，眼淚大大顆不聽使喚且毫不隱諱地滴答落在碼頭上。

出事以來，濁水處處碰壁，他是完全沒料到，會在這樣的邊陲角落被如此真誠的情誼對待，所有的委屈和辛酸在這一刻似乎完全崩解釋懷。

「這樣知道了嗎，我為什麼揍你？」

濁水點頭。

「這些你賠不起的，說說看，可以這樣一走了之嗎？」

濁水搖頭。

「有氣魄、有擔當，就至少走完這個漁季。」

濁水舉起袖子擦淚，慢慢回答說：「剛才海湧伯有答應，讓我留下來繼續鏢魚。」

「這樣才是查甫仔，這期間，有缺錢，找我拿。」

濁水再次舉起袖子。

粗勇仔又將手掌搭在濁水肩上，使了點勁，想帶濁水回過頭來。濁水輕晃了一下肩，跟粗勇仔說：「你先回，我去漁會福利社一下。」

芬怡下到甲板，先跟海湧伯彎腰行禮說：「不好意思，那晚對你說了失禮的話。」

「沒事，沒事，是我要跟你回失禮，沒有照顧好這艘船，沒有照顧好粗勇仔。」

「請海湧伯別這麼說，事情經過，粗勇仔都已跟我做過說明，我也同意了，讓粗勇仔去彌補關於鏢旗魚他心中的那個缺角，若不讓他去，我想他這輩子永遠不得安寧，也永遠高興不起來。」

海湧伯滿臉微笑，隨手拉過來船上唯一的一張矮板凳說：「坐下來講，坐下來講。」

芬怡坐下來後繼續說：「他不安寧，我也不得安寧啊。」

「其實，我和粗勇仔一樣，一定得做點什麼事給補回來，才能真正放下這兩年來放在心頭的遺憾。」

「我也支持他這樣做，只是，只是你們說那補好補滿的時機，不曉得要多久以後呢？」

「我是覺得不會太久，而且有可能就在最近。」

「你們是串通好的嗎？一模一樣，粗勇仔也是這麼說。」

「放心，這種事怎麼可能串通好。」

「開玩笑的，別在意。我比較好奇的是，你們怎麼會知道，那樣的時機最近會發生呢？」

「是感覺。」是粗勇仔的聲音。

粗勇仔回到船邊拉了一下船纜後，攀下甲板，一邊也代替海湧伯回答了芬怡的問題。

「又沒問你，我是想問海湧伯的看法。」芬怡轉頭看了一下登船的粗勇仔。

「沒錯，跟粗勇仔講的一樣，是感覺。」海湧伯接口回答。

「你看，你看，我說得沒錯吧。」粗勇仔得意的跟芬怡說。

「你看，你看，抓到了吧，還說沒串通好。」芬怡故意鬧粗勇仔。

「是這樣的，」海湧伯收起臉上笑容，認真回答：「這兩年邊角漁港的漁船減少很多，漁會也限制了魩仔魚拖網作業，有了沿海魚苗當誘餌，就有機會吸引獵食性魚類靠近沿海，前年，我們遇到的那條可能超過五百公斤級的大尾旗魚，雖然害得我們悽慘落魄，但顯然是個信號，加上今年夏天，鬼頭刀豐收，也是個明顯的信號。」

芬怡點點頭，然後轉頭跟粗勇仔說：「你看看，如果你能像海湧伯說得這麼清楚，有憑有據，我早早就答應你了，你就不必耗盡心機跟我舉那些有的沒有的例子，就不必費心費力作文一樣創造那落落長的比喻。」

「麻煩誰來接著。」濁水回到船邊，手上提了好幾罐飲料。

「不好意思啊，還特地去買飲料呢。」芬怡說。

「來者是客，應該的。」海湧伯客氣回應。

濁水兩三下下到甲板，又忙著去碗籃子裡拿出四個碗當茶杯用。他細心倒了飲料，逐一遞給船上的每一位。他跟芬怡說：「對不起，那晚害妳擔心。」他跟粗勇仔說：「謝謝你，我會謹記在心。」當濁水走到海湧伯面前還未開口說話，海湧伯盯著濁水的臉先問了一句：「整張臉怎麼越來越紅、越來越腫。」

濁水忽然單膝半跪在海湧伯面前說：「從來沒人這樣對我。」

濁水這一跪，海湧伯連忙從大公厝（船長室）前原來坐著的甲板上，順手拉著濁水一起站了起來，嘴裡嚷著說：「這是什麼，這是做什麼？」

「粗勇仔都告訴我了，從來沒人敢這麼信任我，從來沒人這樣對我。」聲音有些哽咽。

海湧伯轉頭看向粗勇仔，剛好芬怡也是。

「你到底跟他說了什麼？」芬怡搶先一步問。

「沒有啦，」粗勇仔遲疑了一下才慢慢說：「就之前跟你說的呀，我只是跟他說海湧伯主張把獎金給他還債的事。」

「原來，」海湧伯回過眼神看著濁水說：「憨囝仔，那種獎金，想拿就拿得到啊，哪這麼容易，等哪一天，真的拿到手再說吧。」

「不管拿不拿到，確實沒人這樣對我。」船上氣氛瞬間變得不太自然。

「這樣好了，我們來聊聊，如果今年幸運達標，我的意思是如願鏢到一條特大尾的旗魚，接下來呢，接下來各位有什麼打算？」芬怡刻意轉移話題，還特別跟粗勇仔嘟了一下嘴說：「來，你先講。」

「我啊，只要找回那鏢旗魚獵人的光榮感，我會心甘情願回到岸上，全心全力把事業、把家顧好。」粗勇仔毫不遲疑，給了個標準答案。

「一輩子討海，應該還是個討海人吧，覺得應該不會有退休或退到哪裡去的想法，海洋還是大門開開，不會因為目標已經完成就不再進出了，獵人沒有退休這回事，只是換個方式繼續走下去，我會留著展福號，開始討『輕苦海』。」

「什麼是『輕苦海』？從來沒聽你講過欸。」粗勇仔問。

「不再過去那樣戰風戰浪，天候好，海況平穩才出海，不逞能、不勉強，想去才去，有什麼魚抓什麼魚，輕鬆釣釣魚也可以，漁獲只是用來滿足一下這輩子討海不可能會消失的基本欲望，一方面也讓自己還在動，還繼續在海上，不為生活，所以不會有漁獲壓力，討這種海也叫作『老人海』，」講著講著，海湧伯語調顯得有些落寞：「這就是我老獵人最後的海上歲月。」
「我跟你去！」粗勇仔直接反應。
「你還年輕吶，老一點再說吧。」
「濁水呢？你也來談談吧。」一看濁水一旁安靜坐著，芬怡點了他的名。
「沒有……我不算是……」濁水支吾著，一時不知該說什麼。
「濁水當然得回去城市，回去把該處理、該面對的一一處理乾淨，那裡才是他重新站起來，重新開始的地方。」海湧伯替濁水回答。
海湧伯又說：「若是都處理好了，也覺得已經重新站穩了，歡迎濁水回來邊角漁港走走，回來展福號走走，或是一起出海陪老人家海上釣釣魚、聊聊天。」

夢

歷經折騰的展福號終於再次穿越動盪不安的風波，但漁季剩一半，時間緊湊，他們相約隔天一早重新出發。

這晚，濁水再次夢見飛翔。

跟以往的飛翔夢不太一樣，不必過去那樣拚命踩腿划臂才能起飛，這一次，濁水只是閉上眼，兩臂張開，先是聽見了呼呼風聲，然後，感覺懷抱裡逐漸盈滿了風。

當濁水腦子裡意識到，應該把握住這一股自己跑進他懷裡的風，他必須牢牢抱住這一陣風。當抱住的意念興起，風變得不再縹緲虛無，他懷裡的風漸漸聚結成一團，慢慢有了實體的觸覺。

濁水感覺到他懷裡的風，像是一團軟綿綿而且持續晃動不已的棉花球，也像是灌飽了水但裡頭水波蕩漾的橡皮水球。濁水提醒自己緊緊抱住，他不僅用手臂將這團風擒抱在懷裡，還用兩條腿緊緊挾住。

晃來晃去，漾來漾去，風不停地動，但並不是為了逃逸，也不是為了要掙脫濁水的擒抱。因為風必須動，不能停下來，一停下來就會窒息，就因為它必須不停地動，因而帶動了濁水的身體。

濁水知道，只要一直抱著懷裡這一團軟綿綿的風，他就能隨風騰空，隨風飛翔。

這次濁水飛得很高。飛翔途中沒有任何一條高壓電線來攔阻，也沒有摔落的恐懼，濁水低頭看見腳下那片晃來晃去的黑色鐵皮屋頂，越飛越遠。也因為飛得夠高，這次濁水的飛翔終於擺脫了過去地面那一群一直拿著槍、拿著弓箭，拚命想要射他下來的人。

展福號重新出航獵魚的前夕，粗勇仔也做了個夢。

粗勇仔再次夢見，前年發生意外後的這段日子來，一直藏在他眠床腳的那尾旗魚。這次夢見，粗勇仔沒有緊繃的情緒，因為今晚，這條旗魚終於大大方方地游出他的眠床腳。

旗魚游出他的床下後，在床邊抖了一下身子；像一隻狗才從水裡上來後的抖毛動作；旗魚抖了兩下，抖掉了一團灰塵散在空中。

是黑潮武士沒錯，這條旗魚一身灰黑色金屬光澤，頭胸部如拱肩的野牛般結實精幹，一身飽滿勻稱，身上每一寸肌膚都繃撐拉緊，龍銀般眼珠子裡的眼神如此桀驁不馴。

是同一條旗魚沒錯，牠好幾次出現在粗勇仔夢裡。

不同的是，這一次看到旗魚的粗勇仔一點也不衝動，他只是翻過身，情緒平和地趴在床沿，像是看臺上的觀眾，欣賞著游在舞臺上的這條旗魚。

旗魚游了起來，繞著粗勇仔的床鋪游。不曉得為什麼，這一刻的粗勇仔完全沒有獵意，他只是想好好欣賞這條旗魚，他讓自己像一根指住旗魚的探針，在床鋪上跟著旗魚的游蹤打轉。

轉了一陣子後，旗魚朝房間門口偏轉游向，牠想游出房間。但因為臥室房門只開了個小縫，這條旗魚卡在門縫上一時鑽不出去。

擱淺一樣，旗魚在房門邊打出沱沱水花。

粗勇仔朝著門縫看出去，房門外，剛好看見一隻飛魚悄悄飛過。

這一晚，芬怡睡得很好，因為一旁的粗勇仔睡相安穩。

芬怡夢見和粗勇仔去旅行，他們打算走上去海崖上一處知名的景點參觀，但上去途中必須經過一段約五百公尺長的沙灘，這段沙灘，漲潮時淹沒，退潮時才過得去。芬怡並不擔心，因為粗勇仔陪她一起走，粗勇仔又是個十分了解海的討海人。

到了崖上，居高臨下，視野遼闊，藍天藍海風景果然壯闊，他們沒想到的是，崖上竟然有一家面海的旅店。粗勇仔跟芬怡說：「下次訂這裡的房間。」芬怡聽了後心裡高興，儘管旅店面崖的這一側，只用幾根老舊木頭圍成的簡易柵欄，作為防止遊客跌落的安全設施，但芬怡一點也不擔心，因為她知道，粗勇仔是勇敢的鏢手。

芬怡微笑著醒來，看了一下時間，半夜剛過。她又轉頭看了一下粗勇仔，發現他嘴角似乎也在微笑。芬怡安心地躺下再睡，沒多久又找到了新的夢鄉。

這回她夢見和粗勇仔睡前一起背倚著枕頭靠坐在床鋪上，粗勇仔忽然遞給芬怡一只遙控器說：「這是衛星遙控器，只要按一下這個。」粗勇仔示範，指引她伸手按下遙控器面板上其中一顆按鈕說：「看！」粗勇仔帶芬怡仰望，他們天花板上浮著許多顆大大小小玻璃浮球樣的人造衛星，然後，粗勇仔指著其中亮起來的那一顆，轉頭跟芬怡說：「我就是那一顆。」

多麼巧，海湧伯這一晚也作了夢。

海湧伯夢見他和粗勇仔並肩走在河邊，他們要走到河口去搭鏢船。走到一半，忽然間，他們看見河裡有一條墨黑色的魚影，魚身至少兩公尺長，是一條大魚。他們兩個都是鏢手，心中不會允許這麼自在優游的大魚。粗勇仔不曉得從哪裡抽出一根鏢桿來，沒得商量，匆匆舉鏢，瞬間射出。

準準準，魚鏢鏢中了這條大魚的頭部。

但是，「吭噹」一響，魚鏢像是鏢中鐵板，整枝鏢桿反彈跳起，沒有著鏢。這條大魚頂著鋼鐵材質一樣的頭部，根本不在乎這一鏢，好像什麼事也沒發生一樣，牠繼續往前游去，沒有驚嚇，也沒有受傷。

海湧伯和粗勇仔繼續沿著河畔往下游走。中段這裡，河面較寬，海湧伯發現前方河面上有許多泡沫。他停下腳步，觀察了一下，指著前方河面告訴粗勇仔說：「看到了嗎？那裡有一群游來游去的三角型鐮刀背鰭，看到了嗎？」

「看到了，」粗勇仔點點頭，和濁水一起說：「你說得對，大魚回來了。」

不曉得什麼時候，濁水加入他們。

走路太慢了，時間有限，怕來不及趕到出海口，幸好，他們在河邊找到一艘克農船，他們三人上了船拿槳划向河口。

海湧伯划船艄，濁水中間，粗勇仔划船艉。

船行飛快，一邊划船海湧伯心想：「幸好有他們兩個年輕人來幫忙。」

他們划經一段被兩邊堤防夾住的狹窄河道，河面變窄，水流變快。而且，兩側堤岸並不平整，有些地方像是牆角突出，有些地方，河道小幅度急轉彎。狹急處，水流奔騰，克農船在河道間彎來轉去，險象環生。

「注意！」海湧伯才喊了一聲提醒。

沒想到，他們這艘克農船，已衝出狹窄河道，順利抵達水流平靜且十分寬敞的河口。

漁季剩一半

如海湧伯所料，今年漁季，旗魚果然比往年多來了一些，邊角漁港僅剩的幾艘鏢船，終於露出多年不見的笑容。

但漁季剩一半，像是在加班趕工，這陣子來，展福號勤快出航，陸續也鏢到了三條旗魚。只是這三條漁獲都在一百公斤上下，計重或計量都不算出色，無論漁獲總重或漁獲尾數作比較，展福號只能算是趕搭上了今年漁獲排名的末段班而已。

漁季截止時間的紅線又如此現實地斷在不遠前方，難怪那天返港繫纜後，粗勇仔大概是有點失望吧，他跟前來碼頭接他的芬怡說：「看來，今年大概什麼獎也搶不到嘍。」

鏢船獵人們都知道，時間是最現實的流水，無可預期且不受管控，希望它慢下來的時候往往飛奔得比什麼都快。濁水觀察到，漁季期間，鏢船獵人一個個都變得像貓科動物一樣敏感，無意間的一個動作，或是無心的一句話，都可能被解讀成跟這陣子看不到獵物、鏢不到旗魚的厄運有關。

像漁季初期，展福號一直沒鏢到魚，有一天出航前，海湧伯撒了一把鹽和米在甲板上；又有一次，海湧伯在碼頭上用紙錢燒了一堆火，要濁水和粗勇仔，當然也包括他自己，三個都跨過火堆後，才登船出航作業。意思明顯，海湧伯應該是藉此儀式來去除船隻或他們身上可能沾黏了什麼不好的「東西」。

濁水因而提醒自己，這段時間必須謹言慎行，有耳沒嘴，舉止盡量沉穩，行事盡量安靜。

濁水並沒有特殊宗教信仰，對宗教並不熱衷，但這段期間，船隻只要一出了港，濁水也會敏感到，船邊似乎有兩股力量在較勁，一個是讓他們看見獵物並且有漁獲的助力，另一邊則是不停阻撓搗蛋，想讓他們空手而歸的惡勢力。而當一個獵人處於無可自主，而只能依賴命運的狀態下，「善．惡．鬼．神」等類宗教性的祈求心態，就很容易成為得失依據。

濁水開始在意自己的夢境，在意出航時天空將散去的星宿是多或少，在意每天展福號航抵港嘴燈塔的時間，是奇數或是偶數，在意這天出航後展福號是往北或往南搜尋獵物，在意飛過船邊的各種海鳥代表的不同意義……。

這段期間，海湧伯倒是出奇平靜，看起來神色自若，好像並不煩惱展福號並不出色的漁獲成績。其實，海湧伯是看到了展福號重新出發後跟旗魚的三次遭遇，船上三人的搭配，一次次都很實在。看了這樣的團隊運作，他擔的心已經放下。

他記得以前從電影中看過的一句話：「要走得快，就獨自走；要走得遠，就一起走。」鏢漁作業，勢必得一起走，而這三次漁獲過程看得出來，他們三個已經走在一起。

海湧伯唯一擔心的是，時間不夠。

但這點擔心海湧伯很快就釋懷了，因為他知道，獵人最不能確定的事，就是獵物出現的時機。如同他師父萬來仙仔常掛在嘴邊的一句話：「盼奇蹟，不如實實在在地等奇蹟。」獵人能做的事，就是準備好並且守在獵場。近幾天來，他原本對時間的擔心已經轉化成，「不能掌握的事，就交給命運之神去煩惱吧。」

漁季結束前五天，接近年底，魚價正好，但接連三天輕風（北風減弱），這種海況旗魚浮出海面的機會不大。海湧伯還是決定一早出海，不像邊角僅剩的那幾艘鏢船，還泊在港內「等風」（等北風強一點時再出海）。

展福號經過港嘴燈塔時，濁水低頭看了一下手錶，五點二十五分二十五秒，恰好三針一線擠在一起，沒什麼特別道理，但濁水因而開心了一下。

出航不久，海湧伯邀濁水說：「今天浪不大，我們就上去吧。」

鏢手、二手，先後步上鏢臺，他們今天提早就位。

展福號直直往南航行大約二十五分鐘後，濁水伸手從海湧伯背後輕輕拉了一下他的衣襬。

海湧伯回頭問濁水：「啥？」濁水沒有看回頭的海湧伯，而是專注看著鏢臺左側一段距離外。

濁水突然舉手指著左側方一段距離外的某個點問海湧伯說：「那是啥？」

海湧伯隨濁水指出的方向轉頭一看。

不得了，是一根旗魚尾鰭直挺挺從百公尺外切向展福號來。

「大聲軋喊咧！」海湧伯轉身抽出鏢桿前要濁水用力喊。

濁水這才明白了，他看見的是丁挽的尾鰭。於是，濁水用了他這輩子所有的嗓門勁道，提聲狂喊：「丁挽、丁挽、丁挽……」如按住扳機的機關槍，一陣催命似地掃射。

駕駛艙裡的粗勇仔聽見了，同時也轉頭看見了。

海湧伯整桿魚鏢已全數抽出預備。

這尾濁水發現的旗魚，朝他們游過來，晨曦閃熾，旗魚舉出海面那根尾鰭，以剪影姿態騎著海面脈脈金湯快速接近。

展福號維持不動。

海湧伯挺鏢；粗勇仔一手舵盤、一手離合器操作桿，同時喘兩口大氣待命；濁水半蹲，掌心朝下兩手平舉。

他們都準備好在起跑線上，就等槍響。

離左舷大約二十五公尺外，旗魚倏地下潛。

三人動作劃一，立刻轉頭看向右舷。像是算好了海湧伯的手勁和有效射程，旗魚穿越展福號船下，又是二十五公尺距離浮出右舷側。

鏢尖一指，手臂一揮，展福號輕吐黑煙，尾隨跟上。

左舷到右舷，逆光到背光，這時，晨光聚集投射，旗魚身影清清楚楚游在船前。

「啊！」海湧伯心頭一驚，「會不會是……」大小一樣，游蹤類似，似曾相識。

「啊！會不會是前年讓我們摔落谷底的那條大尾旗魚。」海湧伯於是高喊：「搞怪魚仔，提高警覺！」

雖然第一次見面，但濁水看也知道，游在船頭前的這一條不是一般旗魚。

駕駛臺上的粗勇仔也感覺到了，十分肯定的語調大喊：「就是牠！就是牠！化作灰也忘不了！」兩年前的畫面，如倒帶逆轉，很快化成一股熱血，洶湧著粗勇仔的全身血脈。

海湧伯挺鏢喊一聲：「來！」

攻擊命令發起。

濁水拉扯銅鐘，發出陣陣急躁的乾響，他輪轉手臂要求全速前進；粗勇仔推倒油門，船隻拔速前衝。

大尾旗魚急促右旋急翻。

「閣來這套。」海湧伯、粗勇仔咬牙同時罵出這句。船身右傾兩度，殺氣騰騰地朝向右前方這條大尾旗魚斜身砍了過去。

鋒面終於下來，寒風呼嘯，船頭破浪昂起，船側水浪洶湧，引擎扯著喉頭吟吼，銅鐘依然喀啦喀拉響個不停。

大尾旗魚被鏢船這陣近迫的衝刺驚嚇到，知覺狀況有異，正想右斜偏游，避開左後方逼進的一股殺氣。

海湧伯大吼一聲：「丟！」

濁水聽命，將手上那顆準備好的菜頭（白蘿蔔），奮力往大尾旗魚左前方拋去。濁水好臂力，準頭也夠，這顆被他擲出的菜頭，不偏不倚落在大尾丁挽左前方約三米處。

菜頭質輕，斜端落水後，打水漂般，在海面奔跳了十幾下才停住。

正想偏游逃開的大尾旗魚，看見這串水花，誤以為是哪條小魚在海面上驚慌奔逃所引起，讓牠原來想要的逃離連續動作，因而頓了一下。

他們要的就是這串奔跳的水花，海湧伯要的就是這個頓點。

展福號騎住這點機會，欺前一步，一舉逼近大尾旗魚到五米絕對有利的射程範圍裡。出鏢時機乍現，如爆米花熟成前，裂了個縫隙。

不讓歷史重演，在展福號右轉傾側前，海湧伯搶在大尾旗魚翻身當下喝喊一聲，毅然出鏢。他知道這條搞怪旗魚的招數，搶先擲鏢，「這次要讓牠翻不過身來！」

出鏢剎那，濁水感覺心頭被撞了一下，不曉得為什麼，他腦子裡出現的一句話是，「這會不會是海湧伯的最後一擊？」

整根鏢桿，帶住刺落海的一束氣泡，銀色火箭般，拖住一絲血水，直挺挺往下衝入深海。大尾旗魚受了這一鏢，潛下五米深處，隨即翻身掉頭，用牠執拗彆扭的脾氣，奮力往上猛衝，這口怨氣啊，非得衝出水面才能化解。

海湧伯快一步退離帆布腳籠，轉身一手拉住濁水，一手捧高鏢繩，兩人飛快奔下鏢臺，避免歷史重演。

海湧伯俯著腰在前舷邊，左右手快速交錯輪動，抽拔隨鏢桿射出的鏢繩。

船前十米處，「破！」一聲巨響，一坨白色的巨大水花海面綻開。

大尾旗魚衝出海面全身顫擺，凌空甩動牠無比粗硬的嘴喙。這是正面挑戰，大尾旗魚甩著嘴劍，連續三次跳躍，一次次都是對著展福號凌空撲來。

這是自殺式攻擊，直接衝著展福號來。

海湧伯喊粗勇仔過來接手拔繩，面對大尾旗魚的正面挑戰，他奔向駕駛臺親自操船應對。

海湧伯接手後立即推上離合器，左滿舵，油門憤憤噴了兩下，適時迴開大尾旗魚的正面攻擊。

但船身右前舷還是重重地震了一下，感覺像是撞到一棵粗壯的漂流木。

不，船隻已經停下，這下震盪是大尾旗魚撞擊舷板。

前舷板足足有兩寸厚，海湧伯還是擔心會被這條大尾丁挽給撞裂。

面對這條中鏢後還有餘力來撞船的超級旗魚，操舵的海湧伯判斷，贏得這條漁獲的關鍵，在於如何避開牠的正面攻擊，在於如何耐心地與這條大尾丁挽，周旋到底。

海湧伯確信這是致命的一鏢，命中大尾旗魚胸腹部，應該已經傷到牠的臟器，這會讓牠大量失血。但牠若以餘力來大動作掙跳，或以衝撞來掙斷鏢繩，以這條大尾旗魚的能耐來說不無可能。

大尾丁挽再次在鏢船右舷三十米處躍起，同樣凌空甩擺身子。

重創這條大尾旗魚後，形勢上，展福號已經化被動為主動。海湧伯對右前舷挽拉鏢繩的粗勇仔喊說：「保持ＱＱ的（鏢繩彈性）就好。」他的意思是，保持鏢繩彈性狀態，不硬扯，也不輕易放鬆。

沉住氣，就是對對手最殘忍的折騰。

彷彿明白了要領，大尾旗魚沉住氣，不再跳躍。

彷如歷史重演，牠開始迴身小角度急速左旋。

「莫閣來這套。」大尾旗魚果然搞怪，一下左旋，一下右旋，都是讓展福號不得不半翻半仰的小角度急轉彎。

前車之鑑，讓海湧伯、粗勇仔胸中有竹，步步搶奪先機，隨機隨勢，他們必須隨時調整面對變局的因應策略。濁水看不懂這一局，也幫不上忙，但他知道，鏢繩那一端是一條不好惹的大尾旗魚。濁水一旁待命，也讓自己保持最大彈性，隨時可以湊手湊腳支援海湧伯或粗勇仔。

展福號一直緊跟著拖著鏢繩的大尾旗魚左旋右轉，面對這樣搞怪的大尾旗魚，濁水曉得，拉拔過程中不允許任何失誤。濁水也曉得，接著的每一秒鐘都是關鍵，他當然也知道，最終能不能得到這條旗魚，目前還無從樂觀，而且，言之過早。

北風越吹越緊，寒風呼嘯，舷邊浪濤激盪，他們三個已經一身濕濘。

這場無言的拉拔持續著，不曉得為什麼，面對這樣的肅殺氛圍和不確定感，大概因為是濁水的看見而引發的這一連串後續反應吧，這讓濁水特別感覺到這輩子少有的沉靜、篤定和自信。

潑水聲

濁水肩著帆布行囊，站在路邊的邊角漁港客運站牌旁候車。

差別只是沒有戴墨鏡，跟兩年多前他在這裡下車時的穿戴，幾乎一模一樣。他的皮膚晒成古褐色，體態因海上勞動而精實許多，或許海看多了、魚看多了吧，眼神也像魚的眼珠子一樣，裝了海的深邃和魚的靈活。

就像舊瓶子裝了新內容，外裝一樣，內裡卻是換了個人。

理當如此吧，當年下車時還是青澀驚惶的「清水」，兩年多後的此時，不僅邊角漁港的討海人早已習慣稱他「濁水」，他幾乎也忘了自己曾經是清水。

近兩年來的漁獵鍛鍊後，濁水擁有一副是討海人又不像是討海人的獨特氣息。

濁水往南邊看，是幾乎沒什麼變化的邊角熱鬧一條街；往北邊看，吞下時光的隧道口仍張著嘴，等在眼前這條筆直公路的坡頂。濁水挺直背脊，他眼神不再逃躲，至少，他已經準備好回去面對，不僅是債務，還有一輩子累積殘留深埋在他心裡多時，恐怕早已生鏽發霉的種種問題。

離開漁港前，濁水跟海湧伯說：「我會盡快將自己安頓好，並且有個重新開始的基礎後，回來找你釣魚。」

「你應該知道，我離不開鏢船，也離不開海。」海湧伯微笑對濁水揮了揮手，淡淡說了「滿載」兩字道別，一如他祝福出港作業的友船常說的話。

濁水單肩揹帆布行囊，一步步走上漁港北側的斜坡，仿若當年行徑，只是逆向而上，但覺得腳步踏實許多。

濁水在小徑轉折的大榕樹下停步，居高臨下回頭看了一眼邊角漁港。

「鏢旗魚的時代應該是結束了。」濁水心想，「所有訊息都清楚顯示，這條大尾旗魚是老天最後的恩賜，展福號有可能是最後一艘鏢船，而海湧伯會是堅持到最後的海上獵人。」

濁水如何也想不到，自己竟然會是這艘最後的鏢船上的其中一員，如何也想不到，他竟然參與了這最後一場聖戰。

忽然聽見碼頭角落傳來一陣潑水聲。

「是海湧伯。」十分確定。

「下次回來時，」濁水想：「除了釣魚，也許邀粗勇仔，和海湧伯一起到海上去，做一場完全沒有負擔的飛翔。」

後記

《最後的海上獵人》是我的第一部長篇小說。

並不是從小喜歡寫作，也不是文藝青年，開始寫作是因為三十歲後出海捕魚，看見海、看見魚、看見漁人，看見不同於陸地上的種種風景，有所感觸和感動，才試著將海上漁撈生活的點滴寫成文章。而且，還以初生之犢的勇氣，參加了全國性文學獎徵文，也僥倖獲得了一些獎項，因而走上文學、走上了「海洋文學」這一條路。

記得剛開始寫作，也就是文章還頻繁參賽的那個階段，評審委員給的評審意見中，常出現「帶著散文風格的海洋小說」、「臺灣漁民小說」、「細節描述近似小說」或者是「作者顯然有寫小說的意圖」。從這些評審意見看來，我的寫作體質上似乎真的有寫小說的基因吧。

其實，「有小說意圖」的真正原因是，我在寫作以前，學生時代的作文課不算，又只念到高中，也沒讀過太多文學經典，可說是不曾受過文學訓練，以當時個人的文學認知，並不存在文類分別的界線。之所以參加散文類徵文，只是因為寫下來的文章篇幅，恰好符合散文類的徵文規定而已。

雖然是海島社會，但種種因素讓海洋題材在臺灣文學領域甚少有人碰觸，大概也因為如此，我的海洋書寫比較有機會獲得評審老師們的青睞。除了得了幾個散文獎項，也得過一次小說正獎。於是，「海洋文學作家」或「散文作家」的頭銜，就這樣陪伴著我，一起走過二十幾本作品。

起步算是順利，但這條路上，並非一帆風順。當我決心要走上文學這條路時，主要收入來源是不穩定的討海工作，加上過去一些債務，經濟狀況一直都有壓力。這些年來，一邊寫作，一邊還必要依賴作家的副業——演講，來維持基本生活所需。一個月當中，大約有三週時間都得在外奔波，居家生活往往只剩三、五天，這居家生活難得的整筆寫作時間，還得分出一些給出海行程。可能因為這樣，寫作時間往往零散破碎，這些年來產出的這些作品，有可能是在旅途中、在旅店裡、在車廂中、在候車室這樣的空間裡寫出來的，因此，大多數作品，都是以允許片段呈現的散文或海上計畫案的報導為主，當然，作品中也夾帶了少數幾本不需要整筆時間來創作的短篇小說。

二〇一六年執行「黑潮二〇一漂流計畫」，也因為協助《男人與他的海》紀錄片拍攝，認識了黑糖導演。有一次，黑糖導演跟我提起「劇本」創作，於是我們就談出了「最後的海上獵人」這齣劇本的雛形。當時我心頭一驚，這根本就是我存放心底多年「想寫一部長篇小說」的心願。真是感謝黑糖導演，適時點醒了我儲放多年的心願。又恰好碰到COVID-19疫情，居家時間忽然增加，而有了這部長篇小說產出的契機和條件。

個人出海捕魚的那五年，剛好是臺灣沿海漁業崩毀前的最後光景，算是很幸運地搭上了臺灣沿海漁業的末班船。這五年的討海生涯中，有好幾年在鏢船上工作，曾經當過「舵手」和「二手」，親身經歷了大洋漁獵中最是驚心動魄的「鏢刺漁業」，也親身見證了傳統鏢旗魚的沒落，見證了從鏢旗魚紛紛轉型為鏢翻車魚或轉為流刺網作業的經過。到如今，鏢船作業幾乎已注定將在我們這一代完全消失。

任何一種漁法的消失，除了會造成該項產業蕭條後的經濟損失或社會問題，更重要的是，每一種漁法，都是我們社會一步步走向海洋的智慧累積。鏢旗魚這種漁法，是從琉球漁人傳入，然後經過我們漁人一代代改良，而成為今日我們所見的臺灣鏢旗魚的漁法，這是經由一步步累積、進化而形成的珍貴「漁業文化」。然而，差不多半個世紀來的「海禁」，臺灣社會長期不重視海，屬於海洋文化之一的漁業文化的消失，恐怕大多數人會覺得「有什麼關係」或「跟自己完全無關」。

由於海禁，臺灣幾近空白的半個世紀海洋文化，幸好還有這些漁業文化稍可填充或彌補，但我們將眼睜睜看著其中相當精采的「大洋鏢刺文化」的消失。造成的損失可能會是，海島的思維仍然以「保守」、「禁制」為主流，而海島環境退無可退必要的「積極」跟「進取」精神，將遲遲轉不過身來。島國若遲遲不能「轉過頭來」，哪有「海闊天空」的機會？

記得三十多年前，我第一次踏上鏢船，在東北季風的惡劣海況下，我們鏢船鏢獵了一條俗稱丁挽的白肉旗魚。那海上激烈的追獵場景，那整個漁獵戰鬥的過程，立即震撼了我。但我又想，如何這麼震撼人心的海上獵人故事，我們的社會完全無緣感受。儘管我們的魚類資源豐富，漁業發達，但我們不會有「海明威」，不會有「畢爾．羅遜」，不會有「德布西」，不會有……。

於是，陸陸續續寫了一些關於鏢旗魚的文章，想說，在它消失前，至少留下一條可以「回去的路」。許多年後，很高興看到有《戰浪》這部紀錄片留下了珍貴的影像紀錄。但心裡頭還是覺得，若能有一部長篇小說來講故事，或者，再衍生為一部電影來描述、來留下這珍貴的海上獵人與臺灣精采且震撼人心的漁業文化。至少，我覺得自己應該朝這個方向去做更多的努力。

從事傳統鏢刺漁業的海上獵人，他們的年齡大多數已超過七、八十，他們每一位，都是臺灣鏢旗魚的「最後的海上獵人」。自己何其幸運，也何其悲傷，搭上了最後的航班，親身參與也見證了臺灣鏢旗魚從花開到花謝到枯萎到凋敝的整個過程。

但是，散文寫久了，也會呈現某些思維慣性，幸好我的好朋友蕭義玲教授，給我許多修改的意見。儘管如此，寫作過程中，我心中還是存有無論如何得想辦法將鏢旗魚的「漁業文化」，盡量融入在這部小說中的企圖，即使這樣可能會弱化了小說的情節張力，取捨間，心底常有掙扎。

寫完這部長篇小說，心情是激動的，激動的原因不是因為寫得好或是不好，而是完成了心願，也算是填補了我們這項漁業文化的缺口，而且，銜接了後續的可能。

趁〈後記〉的機會，特別感謝黑糖導演的劇本發想，以及蕭義玲教授的指正，還要感謝國家文化藝術基金會給這部作品的獎勵。最後，容許我將這部作品，獻給每一位曾經在我們鏢船上的「最後的海上獵人」。

當代名家·廖鴻基作品集1

最後的海上獵人

2022年1月初版　　定價：新臺幣380元
2023年9月初版第三刷

著者	廖鴻基
叢書編輯	黃榮慶
校對	吳美滿
內文排版	李偉涵
封面設計	蔡南昇

出版者	聯經出版事業股份有限公司
地址	新北市汐止區大同路一段369號1樓
叢書編輯電話	(02)86925588轉5307
台北聯經書房	台北市新生南路三段94號
電話	(02)23620308
郵政劃撥帳戶第0100559-3號	
郵撥電話	(02)23620308
印刷者	世和印製企業有限公司
總經銷	聯合發行股份有限公司
發行所	新北市新店區寶橋路235巷6弄6號2樓
電話	(02)29178022

副總編輯	陳逸華
總編輯	涂豐恩
總經理	陳芝宇
社長	羅國俊
發行人	林載爵

行政院新聞局出版事業登記證局版臺業字第0130號

本書如有缺頁，破損，倒裝請寄回台北聯經書房更換。　ISBN　978-957-08-6154-9 (平裝)
聯經網址：www.linkingbooks.com.tw
電子信箱：linking@udngroup.com

長篇小說 創作發表專案
國藝會 NCAF　PEGATRON 和碩聯合科技股份有限公司

長篇小說專題資料庫

國家圖書館出版品預行編目資料

最後的海上獵人/廖鴻基著．初版．新北市．聯經．2022年
1月．344面．14.8×21公分（當代名家・廖鴻基作品集1）
ISBN　978-957-08-6154-9（平裝）
[2023年9月初版第三刷]

863.57　　　110020663